LA HIJA ANALFABETA

La Joven Guardiana Libro Uno

CHIA GOUNZA VANG

Traducido por
SANTIAGO MACHAIN

ISBN: 978-1-953100-56-6

Diseño de portada por Rebecca Poole Dreams2Media

Traductor: Santiago Machain

Editor: Ricardo Blanco Saavedra

Primera edición rústica por Scarsdale Publishing:

10 9 8 7 6 5 4 3 2

Para seguir a nuestros autores y sus maravillosos libros suscríbase a nuestro BOLETÍN DE NOTICIAS

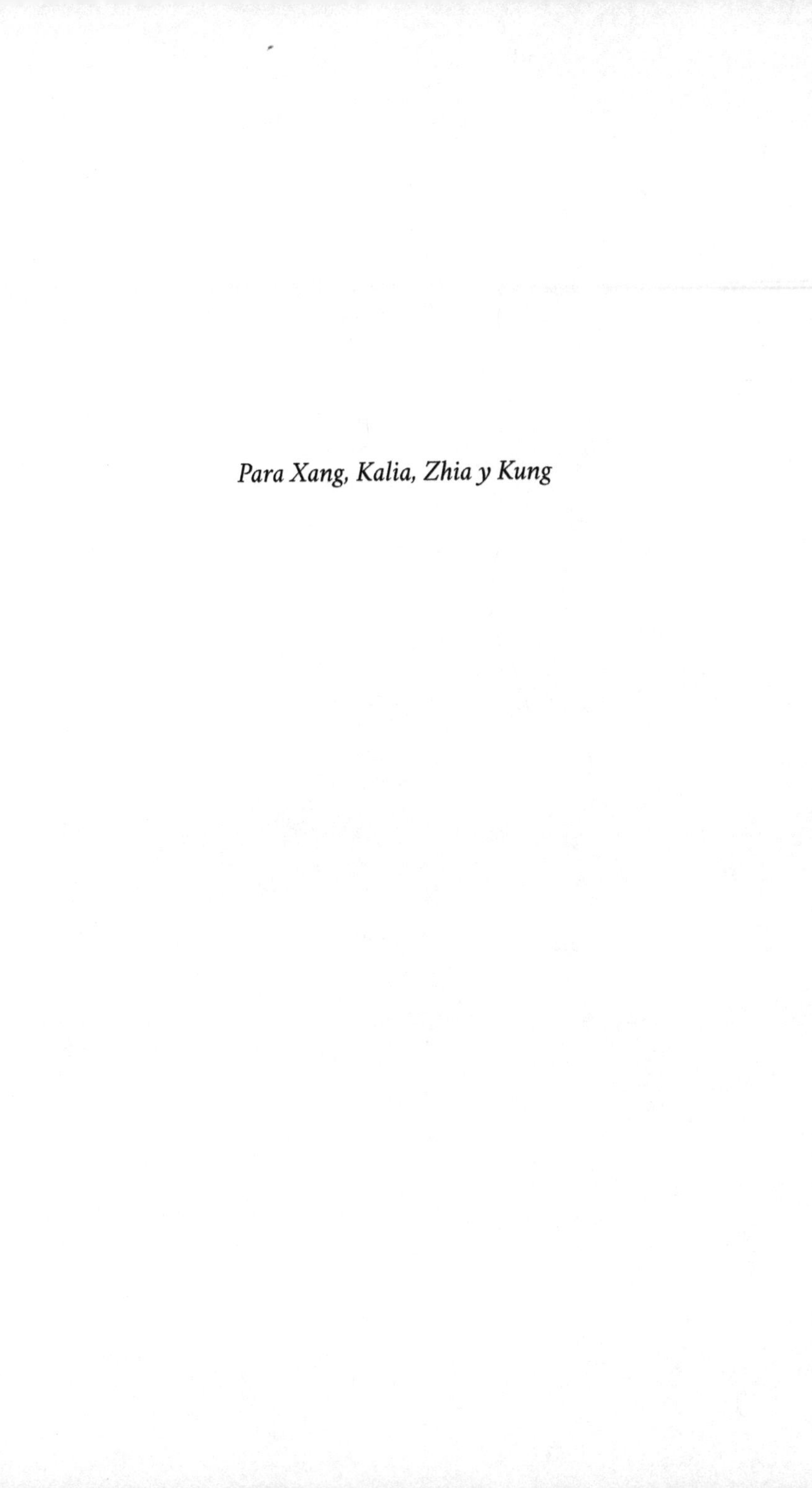

Para Xang, Kalia, Zhia y Kung

Mis tíos que murieron en combate: Cher Pao Vang, Yeng Lee y Wa Thao Yang.

Mis primos que murieron en combate: Khwb Vang y Soua Vang.

Todos los Hmong que murieron defendiendo Laos.

Mi padre, Wa Tong Vang, quien recibió un disparo en la pierna durante la guerra. La herida en su pierna siguió hinchándose y le causó mucho dolor hasta su fallecimiento en 2017.

Sin título

Estimados lectores,

Gracias por leer este libro. Espero que nuestra historia les permita conocer la lucha de los H mong junto a los estadounidenses, su huida de la persecución de los comunistas a la libertad en Estados Unidos y sus luchas así, como su cultura. Aunque La Hija Analfabeta es una obra de ficción, está inspirada en hechos reales y contiene experiencias reales de mi familia y la de mi esposo. A mí me gustaban los cuentos y era analfabeta como la protagonista. No me escolaricé hasta que llegué a Estados Unidos. Me encantaba aprender y estudiaba mucho. Aprender inglés como segunda lengua fue un reto; n unca imaginé que un día sería autora, pero aquí estoy. Agradezco su apoyo y espero que lean el segundo libro, *Dreamer's Dream.*

Chia Gounza Vang

Agradecimientos

Un enorme agradecimiento a mi querida suegra, Chao Lor Lee, que me abrió los ojos al pasado de mi familia, a mi pueblo, a mi cultura y a la Guerra Secreta. Compartiendo un mismo techo , ella pasó muchas horas contándome las tragedias que le ocurrieron a su familia y a sus parientes. Sus historias me inspiraron a aprender más sobre la guerra. Aunque Chao falleció, sus historias siguen vivas. Ella fue una de las mejores suegras del mundo. Su amor por mí y por mis hijos era tan grande como los océanos, y nunca podré agradecérselo lo suficiente.

Gracias a mi madre, Xao Yang; a mi cuñado, Cha Tou Lee y a otros que compartieron sus historias de huida de la guerra. Estos relatos, junto con mi investigación y mis experiencias personales, me han permitido ofrecer una imagen lo más fiel posible de la situación en Laos en aquella época.

Las personas que me han ayudado con este libro en los primeros borradores son mi hermano Noah Vang y mi amiga Cathy Staeven. Noah y Cathy leyeron, editaron y dieron valiosas sugerencias. Mis amigas Evelyn Hobbs y la escritora Amanda Lauer leyeron el manuscrito. Mis colegas Maryjo Pritzl corrigió el primer capítulo de cada revisión y Ann Shover me dio ánimos y me ayudó con las estructuras de las frases cuando fue necesario. Para los últimos borradores, mi sobrina Bea Vang hizo correcciones y dio sugerencias. Todos ellos me han dado la confianza y la seguridad necesarias para seguir publicando. Gracias.

La persona que dio forma a mi escritura y al manuscrito es mi increíble mentora y profesora, Leykn Schmatz. Sin Leykn, el manuscrito no habría llegado a mi editorial, *Scarsdale*. Conocerla fue una bendición porque ella leyó, editó y dio valiosas sugerencias a la versión original presentada a la editorial *Scarsdale*. Es la persona que más ha influido en mi carrera como escritora. Ella es mi heroína. Gracias por todo lo que has hecho por mí, Leykn.

Gracias a mis editoras, Rebecca Coleman y Sharona Wilhelm, y al equipo de *Scarsdale* por hacer que el libro sea genial. No podría haber pedido una mejor casa editorial . Gracias a mis hijos y a mi esposo por su paciencia y apoyo. Sus ánimos me dieron valor y fuerza.

Glosario

- Baht: Moneda tailandesa
- Hu plig: R itual de llamada al alma
- Kuam: H erramienta espiritual del chamán hecha de cuerno de toro
- Niam tij: C uñada mayor
- Nyab: N uera
- Paj ntaub: T ela floreada que describe la aplicación, la aplicación inversa, el batik, el punto de cruz y el bordado
- Qeej: I nstrumento musical formado por seis cañas de bambú
- Barra de plata: M oneda utilizada por los H mong en Laos
- Tis nyab: C uñada

Capítulo Uno

EL SOL ME CALCINABA Y MIS ROPAS NEGRAS, MANCHADAS DE sudor, se pegaban y picaban mientras escardaba el campo de arroz de mi familia. Me habían salido dos ampollas en las palmas de las manos al tiempo que me dolía la carne viva de la piel . Los calambres en la espalda y en las manos aumentaban con cada golpe y arrastre de la azada. La dejé caer, me enderecé y gemí.

Ansiaba estar en un aula. Si la estúpida guerra se detuviera, podría escapar del agotador trabajo de mi familia. Soñaba con aprender historias sobre el universo, la magia, los demonios, los príncipes y las princesas. Como siempre, mis cavilaciones aliviaron mi dolor.

Un cuervo graznó y me sacó de mis fantasías . Busqué a mamá y la vi al otro lado del campo. Nos había asignado a cada una una franja del campo y yo me había quedado muy atrás. Necesitaba el descanso, pero los regaños de mi madre me asustaron.

Busqué a mi padre y a mi hermana, Der. Habían llegado a más de la mitad de la colina y al final del campo, pero ahora no estaban a la vista. Tampoco estaba el novio de Der, Pheng. Der y Pheng habían estado trabajando codo con codo delante de mis padres. Deshierbar era un trabajo intenso, y Pheng había ayudado a Der durante tres días seguidos. ¿Dónde estaban?

Mientras escudriñaba el bosque más allá del campo algo se agitó cerca de mí. ¿Una bala? Di un salto hacia atrás, con el corazón acelerado. En lugar de una bala, un cuervo negro se posó en mi hombro. Su aleteo me hizo cosquillas en la mejilla. Me quedé helada , sorprendida . Entonces sus afiladas garras se soltaron y el cuervo se alejó tan rápido como había llegado.

Mi corazón, que latía con fuerza, se ralentizó y luego se hundió con un nuevo temor. Los ancianos decían que las aves salvajes que entraban en las casas o se posaban sobre las personas eran un mal presagio. ¿Qué significaba esto para mí y mi familia? Los tocones de los árboles dispersaban el campo. ¿Por qué el cuervo había elegido posarse sobre mí en lugar de uno de ellos? Puede que no sea la mejor trabajadora o una hija perfecta, pero no he hecho nada malo. Temblé a pesar del calor y, de repente, mis rodillas cedieron. Me desplomé en el suelo, con la cabeza dando vueltas.

Más adelante, mi padre salió cojeando del bosque, dirigiéndose hacia mí. Su pierna derecha era más corta que la izquierda, resultado de la herida de bala que puso fin a su lucha con los americanos. De vez en cuando, la vieja herida se hinchaba y tenía que caminar con un bastón. La guerra nos había hecho la vida difícil a todos.

Al lado de papá colgaba un machete *barong* en un estuche de madera, sujeto a su cintura con una cuerda atada. Su documento secreto estaba escondido dentro del mango de bambú del cuchillo, por lo que lo llevaba a todas partes.

Al acercarse, papá dijo: "Nou, luces pálida. ¿Te encuentras bien?"

Si le decía a papá lo del cuervo se lo diría a mamá y se asustaría. Mamá se preocupaba por todo.

—Sí. —Respiré profundamente para calmar el temblor de mi voz—. Me duele la espalda, así que me tomo un pequeño descanso.

—No te tomes demasiado tiempo. Tu madre no estará contenta.

Papá empezó a cruzar el campo hacia mamá. Trabajaba duro a pesar de su pierna corta y nunca se quejaba. Mis dos padres estaban muy por delante de mí en su trabajo.

—Padre —le llamé—, ¿crees que los comunistas encontrarán nuestro pueblo?

—Espero que no —respondió sin volverse.

Desde la salida del equipo de bombardeo estadounidense, los adultos habían susurrado entre ellos que los comunistas invadirían las aldeas. ¿Qué posibilidades teníamos de ganar la guerra sin los americanos? Perder la guerra significaría tortura y esclavitud en lugar de escuela. Un temor ansioso se instaló en mi vientre.

Recé en voz baja: " Honorable abuelo y antepasados, por favor, cuídennos a nosotros y a nuestra aldea del Pathet Lao comunista. Protejan a nuestros soldados para que ganemos la guerra".

—¡Nou, ponte a trabajar! —Mamá gritó—. Deja de soñar despierta, e stás muy atrasada.

—Sólo estoy tomando un pequeño descanso —contesté .

—Te tomas demasiados descansos. Trabaja más duro para tener tu área desbrozada.

La ira estalló en mi interior y mi afilada lengua se deslizó hacia la falta de respeto y la desobediencia. —¿Cómo es que no haces trabajar a los chicos? ¿Por qué se quedan en casa? No es justo.

—Se te da bien quejarte. —Mamá frunció el ceño y se dirigió hacia mí.

Me había dicho que gritaba porque me quería, pero su ira me asustaba. Lentamente, me levanté, recogí la azada y volví a mi trabajo. Cuando era joven, me pegaba por no terminar mis tareas. Era su hija más traviesa. Intenté comportarme mejor y, cuando crecí, no dejó de regañarme .

—Nou, te has precipitado con esto. —Señaló hacia los dedos de mis pies, donde había un grupo de malas hierbas cubiertas de tierra—. Vuelve y quita todas las malas hierbas.

Había demasiadas malas hierbas. Lo que ella quería era imposible, pero no ganaría discutiendo y no podía mostrar más falta de respeto.

Suspiré con fuerza. —De acuerdo.

—Hazlo bien a la primera o vuelve a hacerlo. —Mamá negó con la cabeza—. Tienes mucho que aprender, hija mía. Tienes que trabajar duro como tu hermana. Las habilidades son importantes para tu vida. Los cuentos y los libros no lo son, así que no pierdas el tiempo soñando despierta.

Expandí mis fosas nasales con rabia. Era cierto que soñaba despierta, pero odiaba que mamá me comparara con Der, que era paciente, fiable y obediente. Las comparaciones y los regaños tenían como objetivo hacerme trabajar más, pero me quitaban el entusiasmo y la energía. Bajaban mi autoestima porque nunca sería como mi hermana. Había nacido diferente. Mis sueños estaban llenos de folclore y curiosidad por el universo, no de trabajo físico. Me odiaba a mí misma por mi falta de motivación para ser una trabajadora y una hija perfecta. Odiaba la guerra y también a mi hermana, al igual que a mi madre por negarse a ayudarme. ¿Cómo iba a ser autosuficiente si no tenían la paciencia de enseñarme?

—Ponte a trabajar. —Mamá, menuda pero fuerte, caminó con paso firme hacia su zona.

—Mamá, ¿se está tomando Der un descanso? —pregunté—.

—Sí.

—¿Por qué no le gritas?

—Pheng y Der han hecho mucho —exclamó mamá por encima del hombro.

Me mordí el labio. Antes de que Der empezara a salir con Pheng, ella y yo trabajábamos juntas, apoyándonos y ayudándonos mutuamente. La ayuda de Der había disminuido desde entonces y su excusa era que yo tenía que aprender a ser independiente. Ahora me ignoraba por culpa de su molesto novio, que se acercaba cuando quería. El cortejo propiamente dicho tenía lugar por la noche, pero Pheng quería mostrar sus habilidades para impresionar a mis padres. Su ayuda estaba cambiando a Der, haciéndola perezosa y poco fiable. Si él no estuviera presente, Der me habría vigilado y preguntado cómo estaba.

Dejé la azada y me dirigí a los árboles cercanos. Pheng y Der estaban sentados hombro con hombro a la sombra, con las manos entrelazadas. El viento soplaba entre las ramas. Pheng se volvió hacia Der y le besó la mejilla.

Asqueada, grité: "¡No le hagas eso a mi hermana!"

Pheng me lanzó una mirada de preocupación. —Quiero a tu hermana. Un beso está bien, préguntale a ella .

Bajé la mirada, arrepintiéndome de mi voz aguda y fuerte.

Los hoyuelos de Der aparecieron en su rostro delgado y de piel clara. Besó a Pheng en la mejilla. —Algún día sabrás lo que es el amor.

¿Cómo se atreve a avergonzar a la familia besando a un hombre delante de los demás? Me tapé la boca con la mano para reprimir una regañina. No podía regañarla porque Der había sido mi segunda madre desde que nacieron nuestros hermanos gemelos y dependía de ella para todo. ¿No se avergonzaba de sí misma? Nuestros padres tenían grandes expectativas para ella, la hija perfecta. Quizá no era perfecta después de todo.

Dirigí una mirada a Pheng. El calor enrojeció mi cuerpo. Faltar al respeto a un invitado era vergonzoso, así que respiré hondo y me alejé con la cabeza baja y los hombros caídos. Los extraños comportamientos de Der y del cuervo alimentaron mi estrés. Deseaba seguir siendo un niño y ser un hijo para tener libertad como mis hermanos.

Al acercarme a mi zona de desbroce, estiré la espalda y escudriñé las ricas y verdes plantas de arroz que me llegaban a la altura de la rodilla y que se extendían por las onduladas colinas, meciéndose con la brisa. En los campos lejanos otros aldeanos se inclinaban sobre las parcelas de tierra, atendiendo su sustento. Era mayo, el mes en que nacimos mi hermana y yo. Los cultivos y las cosechas me ayudaban a saber dónde estábamos en el tiempo. Habían pasado trece veranos desde que vine al mundo. Mi familia había huido de la guerra desde que yo tenía siete años. Hace tres veranos, mi padre me regaló dos libros en laosiano y me prometió que podría ir a la escuela cuando ganáramos la guerra. Ansiaba ir a la escuela.

A media tarde, mi familia dejó de escardar. Pheng se abrió paso con cuidado entre las plantas de arroz hasta llegar a papá, que se quedó cerca. Se dieron la mano.

—Gracias por tu ayuda de nuevo hoy —dijo papá con voz burlona.

La boca de Pheng esbozó una sonrisa. La suciedad que le manchaba la cara le hacía parecer mayor de dieciocho años. Sus pantalones negros de pata ancha y su camisa negra estaban manchados de barro.

—Ha sido un placer. Gracias por permitirme estar con Der —comentó Pheng.

—Es un trabajo duro. Si no te importa, puedes venir todos los días.

—Volveré mañana —respondió Pheng.

A Pheng no le importaba el trabajo duro porque podía besar

a Der. ¿Quién no querría estar con una chica tan guapa como ella ? Me alegré de que se fuera.

Más tarde, en el huerto, Der y yo recogimos *gai choy*. Una brisa fresca rozó mi larga cara y me despejó un mechón de cabello en los ojos.

Der dejó un puñado de *gai choy* en la cesta de ratán y se puso de pie. —Levántate, te arreglaré el cabello para los quehaceres de la noche. No quiero que tu cabello caiga en la comida.

Me quité la suciedad de los pantalones negros, me ajusté las fajas roja y verde de la cintura y me puse de espaldas a Der. Me quitó un broche de metal y mi largo cabello cayó sobre mis hombros. Mi hermana recogió los mechones sueltos y empezó a trenzar. Al tener a Der a mi lado, el dolor de espalda y el cuervo se desvanecieron de mi mente.

—Me encanta tu cabello sedoso y tus grandes ojos redondos. —La voz de Der era suave y gentil.

—Sólo lo dices para hacerme sentir mejor.

—Suaviza tu voz —añadió—. Quiero contarte un secreto.

—¿Un secreto?

—No puedes decírselo a nadie, especialmente a nuestros padres.

Der tejió rápidamente mi cabello y lo sujetó con el pasador. Luego, desató una pequeña bolsa negra con cordón que colgaba de su faja roja. Sacó un precioso anillo de plata con forma de cometa elaborado con pequeños triángulos.

—¿Qué tipo de anillo es éste? —pregunté .

—Se llama *Nplhaib Kooj Nplias.*

El nombre significaba «saltamontes», pero el anillo no parecía un saltamontes. —¿Cómo lo conseguiste?

—Pheng me dio el anillo. Es el regalo que me prometió. —La alegría llenó su voz—. Aunque sólo llevamos tres meses saliendo, fue amor a primera vista. Nos vamos a casar pronto.

El corazón casi se me sale del pecho. —¡No! ¡No me dejes!

—¡Silencio! —Der susurró—. ¿Por qué siempre hablas tan alto? No quiero que mamá y papá nos oigan.

Suavicé mi voz: "¿Por qué?"

—No quiero que nuestros padres se enteren de esto. —Su voz era tranquila, pero áspera—. Es vergonzoso. Se enterarán cuando esté en casa de Pheng y su familia les notifique que Pheng y yo nos hemos casado. Comparto la noticia contigo por adelantado porque eres mi hermana y mi mejor amiga.

Recordé a mi amiga Maineng diciendo que su hermana se había casado en secreto. Su cuñado llevó a su hermana a su casa una noche. El matrimonio se anunció después de avisar a sus padres. Esta era una tradición que practicaban la mayoría de las parejas.

Era muy amable por parte de Der compartir su secreto, pero la noticia pesaba mucho. Me hundí en la maleza. Der se sentó conmigo hombro con hombro.

—Sólo me voy a casar. No hay de qué preocuparse —afirmó

.

—Te voy a echar de menos, ya no tendré tiempo libre para escuchar las historias de la tía Shoua —lamenté—. Y no podré cocinar. Mamá me regañará más.

—No has aprendido a suavizar la voz. Esfuérzate más.

Fruncí el ceño.

—Mamá puede contarte sus historias —dijo Der.

—He escuchado todas sus historias. —Tomé la mano de Der—. Sólo tienes dieciséis años. Deberías esperar a ser mayor.

—Es amor. Pheng y yo estamos listos para casarnos.

Sabía que no había forma de convencerla de que esperara. Repentinamente fría, me abracé las rodillas e imaginé la miseria a la que me enfrentaría, cargada con todas las tareas y sin su ayuda. Y la soledad. Mi pecho se hinchó con tristeza. Tras un largo silencio, respiré profundo .

Templé la voz y dije: "¿Cuándo te vas?"

—Dentro de dos días, es la fecha propicia que el padre de

Pheng quiere que tengamos. No se lo digas a nadie, no arruines mi matrimonio.

—No lo haré —susurré.

La chica más guapa y el chico más guapo del pueblo se iban a casar, mientras que yo perdía a mi hermana. Esperaba que el cuervo hubiera venido a advertirme de esa pérdida. Esperaba que no hubiera más mala suerte.

Capítulo Dos

EL SOL, UNA ESFERA DE LUZ DE UN ROJO ABRASADOR, SE desvanecía bajo el horizonte occidental. Como muchos otros, mi familia regresó a su casa en nuestro pueblo, Thao. Mis padres conocían a las cincuenta familias que residían aquí. Thao era un lugar tranquilo y pacífico, nos encantaba. Las montañas nos rodeaban por los cuatro costados, protegiéndonos del enemigo y dándome una sensación de seguridad. Los no residentes no sabrían que existía un pueblo. Las cabañas de paja de color marrón estaban repartidas por todo el pequeño valle y la nuestra estaba en el lado norte, cerca del bosque.

Cuando pasamos por la cabaña de los Vue, nuestros vecinos más cercanos, nuestros gallos cantaron y su graznido me dio la bienvenida a casa. Nada me hacía sentir mejor que llegar al lugar que amaba. Nuestra cabaña, hecha de paredes de bambú y techo de hierba de elefante, se alzaba ante nosotros.

Mis hermanos gemelos de ocho años, Tong y Hlao, chillaron al pasar corriendo junto a Der y a mí para saludar a nuestros padres. Hlao se aferrró al brazo de papá y Tong al de mamá. Los niños hablaron rápidamente de sus trampas para caza menor. En la hoguera, mostraron a nuestros padres cuatro pájaros en el suelo. Los ojos de mamá y papá brillaron y elogiaron a mis hermanos con entusiasmo por su ingenio.

De pie, cerca de la hoguera, me crucé de brazos y los miré fijamente. Elogiaban a los chicos por divertirse mientras que a mí me regañaban por trabajar duro. Desde que mi madre me exigió que dominara todas las habilidades que se esperan de una esposa me había esforzado mucho para ser como mi hermana perfecta. Mis padres no eran justos y yo quería decírselo, pero temía más regañinas. Parecían no tener ninguna esperanza en mí, una niña inútil. Mi vida era difícil como hija mediana, desatendida e imperfecta.

Los chicos chillaron y tiraron de nuestros padres para que se sentaran con ellos junto a la hoguera. Hablaban de hacer trampas en el bosque y de jugar en el estanque de los patos con nuestro hermano mayor, Toua.

Envidiaba a mis hermanos. Realmente echaba de menos los momentos de diversión que pasé haciendo de canguro de los gemelos hace tres años. Cuando cumplí diez años mi madre dijo que ya era mayor para otros trabajos y me prohibió jugar con ellos. Me convertí en la cuidadora de la abuela y ayudé en las tareas de la granja, así como en los quehaceres.

Mi abuela de noventa años estaba ausente del grupo, pero sus ronquidos emanaban de su cama. Me acerqué a su catre de bambú cerrado con una tela gris por dos lados. Sólo ella y mis padres tenían telas que cerraban sus camas. La abuela estaba tumbada de lado. Le toqué su escuálida mano. La sentí fría. La cubrí con una manta. Ella dependía de la familia para todo, especialmente de mí, pero me gustaba ayudarla porque me contaba historias y nunca me regañaba.

Mi hermano Toua entró con un hacha. Era dos años mayor que Der, alto y delgado, con la frente y la mandíbula fuertes. Acababa de terminar de partir troncos fuera. Toua puso el hacha contra la pared de bambú junto a la puerta.

—Toua y yo vamos a una reunión con los vecinos —afirmó papá—. Volveremos.

—Quiero ir contigo —dijo Hlao.

—Puedes ir conmigo cuando seas mayor.

Padre y Toua se fueron a la reunión.

Der y yo descansamos en nuestro catre de bambú para recuperar el aliento. Como siempre, busqué debajo de la cama la caja de bambú que contenía mis tesoros. Saqué uno de los libros y le di la vuelta para admirar la cubierta.

—¿Cuándo vas a dejar de tocar ese libro? —preguntó Der.

—Cuando pueda leer y conocer su historia.

Pasé las páginas. El libro me daba esperanza . Un día podría ir a la escuela y leerlo. ¿Cuánto tiempo tardaría en aprender a leer en *hmong* o en lao? Al no estar familiarizada con el lao, sería más difícil de aprender, pero estudiaría mucho.

—Es hora de los quehaceres . —Der se levantó.

Yo resoplé. —¿Podemos descansar más tiempo?

—No hay tiempo.

Suspiré. Tenía que obedecer a mi soberana , así que volví a colocar el libro en la caja y la metí debajo de la cama. Mientras Der cocinaba, yo iba a por agua y daba de comer a las gallinas y a los cerdos.

Durante la cena, Der comió rápidamente y luego desapareció fuera sin decir nada. Preocupada, la seguí y la encontré vomitando en la tierra marrón.

El pánico se apoderó de mis nervios. —¿Qué ocurre? — Rodeé el hombro de Der con un brazo—. Le diré a mamá que te dé una medicina de hierbas.

—Estoy bien. —Der se pasó el dorso de la mano por la boca —. Sólo tengo un malestar estomacal. Ya estoy mejor. —Me sacudió el brazo de sus hombros—. Entra.

Dudé y luego dije: "Si tú lo dices".

Dentro, ayudé a mi abuela a subir a su catre y la arropé.

Luego limpié rápidamente el comedor para no llegar tarde a la hora del cuento.

Nuestro perro negro, Fox, se acurrucó junto a la puerta principal. Le alisé el lomo y le dije: "Vete".

Se levantó y nos escabullimos por la puerta. Cazaba y nos vigilaba, así que lo alimentamos bien, haciéndolo pesado pero musculoso. Fox era mi guardaespaldas durante la noche cuando tenía que hacer mis necesidades o ir a algún sitio. Me sentía segura con él guiándome. A la luz de la luna, llegamos a la casa de la tía Shoua, a cinco cabañas de distancia. Su voz retumbante resonaba en el patio trasero. La hoguera daba calor y luz al grupo. Cuando me uní al círculo de los cuatro, Fox se acostó cerca. Maineng, mi amigo, se apresuró a sentarse a mi lado.

La tía Shoua, la narradora, dijo: "¡Eres un vago! ¡No sabes hacer nada bien! Lárgate".

Contaba la historia de un niño huérfano. Su malvada cuñada le echaba de casa. Esta parte era interesante y, aunque la había escuchado varias veces, la habilidad de la narradora y el hecho de tener a mi amigo a mi lado me reconfortaron. Me sentía agradecida por tener a mis padres. Si no, sería como el niño huérfano.

De repente, Der apareció de entre la oscuridad. —Nou, ven a casa. Tienes que terminar tus quehaceres .

La tía Shoua se detuvo y los ojos de todos se clavaron en mí. Mis mejillas se calentaron, y la ira se disparó en mis entrañas, pero no podía discutir delante del grupo.

—¿Puedes terminarlas por mí, por favor? —Le supliqué.

—Tienes que venir a casa conmigo ahora —ordenó Der.

¿Qué le ocurría? Der se había convertido en una hermana mala desde que salía con Pheng. Quizá quería que la odiara para que no la echara de menos cuando se fuera.

Suspiré con fuerza. —Maineng, nos vemos mañana por la noche.

—Sí, nos vemos mañana —contestó Maineng—. Termina tus tareas antes de venir. Quiero que te quedes más tiempo.

Asentí con la cabeza.

De camino a casa, le dije: "Der, ¿casarse significa que ya no me vas a ayudar?"

—Nadie te va a ayudar después de que me vaya. Las historias no te ayudarán en la vida.

Mamá también decía eso, pero los cuentos sí me ayudaban en la vida. Aliviaban mi ansiedad y me ayudaban a entender un mundo más allá de la monotonía de las tareas y el trabajo agotador. ¿Por qué no podían entenderlo mamá y Der? Aceleré el paso con Fox.

En casa, lavé los platos, retiré las cenizas de la estufa de barro y me acosté. Der llegó más tarde y sus vueltas en la cama me molestaron. Puse la manta que utilizaba como almohada entre nosotros y me quedé dormida.

Me desperté con una mano en el hombro, sacudiéndome. La aparté. —Basta, Der. Estoy cansada.

—Levántate —me ordenó—. ¡Rápido! Los comunistas están quemando casas.

Abrí los ojos de golpe, con el corazón acelerado. Me quité la manta de encima y me puse en pie de un salto, luego miré a través de un hueco en la pared de bambú de la cabaña de paja. Las llamas y el humo llenaban el cielo nocturno. Las casas del sur ardían. Me quedé en estado de shock, temblando, con los brazos envueltos sobre el pecho.

Der jaló mi hombro. —¡Vamos!

Los niños gimieron, y mamá los hizo callar. Toua y yo salimos primero, seguido s de Der y mamá, que llevaban cada una un gemelo a la espalda. Padre cojeaba detrás de nosotros, llevando a mi abuela. El fuego feroz iluminaba el oscuro cielo nocturno. En el sur, los disparos recorrieron el pueblo y la gente gritaba, pidiendo ayuda. El miedo me dejó sin aliento. Recé a mis ancestros.

Pasamos corriendo por delante de la pocilga, donde de repente me detuve. Había dejado mis libros en la cabaña. No podía vivir sin ellos. Mientras me debatía sobre el riesgo de volver,, me di cuenta de que había perdido la pista de mi familia. Miré a mi alrededor, con el corazón martilleando. El fuego no había llegado a nuestra cabaña y no vi ninguna señal del enemigo. Mi sueño se impuso a mi miedo.

Corrí hacia nuestra casa. Una ráfaga de viento me empujó al suelo. Caí de rodillas. El dolor me subió por las piernas. La adrenalina corría por mis venas y el pueblo giraba a mi alrededor.

Fox ladró ferozmente. Dormía frente a la puerta principal y mi padre se había olvidado de él. Mi desesperación por salvar al perro y mis libros me obligó a ponerme en pie a pesar del dolor, así como del miedo. Mientras corría, las brasas ardían por todas partes, prendiendo fuego a más chozas de paja. Con la mirada perdida y temblando, tropecé y caí de nuevo. Se oyeron disparos y los ladridos de Fox se detuvieron. Mi corazón también se detuvo. Me quedé en el suelo, con miedo a moverme.

—Cielo, no —gemí.

Sollozando, golpeé la áspera tierra con el puño. El ataque había sido muy rápido. Nuestro cazador y guardaespaldas había desaparecido. Conocía a Fox desde hacía siete años, desde que era un cachorro, no podía imaginar la vida sin él. La ira y el dolor estallaron en mi interior. Quería gritar y llorar, invocando a la Tierra y al Cielo para que castigaran a la gente malvada, pero ahogué mis sollozos, tratando de permanecer callada para que los soldados no me mataran a mí también.

—Nou, ¿dónde estás? —Der llamó.

—Por aquí. —Los disparos y el fuego nos rodeaban —. ¡Por aquí! —Grité.

Der corrió hacia mí y yo me impulsé hasta quedar sentada . Muchas veces, cuando tenía pesadillas, Der, que dormía a mi lado, me despertaba para decirme que estaba soñando y que todo estaba bien. Sólo podía desear que esto fuera un sueño. Der me levantó de un tirón. Me apoyé en ella mientras corríamos hacia nuestra pocilga de madera en el lado norte, cerca del huerto de melocotones.

En cuanto llegamos a la ocultación de la valla de la pocilga, pregunté en voz baja: "¿Dónde están todos?"

—Mamá, los gemelos y Toua están junto al huerto de melocotones —dijo Der, sin aliento—. No sé dónde están papá y la abuela.

Nuestra cabaña empezó a arder y mi corazón se detuvo por segunda vez. ¡Mis libros! ¡Oh, cielo! Volví la cabeza y me aferré a Der. Intenté tragarme la pena, pero era demasiado fuerte, las lágrimas brotaron de mí como el humo. Der me atrajo contra ella, con mi cara sobre su pecho, y me acarició el cabello. Nuestro perro, mis libros y todo por lo que habíamos trabajado se había ido en un abrir y cerrar de ojos. Hace tres años vinimos aquí porque nuestras vidas estaban en peligro, pero ese peligro no había sido nada parecido a esto.

A través de la valla, a la luz del fuego, vi al enemigo arreando a un gran grupo de aldeanos hacia el bosque. ¿Padre y abuela? El pavor se arremolinó en mi vientre, y mis miembros temblaron. Der también tembló. Recé. Nos acurrucamos junta s mientras esperábamos que el Pathet Lao comunista se fuera. Parecía una eternidad.

Finalmente, el grupo desapareció en el bosque.

—Busquemos a papá y a la abuela —insté.

Ella negó con la cabeza. —No es seguro. Algunos de los soldados comunistas siguen en el pueblo.

—¡Si lo están, debemos sacar a papá y a la abuela de aquí! ¡Deprisa! —grité—.

Der dudó y luego preguntó: "¿Puedes caminar?"

Me dolían las rodillas, me daba vueltas la cabeza, me dolía el corazón y se me nublaba la vista, pero no tenía elección. —Tengo que hacerlo.

Nos agachamos y nos adherimos a las sombras mientras corríamos hacia el gallinero.

Der llamó suavemente: "¿Padre?"

—Bajo el gallinero —contestó padre.

Exhalé un suspiro de alivio. Él y la abuela salieron arrastrándose. Estaba tan contenta de verlos a salvo que no me importó lo mal que olían. Eché mis brazos encima de los hombros de mi abuela. Ella temblaba tanto como yo.

—Estamos bien —susurré—.

Ella sollozó. No sabía qué decir, así que le alisé el cabello.

—Padre, ¿te encuentras bien? —le pregunté.

—Sí —susurró—. ¿Dónde están los demás?

—Junto al huerto de melocotones —susurró Der.

—Gracias a nuestros ancestros todos están a salvo —dijo—. Tener nuestra casa cerca del bosque nos salvó.

En el huerto de melocotones, nuestra familia se reunió en la oscuridad bajo los árboles.

—¿Están todos bien? —preguntó papá.

—Sí —susurró mamá.

La angustia y el temor que aún se agolpaban en mi vientre me hicieron desear tocar a cada uno de ellos, sentir la vida de todos y asegurarme de que estaban ilesos. Alcancé las manos de mis hermanos gemelos. Estaban frías, pero los chicos me apretaron los dedos. Sabiendo que a Toua no le gustaría que le tocaran la mano, le di una palmadita en el hombro. Me quitó la mano de encima.

—¿Qué estás haciendo? —preguntó.

—Verificando —respondí, y mi tensión se alivió un poco.

Mi padre nos guió hacia el interior del bosque, esquivando troncos y lianas donde los árboles nos protegían. Nos reunimos en el extremo más alejado de un árbol gigante que nos ocultaba de la vista.

Fría, agotada y adolorida, me arrimé a mi hermana para sentir calor y comodidad. Der me rodeó con sus brazos para darme calor. Los mellizos estaban acurrucados en el regazo de mamá junto a nosotros.

—Nou, ¿estás bien? —susurró mamá.

—Me he caído, pero estoy bien.

Mentí porque no quería que mamá se preocupara. Me dolían las rodillas. Mis sueños estaban destrozados. Estaba herida física y emocionalmente, pero quería guardar ese conocimiento para mí.

Mi familia se sentó en silencio mientras contemplábamos las lejanas llamas que se elevaban hacia el oscuro cielo. Nadie se atrevía a hacer ruido. Me temblaban las piernas.

¿Acaso ese cuervo traía una advertencia? ¿O había conducido a los comunistas hasta nosotros?

Capítulo Tres

A MEDIDA QUE EL SOL ASCENDÍA EN EL CIELO, EL BOSQUE brillaba. Mi padre llevaba un buen rato caminando.

—Toua va a venir conmigo a buscar supervivientes —dijo—. El resto se queda aquí.

—Padre, yo también quiero ir —dije en voz baja. Los comunistas me habían enseñado a bajar la voz por fin y la muerte de nuestro perro me hacía querer y apreciar a la gente que me rodeaba—. Quiero buscar a Maineng, a la tía Shoua y a sus familias.

—No. Tendrías miedo —dijo Toua. Al ser hombre y el hijo mayor se creía que estaba al mando.

—Estaré bien —respondí—.

—No es seguro —contestó papá.

Si fuera un hijo, padre me lo habría permitido. Podía intentar persuadirlo como hice en el pasado, pero sabía que no cedería.

Der me miró fijamente. —No vas a ir a ninguna parte. No puedo creer que hayas arriesgado tu vida por esos libros inútiles.

Agaché la cabeza. Nadie entendía mi amor por las historias. Der no entendía mis sueños rotos. Quería a Der, pero me preguntaba cómo sería tener una hermana que se preocupara por lo que me importaba.

Papá y Toua se fueron. Esperaba que Maineng, la tía Shoua y sus familias estuvieran a salvo. Deseaba cruzarme pronto con ellos. La abuela tosió. Mientras se apoyaba en el tronco de un árbol, el miedo nublaba sus facciones.

Le quité los trozos de estiércol de pollo que manchaban su cabello gris.

—Abuela, siento que tengas que pasar por esto.

Sus ojos se llenaron de lágrimas. —No te preocupes por mí, y no pierdas la esperanza. Eres joven. Sé fuerte.

Tomé sus arrugadas y frías manos entre las mías. En lugar de acariciar su cabello para demostrarle mi amor, como era nuestra costumbre, le dije: "Te quiero, abuela". En los cuentos populares los personajes demostraban su amor diciéndole al otro que le quería . Eso me gustaba más.

Su expresión se suavizó. —Yo también te quiero.

Esperamos ansiosamente el regreso de Padre y Toua. Cada sonido y cada sombra se sentían como el enemigo.

Cuando el sol se elevó por encima de las copas de los árboles, Padre y Toua volvieron por fin.

—Las cincuenta cabañas se han convertido en cenizas. —Los ojos de Padre estaban húmedos—. Los treinta lingotes de plata que escondimos bajo la cama han desaparecido. Probablemente el enemigo registró todas las cabañas antes de incendiarlas.

Mi pulso se aceleró. Apoyé la cabeza en las manos, preguntándome si la gente había logrado escapar del fuego y del tiroteo.

—Son los ahorros de nuestra vida. —Mamá enterró la cara entre las manos.

Tong y Hlao, que se aferraban a ella, gemían de miedo. Mamá los subió a su regazo. Temblaba entre sollozos. Era la primera vez que veía a mi madre incapaz de controlar sus emociones.

Un fuego ardía en mi interior. La guerra nos había robado todo. Acaricié el cabello de mi madre. Era lo único que podía ofrecerle. Ahora no teníamos nada más que la ropa que llevábamos. ¿Cuánto durarían?

—No encontramos a nadie. —La voz de papá vaciló—. Huyeron de la zona, fueron capturados o asesinados.

El terror apareció en el rostro de Der. Tomé sus manos. Ella temblaba. No sabía si Pheng estaba vivo o muerto. No había querido que se casara y se fuera. Ahora quería que estuvieran juntos. Habiendo perdido mis libros y a Fox, sabía lo que se siente perder algo que se ama. Der se llevó una mano a la boca para ahogar sus sollozos.

—Lo siento, Der. —La rodeé con mis brazos. Si Pheng y su familia lograron escapar , Der tenía una oportunidad.

—Iremos al campo de arroz para recoger algo de arroz y las ollas que almacenamos allí —afirmó padre—. Iremos a un lugar seguro. —Tocó el machete *barong* en su funda de madera que colgaba de la cuerda atada a su cintura—. Menos mal que cogí esto anoche.

El cuchillo era la preciada arma de papá. Llevaba un documento importante en su mango de tubo de bambú. Una clavija de madera redonda y lisa estaba insertada para bloquear el tubo y mantener el mango en su sitio. Alrededor del mango se enrollaban finas cuerdas de bambú para evitar que se partiera. Nadie podía adivinar los secretos que escondía el mango. Todo el mundo tenía secretos. La propia guerra se llamaba «La Guerra Secreta».

—Padre, ¿es el ataque una señal de que el Pathet Lao comunista está ganando la guerra? —pregunté.

—Parece que sí, pero aún tengo esperanzas. —Papá dudaba —. Los soldados *hmong* están haciendo todo lo que pueden sin los americanos.

No quería creer que pudiéramos perder. —Háblame de los americanos de tu lista.

Padre sacó el papel escondido dentro del mango de su machete *barong*. Lo desdobló y señaló un nombre. —Este es Jerry Daniels, de la CIA. Entrena a las tropas *hmong* en Long Chieng y también es asesor militar del general Vang Pao. Todos los estadounidenses tienen narices grandes y grandes ojos azules con la piel tan pálida como la luna. Les gusta abrazar a la gente y son divertidos. —Papá se aclaró la garganta—. Una noche, Jerry trajo vino de arroz para animarnos. Bebimos con él y nos quedamos despiertos hasta medianoche. Jerry y su intérprete *hmong*, Lo Ma, nos hablaron de Estados Unidos. Esa noche, aprendimos más sobre la democracia, y aprendimos que es importante mantener un rastro de papel de nuestra participación en la guerra.

—¿Por eso tienes la lista de los nombres de los americanos? —pregunté—.

—Este papel no sólo tiene los nombres americanos, sino mi historial de lucha. Es la prueba de que luché en la guerra. Tengo que mantenerlo a salvo.

—Un papel muy importante —susurró mamá.

¿Qué es la democracia? empecé a preguntar, pero papá se puso en pie.

—Nos vamos ya. Prepárate —señaló.

Padre volvió a poner el papel en su escondite en el mango de su machete y luego ayudó a la abuela a ponerse en pie. Unos cuantos pájaros cantaban con fuerza. Me pregunté si nos animaban o nos advertían de lo que nos esperaba. Sentí un dolor aplastante en el pecho cuando tuvimos que abandonar los campos. Por mucho que odiara escardar, odiaba más ver cómo nuestro trabajo se echaba a perder.

Golpeé un árbol cercano con un palo que encontré. —¡Os odio, comunistas! Os odio, cabrones.

Der me sujetó del brazo y solté el palo. Seguimos caminando juntos.

Capítulo Cuatro

El mediodía se acercaba. Papá llevaba a la abuela a la espalda y Der caminaba aún más despacio, haciendo que la s dos nos quedáramos atrás. Ella había vomitado su desayuno y apenas tenía energía para moverse. Se detuvo, dejó caer su cesta de ratán en medio del estrecho sendero cubierto de maleza y se desplomó sobre la hierba.

Cogí el arroz para nuestro almuerzo de su cesta y lo puse en la mía. —Ahora ya no llevas nada —le dije—. ¿Podemos irnos?

—Necesito descansar —dijo Der, sin aliento.

Miré a mi familia, que no iba demasiado lejos. El paso lento de Der nos entorpecería. Quise decirle que se levantara, pero lloraba suavemente y el dolor marcaba sus rasgos. No podía usar mi voz fuerte para llamar a mi familia, así que corrí para alcanzarlos.

—Mamá, Der necesita descansar —afirmé, agotada.

Se detuvieron y mamá y papá intercambiaron una mirada.

—Está bien —dijo mamá—. Descansaremos y almorzaremos.

Puse mi cesta contra un árbol y saqué la olla de arroz y hojas de plátano.

Mamá dio a cada persona una ración de arroz en una hoja. Cogí mi ración y la de Der para volver a donde ella seguía sentada. Intenté persuadirla para que diera unos pequeños bocados, pero sólo negó con la cabeza. Por fin, mamá se acercó.

—Come —ordenó mamá—. Necesitas energía para caminar y luchar contra tu enfermedad.

Der miró el arroz y comió un poco, pero no pudo retenerlo. Mamá la estudió detenidamente. El rostro de Der estaba tan pálido como la luna. Las suaves facciones de mamá se endurecieron y sus ojos se entrecerraron.

Desconcertada, miré de mamá a Der y de nuevo a mamá. —¿Qué sucede?

—Lo siento mucho, mamá. —Der se retorció las manos en el regazo—. Estoy avergonzada.

—Tu padre, ¿dónde esconderá su cara? —La voz de mamá estaba llena de mortificación—. ¿Por qué nos decepcionas?

Der colgó la cabeza. —Lo siento.

—¿No te dije que no tuvieras sexo hasta que estuvieras casada? —reclamó mamá.

—Sí. —La voz de Der se tambaleó—. Pheng y yo nos amamos y nos íbamos a casar.

—¿Estás embarazada? —pregunté con incredulidad.

Der asintió. Ahora todo tenía sentido. Pheng sabía que Der estaba embarazada. Por eso se pasaba el tiempo ayudándola en todo. Me mordí el labio inferior, me di la vuelta y cerré los ojos con angustia. Estar embarazada sin estar casada era una desgracia. Der sería la primera chica del pueblo en tener un hijo fuera del matrimonio. Ya no era la hija perfecta, y odiaba a Pheng, y odiaba la guerra. Mamá siempre me decía: *"Sé cómo tu hermana y haz lo que ella hace"*. ¿Diría eso ahora?

—¿Sabe Pheng que estás embarazada de su hijo? —preguntó mamá.

Der asintió. —Por eso planeamos casarnos.

Mi madre se acercó a la oreja de Der, e impulsivamente aparté su mano. Ella solía retorcerme las orejas por mi desobediencia. Mamá me miró como un tigre a punto de atacar.

—Lo siento, mamá —dije. No era mi intención pegarle. Sabía que todas las madres pegaban a sus hijos traviesos. Pero mi instinto de proteger a Der, como ella me había defendido muchas veces antes, se había impuesto—. Der se disculpó por no escucharte. Es su primera vez.

Mamá no me abofeteó como esperaba. En cambio, se dirigió a mi hermana. —Der, estoy enfadada porque te quiero. Si no encontramos a Pheng, tu reputación se arruinará. No encontrarás un marido decente. Eres muy guapa. Te mereces un marido guapo y decente. ¿Por qué no me has escuchado?

—Sé que quieres lo mejor para mí y lo siento —susurró Der—. Padre no me querrá más por traer vergüenza a la familia.

—Estamos de camino a un nuevo pueblo —dije—. Si alguien pregunta, podemos decir que hubo un ataque y que el marido de Der ha desaparecido. Nadie lo sabrá.

—Eso sólo ocultará su vergüenza. Ya no es virgen. Un hombre guapo y decente no la querrá. —Mamá me miró—. Nou, todavía estás obsesionada con aprender, pero pronto te gustarán los chicos. Debes saber que nunca debes tener relaciones sexuales hasta que estés casada. Tu marido es el único que ve tu cuerpo. ¿Lo entiendes?

Asentí con la cabeza. —Sí.

Papá se acercó. —¿Estás bien, Der?

Der miró a mamá. La vergüenza nubló los rasgos de mamá. —Wa Shoua, Der tiene náuseas matutinas. Está embarazada de Pheng. Iban a casarse, pero ocurrió el ataque. Siento mucho su vergonzoso comportamiento.

—Lo siento, padre —gritó Der.

Padre negó con la cabeza. —Tengo grandes expectativas

para ti y Nou. Para una chica tan guapa como tú, espero que tu futuro marido me pida permiso para casarse contigo.

—Padre, no es culpa de Der —solté—. ¡Es culpa de Pheng! Él es mayor. Estoy segura de que la obligó.

—Cállate antes de que nos encuentren los comunistas —siseó mamá.

Los ojos de papá brillaron con lágrimas. Se dio la vuelta y se alejó con los hombros caídos. Mamá le siguió sin pedirnos a mí y a Der que le acompañáramos. La decepción de mis padres fue como un cuchillo. Der rompió a llorar. Extendí mi manga larga para secar sus lágrimas, pero me apartó la mano. Su pena me dolió.

—Papá está enfadado, pero sé que te quiere —comenté—. Te quiero pase lo que pase. —Der apretó los ojos.

—Todo estará bien. No dejaré que nadie te haga daño —aseguré—.

Der abrió los ojos. —Muy amable por evitar un tirón de orejas, pero no hay nada que puedas hacer.

—No tengo poderes mágicos como los héroes del folclore, pero puedo ayudarte en lo que necesites. No pierdas la esperanza. Ese niño huérfano del cuento de la tía Shoua sufrió mucho, pero al final encontró el amor, la paz y la prosperidad.

Der se secó la cara con sus mangas largas. —La cuentacuentos te ha llenado el cerebro de ficción.

Conseguir que Der se secara los ojos y hablara hizo que mi pecho se hinchara de orgullo. —Creo que el universo está lleno de misterios. Por eso me encantan los cuentos y quiero ir a la escuela para aprender sobre hechos y ficción.

—Gracias por hablar conmigo. —Der habló con una voz quebradiza que me asustó—. Tengo la bendición de tenerte. Ahora dame tu brazo, n ecesito apoyo.

La ayudé a ponerse en pie y caminamos tras nuestra familia.

Capítulo Cinco

DURANTE TRES DÍAS PASAMOS POR DOS VALLES, DOS MONTAÑAS Y descendimos hacia el tercer valle. El sol estaba bajo. Mi padre señaló una pequeña aldea. Se me aceleró el pulso y me aferré al brazo de Der. Nos miramos con ojos brillantes. Me moría de ganas de descansar en una cálida cabaña de paja. Desde el ataque, habíamos dormido en el espeluznante bosque. Encontrar una aldea me dio una sensación de seguridad.

La aldea estaba desierta. La mayoría de las frágiles cabañas de paja estaban rodeadas de maleza hasta las rodillas. Unas pocas chozas estaban en buen estado y parecía que otros viajeros las habían utilizado como refugios temporales. Mi familia se instaló en una de ellas.

Poco después de que mis padres salieran a buscar agua y leña, un desagradable frío se instaló en la cabaña a pesar del cálido sol. Era extraño. Algo en la cabaña se sentía mal.

—Der, ¿tienes una sensación extraña en esta cabaña? —le pregunté.

Der estaba tumbada en el único catre de bambú con la abuela. Ella miró a su alrededor y sacudió la cabeza. —No. Para mí está bien.

Al menos había respondido. Desde el ataque Der hablaba menos y lloraba a menudo.

Mientras el sol desaparecía y el aire se enfriaba hasta igualar el frío que me recorría la piel, mis hermanos de ocho años salieron corriendo a jugar. Los preciosos niños no caminaban mucho, así que estaban llenos de energía. Los seguí porque mi madre me había ordenado que los vigilara.

Me senté sobre la maleza y observé a mis hermanos pequeños jugar al pilla-pilla en un espacio abierto. Hlao, que tenía las mejillas planas y una nariz más ancha como la de mamá, perseguía a Tong, que tenía la cara larga y la nariz grande de papá. Pronto se aburrieron y buscaron mi mano para que jugara al escondite con ellos. Yo era el buscador y empecé a contar mientras mis hermanos se escondían. Después de contar hasta diez, fui tras ellos.

—Tong y Hlao, ¿dónde estáis? —Los gemelos estaban tumbados con la cara hacia abajo en un trozo de hierba aislado. Hice como si no los hubiera visto—. ¿Dónde estáis? No os veo. —Cuando me acerqué, soltaron una sonora carcajada y me acordé de lo libres que habíamos sido antes del ataque de los comunistas.

Se hizo de noche y acosté a los gemelos. Los adultos y yo nos sentamos alrededor de la hoguera para entrar en calor. Papá tenía los pantalones remangados hasta las rodillas y, a la luz del fuego, se le veía la pierna herida. No tenía el músculo de la pantorrilla en la pierna derecha, sólo una enorme cicatriz del tamaño de su puño que le dificultaba ponerse de pie sobre el pie derecho.

—Padre, tu herida es grande. No deberías ir más a la guerra —insistí.

—Aunque quiera, ya no puedo luchar. Ya tengo más de sesenta años y mi pierna me impide ser soldado.

—¿Te pagan por ser soldado? —pregunté—.

—Sí, unos dos dólares al mes —respondió—.

—¿Es mucho?

Negó con la cabeza.

—¿Quién te pagó ?

—Los americanos nos pagaron y nos entrenaron para luchar. Al ser Laos un país neutral, los americanos sólo pueden lanzar bombas sobre el enemigo, así que luchamos contra los comunistas en el campo de batalla.

—¿Por qué quieres saberlo todo? —preguntó Toua—. Las chicas no necesitan saber cosas de la guerra.

—¡Tengo derecho a saberlo! —exclamé—.

Tener a mi padre allí me dio el valor. Normalmente me decía todo lo que quería saber.

—Cuanto más sepas, más miedo tendrás —dijo mi hermano —. Las chicas son miedosas.

Se me aceleró el pulso, y o no era una gata asustada.

Papá apagó el fuego y dijo: "Vete a dormir".

Ayudé a la abuela a subir al catre y l uego me acurruqué con ella mientras todos los demás se acomodaban en el suelo de tierra, usando hojas de plátano como esteras.

Un grito me sacó del sueño, con el corazón martilleando. No tenía ni idea de cuánto tiempo había dormido.

—¿Dónde te duele? —preguntó mamá en la oscuridad.

—En todas partes —murmuró Hlao.

Normalmente me mantenía al margen de los asuntos de mis padres, pero el ataque me había cambiado. Me levanté y me dirigí en la oscuridad hacia el pozo de fuego. Puse la leña a medio quemar en el pozo, encontré una cerilla cercana y encendí el fuego. Mis padres trajeron a los gemelos a la hoguera y se sentaron cada uno con un niño en su regazo. Mi padre cubrió a Tong con su camisa y mi madre envolvió a Hlao con una pequeña manta gris de la cabaña. Me asomé al exterior a través de la agrietada pared de bambú. Estaba oscuro, era medianoche y estaba tranquilo. No había rastro de los comunistas.

—Los chicos tienen dolor en el pecho. —Mamá sonaba histérica —. ¡Nou! Coge el saco de hierbas medicinales y busca las raíces para el dolor de pecho.

El saco tenía muchas raíces dentadas y no sabía cuál era cuál. Mis manos temblaban mientras buscaba.

—¡Deprisa! —Mamá gritó.

—Lo estoy intentando.

—¡Sólo dame la bolsa!

Empujé la bolsa hacia mamá. Le había fallado. Ella se apresuró a sacar un pequeño manojo de raíces secas.

—Hierve un poco de agua —ordenó ella—.

Eso podía hacerlo. Der se levantó para ayudar, pero la obligué a sentarse de nuevo. Sus náuseas matutinas y la depresión la habían debilitado.

Los gemelos no mejoraron después de beber la medicina de hierbas. Ahora estaban demasiado enfermos para llorar. El corazón me daba vueltas en el pecho y no podía quedarme quieta, así que me paseaba por la cabaña. Por primera vez, mi amor por los gemelos superaba mi envidia.

A lo largo de la noche, mi padre cantó y rezó, pidiendo al Señor de los Cielos y a nuestros antepasados que curaran a los niños. La abuela también rezó muchas veces. Herví todo tipo de hierbas medicinales. Estaba orgullosa de mí misma por haber hecho algo.

Cuando el sol subió a lo alto, los gemelos vomitaron sangre. Mi miedo se disparó y, al no poder hacer nada, lloré. La abuela me acarició el cabello, pero su gesto no sirvió de nada. Con voz quebrada, mamá le rogó a papá que buscara un chamán, aunque sabía que no había gente ni chamanes en la aldea vacía. La mirada exasperada de padre mostraba lo impotente que se sentía. Mamá seguía preguntando por un chamán, con la cara enrojecida y los ojos inyectados en sangre.

Le susurré a la abuela: "¿Por qué quiere tanto un chamán?"

—Las hierbas medicinales de tu madre no funcionaron, así

que cree que deben ser espíritus malignos que se llevan el alma de los gemelos.

Jadeé con el corazón palpitando. ¿Los demonios estaban chupando la sangre de mis hermanos antes de llevarse sus almas como en las historias que había escuchado? En el folclore, la gente utilizaba la magia para contraatacar a los demonios.

—¿Cómo vamos a salvarlos? —pregunté con voz temblorosa.

—Sólo un chamán puede resucitar sus almas para que puedan sanar —respondió padre.

—¡Papá, mamá, debemos encontrar un chamán! —grité—. Toua y yo podemos buscar uno.

Los ojos de mamá se iluminaron. —¡Sí!

—¿Dónde? —dijo Toua—. Tardaremos días en encontrar una aldea. Los chicos necesitan un chamán ahora.

La expresión de papá se apagó. —No hay nada que podamos hacer.

Sus palabras me apuñalaron el corazón, mi estómago se sintió tan duro como una piedra. Respiré profundamente varias veces. Haría cualquier cosa por mis hermanos, pero ¿cómo?

Les alisé el cabello. —¡Los quiero! Por favor, pónganse mejor. Nos divertiremos mucho juntos.

No respondieron. Sus rostros lucían pálidos y tenían los ojos cerrados. Un escalofrío me recorrió la columna vertebral. Me volví hacia Der y enterré mi cabeza contra su pecho como un bebé. Todos rezamos por un milagro. No había nada más que hacer.

A mediodía, Hlao, el gemelo más joven, dejó de respirar. Sus dedos se aflojaron y se soltaron de la camisa de mamá. Luego Tong también dejó de respirar. Padre lo abrazó con fuerza. Él y mamá gritaron como si los estuvieran asesinando.

La rabia y el dolor me invadieron, quemándome por dentro.

Grité tan fuerte como un trueno para que el cielo y la tierra escucharan mi dolor. La abuela me acarició el cabello. Toua y Der se lamentaron. Nuestros gritos resonaron en la cabaña y en el tranquilo pueblo. Por el momento, el dolor superó la prudencia.

Grité hasta que mis pulmones flaquearon y me desplomé cerca del pozo de fuego. Me dolía mucho la garganta. Quedé destrozada cuando mataron a nuestro perro y quemaron mis libros, pero esas experiencias no podían compararse con esto.

La cabaña permaneció en silencio durante lo que pareció toda una vida. Los ojos de mamá estaban rojos e hinchados cuando por fin le pidió a papá que le dejara coger a Tong. Apretó a los dos gemelos en su regazo y les sujetó las manos con fuerza. Me acerqué a mamá y toqué las manos de mis hermanos. Se habían vuelto frías y rígidas, pero mi madre no las soltaba. Papá quería enterrarlos, pero ella se negó.

El sol desapareció. No había nada que cocinar y no habíamos comido nada en todo el día. Yo me encontraba insensible por la pena y no sentía hambre, pero me preocupaba por la abuela.

—Abuela, ¿tienes hambre? —pregunté en voz baja.

Ella negó con la cabeza. —Si hay comida, no podré tragarla.

Mamá aún sostenía a los niños muertos, mientras miraba la pared de bambú, con los ojos vidriosos y desenfocados.

—Mamá, ¿tienes hambre? —pregunté—.

Mi madre me miró confundida. Parpadeó y pareció volver en sí.

—Mis hijos deben tener hambre. —Los sacudió—. Despiértense. Despiértense.

No se despertaron. Mi madre se desplomó en el suelo de tierra con ellos.

Grité: "¡Mamá! ¿Estás bien?"

Cielo, no podía perderla. El corazón se me subió a la garganta.

Mi padre le tomó el pulso y la tumbó en el suelo. —Se ha desmayado. No te preocupes. Se pondrá bien.

Mi corazón se desaceleró gradualmente. Me senté junto a mi madre mientras mi padre levantaba a los gemelos y colocaba los dos pequeños cuerpos en el comedor dentro del marco de bambú que había hecho antes. Der no perdía de vista a los gemelos y espantaba las moscas de sus cuerpos. Una vez que mamá recuperó la conciencia se arrastró hacia los niños.

—¡Despertad, chicos, despertad! —gritó—. ¿Cómo voy a vivir sin vosotros? —Se sonó la nariz y apoyó la cabeza en el estómago de Hlao—. Eran mi esperanza y mi vida y ahora se han ido, se han ido para siempre. Ahora no soy nada. Mi vida se ha acabado.

Las lágrimas resbalaron por mis mejillas. Los hijos varones eran importantes, y perder a los queridos gemelos era una tragedia, pero mamá seguía teniendo tres hijos. ¿Por qué iba a decir que no era nada y que su vida había terminado?

—Te quiero, mamá. —Me senté junto a ella—. Lamento lo que está pasando .

—Yo también te quiero —contestó Der.

Mamá nos tomó de las manos y las apretó con fuerza.

Mi familia permaneció despierta durante otra noche, mientras llorábamos a los chicos muertos.

Capítulo Seis

El sol se deslizaba sobre el pueblo. Caminé hasta el arroyo cercano. En el agua clara vi mi reflejo, hinchado y con los ojos rojos. Todavía no podía creer que los gemelos se habían ido. Odiaba la guerra. Odiaba todo lo que le había pasado a mi familia. Pateé una rama cercana, haciéndola volar a través del arroyo hasta estrellarse contra los árboles. Cerré los ojos y respiré profundamente. Luego llené rápidamente mi tubo de bambú con agua y me apresuré a regresar. En el patio trasero, lavé la cara de mi abuela con la mano desnuda y le peiné las canas con los dedos.

—Abuela, es trágico haber perdido a los gemelos, pero no entiendo por qué mi madre dijo que su vida había terminado.

—Una mujer que no tiene un hijo no vale nada y es una carga para la comunidad —afirmó la abuela con voz tenue.

—Pero ella tiene a Toua.

La abuela tosió. —Toua no es el hijo de tu madre.

—¿Qué? —No podía creer lo que oía—. ¿Qué quieres decir?

—Tu madre no es la madre biológica de Toua. Su madre fue la primera esposa de tu padre.

Se me hizo un nudo en la garganta. Me senté lentamente en

el suelo. ¿Por qué nadie me lo había dicho? ¿Había otros secretos? Ahora entendía por qué mamá siempre atendía a los mellizos, los alimentaba primero en cada comida y los mimaba cargándolos todos los días. Eran sus tesoros, sus protectores, su esperanza y su futuro. Sin un hijo no había vida. ¿Qué significaría esto para el futuro de mi madre?

—Mi madre ya no puede dar a luz. —Mi voz temblaba de angustia—. ¿Mi padre va a casarse con otra mujer para que le dé hijos? ¿Va a seguir queriéndola?

La abuela me acarició el cabello. —Tu padre no hará eso. No fue su culpa que los gemelos murieran.

Der me contó una vez que cuando nacieron los niños, nuestro padre estaba muy contento y apreciaba más a nuestra madre. Los adultos del pueblo también respetaban más a mamá.

—¿Qué sucedió con la primera esposa de mi padre? —pregunté—.

—Murió. Sus otros hijos también fallecieron.

—¿Lo sabe Toua?

La abuela asintió. —Cuando era joven e inmaduro, era grosero con tu madre. La llamaba madrastra cuando no se salía con la suya. Tu madre estaba enfadada y dolida porque lo crió desde los seis meses.

Me miré las manos. —¿Mi mamá estuvo casada antes?

—Sí, ella y su primer marido tuvieron tres hijos y tres hijas. Sus hijos fallecieron y a sus hijas no se les permitió venir con ella cuando se volvió a casar con tu padre.

Me quedé con la boca abierta y el estómago revuelto.

—Tu mamá perdió el contacto con ellas —continuó la abuela—. Cuando tuvo a Der, se hizo herbolaria y estudió hierbas para curar enfermedades y así poder ayudar a sus hijos.

¿Dónde estaban mis otras hermanas? ¿Estaban vivas o muertas? Mi madre tuvo diez hijos, y ahora sólo quedábamos Der y yo. Mi pobre madre. ¿Qué había hecho para merecer esto? Dejé caer la cabeza entre mis manos temblorosas. Era demasiado para mí. Un sollozo me sacudió el cuerpo.

La abuela volvió a acariciar mi cabello. —Respira hondo. Es bueno llorar, pero no llores mucho. Te debilitará. Tienes que ser fuerte.

—¿Cómo? —murmuré—.

—Agradece tu vida. Ama y valora lo que tienes ahora. Así es como te mantienes fuerte. —Ella hizo una pausa—. Perdí dos hijos y una hija en la guerra, pero estoy agradecida por mi vida, y tengo a tu padre que me mantiene fuerte.

Respiré profundamente varias veces y me limpié las lágrimas con el dorso de las manos. Mamá y Der me necesitaban. Debía traer esperanza a mi familia.

Templé mi voz. —Sé que los hombres cuidan de los padres y los mantienen a salvo, pero, ¿qué más?

—Los hombres ayudan a la comunidad a limpiar las tierras de cultivo, construir cabañas, cazar y muchas otras cosas que las mujeres no pueden hacer. Por eso, cuantos más hijos tenga una mujer, más alto será su estatus en la comunidad. Además, los varones llevan el nombre de la familia.

—Toua es el único hijo que queda. Espero que no le pase nada. Quiero proteger y cuidar a mi mamá como un chico. ¿Puede hacerlo una chica?

La abuela dudó. —Se espera que las chicas se casen y cuiden de sus suegros. De momento, puedes ayudar a tu madre a mantener su estatus siendo una chica servicial y obediente que aporte honor a la familia. —Hizo una pausa y tomó un gran respiro—. Si consigues que tu padre se sienta orgulloso, no se arrepentirá de que seas una niña.

Me puse de pie y sujeté el cabello de mi abuela en la nuca con un gran pasador de metal. La ayudé a levantarse del taburete de madera, y ella se aferró a mí mientras caminábamos lentamente hacia la cabaña.

Mamá estaba sentada en el taburete de madera, justo

delante de la puerta principal, llorando. La observé con los ojos llorosos. La abuela alisó el cabello de mamá y entró en la casa con la espalda encorvada. Me senté en el taburete con mamá, la sujeté del brazo y me apoyé en su hombro. Las dos nos lamentamos. Lloré desconsoladamente por todas las desgracias que había sufrido mi familia. Cuando las dos nos calmamos por fin, mi corazón se sintió más ligero. Respiré profundamente unas cuantas veces y me dispuse a hablar.

—Mamá, no puedo sustituir a los gemelos, pero puedo ser tu hijo. —La sujeté del brazo con más fuerza—. No tengo que casarme y mudarme lejos. Viviré contigo y te cuidaré bien. Te prometo que me esforzaré por hacer lo que hace un chico.

Mamá asintió con la cabeza. Parecía contenta, pero me preguntaba si sería capaz de hacer lo que hacía un niño. Construir cabañas y talar árboles eran tareas difíciles. ¿Tendría yo la habilidad y la fuerza de un chico? ¿Me despreciaría la gente si no me casara? ¿Sería capaz de proteger a mi mamá de los malos tratos?

Padre y Toua volvieron con algunas plantas silvestres comestibles que encontraron en las afueras de la aldea. Der no se levantó del catre, dejándome cocinar sola. Hervir las plantas fue fácil. Si se tratara de cocinar arroz me preocuparía, porque mi arroz nunca sale bien.

Cuando la comida estuvo lista, nos sentamos todos juntos a comer. Nadie habló. Un frío silencioso se instaló en la cabaña. El rostro grave de mamá mostraba que estaba en un mundo diferente. No quería comer. La empujé y miró la comida. No era muy tentadora, pero cogí una planta con la mano y se la ofrecí. Abrió la boca y le di de comer. Me sentí bien al ser útil.

Después de comer, salí a la calle. Los hierbajos caídos en el espacio abierto me recordaron la noche en que jugué con mis hermanos gemelos. Al pensar en ellos, la rabia y la angustia hervían en mi interior. Los hierbajos que me rodeaban parecían el enemigo, y los pisoteé con fuerza, vengándome.

Aplasté todas las plantas silvestres que se interponían en mi camino.

Agotada, descansé en el suelo y miré al cielo azul y claro. Murmuré: "¿Por qué no nací varón? Oh, Dios santo, ¿por qué no me hiciste un niño para mis padres?"

Mi madre me había contado historias sobre cómo, antes de que los bebés nacieran, vivían en el cielo, que es el paraíso. El Señor de los Cielos los enviaba a la Tierra.

Se me ocurrió una idea. Una forma de demostrar a mi mamá que cumpliría mi palabra. Recordé que Toua había encontrado unos pantalones andrajosos en una cabaña para cambiarse de ropa y los había lavado y colgado para que se secaran. Encontré los pantalones y los puse junto con el cuchillo de papá en mi cesta. Pensé en pedirle ayuda a Der, pero sus náuseas matutinas la habían debilitado y dejado indefensa. Me apresuré hacia el arroyo.

Sentada en la orilla, miré mi reflejo en el agua clara. Me alisé los hermosos mechones negros y sedosos que me llegaban hasta la cintura y los separé uniformemente a ambos lados de la cara. Estaba más guapa con el pelo suelto y me encantaba mi cabello largo, pero tenía que dar esperanza a mi familia.

Sujeté un trozo de mi cabello y lo interrumpí. Corté un trozo tras otro. Cuando terminé, me puse la ropa de Toua. Me subí los pantalones negros largos y sueltos y me metí la enorme camisa negra. Me abroché la faja roja a la cintura para asegurar los pantalones.

Al acercarme a la casa, encontré a mi mamá paseando fuera de la cabaña. Me aclaré la garganta para sonar masculino. —Mamá, ¿qué estás haciendo?

Se enfrentó a mí y la sorpresa se reflejó en su rostro. Había envejecido mucho en los últimos días, con las mejillas aplastadas y las arrugas marcadas alrededor de sus ojos redondos, así como en la frente.

—¿Qué te has hecho? —El disgusto se extendió por su voz.

Me detuve frente a ella con una fina sonrisa. —Sé el dolor por el que estás pasando. Por favor, acéptame. Soy tu nuevo chico.

Me estudió. —¿Quién te cortó el cabello? Las chicas no se cortan el cabello tan corto. —Me tocó el cabello hasta las orejas y sacudió la cabeza. Las lágrimas se derramaron por sus mejillas.

Mis hombros se desplomaron. Solté un suspiro. —Lo siento, mamá. Yo... creía que querías niños. Ya que los gemelos no están, yo podría ser tu chico. Quiero hacerte feliz.

Ella reunió una sonrisa y me acarició el cabello. —Sé que me quieres mucho y qué harías cualquier cosa para hacerme feliz. Pero te quiero por lo que eres. —Yo asentí con la cabeza.

—Estoy agradecida de tener dos hijas maravillosas.

—Si me prefieres como chica, seré tu hija —afirmé—. Pero te prometo que me quedaré contigo para siempre para cuidar de ti y de mi padre. No me importa si la gente me desprecia por no tener un marido.

—Tienes un buen corazón. —El orgullo brilló en sus ojos—. Tengo mucha suerte de que seas mía. Por favor, sabe que eres mi vida. Eres como el sol que me salva en mi sueño.

—¿Qué quieres decir? —pregunté—.

—Tu carácter se muestra en todo lo que haces como la luz del sol que da a los seres vivos la energía que necesitan para vivir. Me das esperanza, y eres como el sol que me ilumina y hace que cada día sea más brillante.

Una emoción agitada se arremolinó en mi vientre. ¿Por qué no me lo había dicho antes? Tal vez yo podría ser su esperanza ahora. Tal vez, después de todo, tenía buenos rasgos, pero sólo había sido perezosa.

—¿Sabes qué significa tu nombre? —preguntó—.

—El sol —respondí—.

—Sí. Es un nombre perfecto para ti.

—Mamá, ¿cómo supiste que me iba a llamar Nou?

—El día antes de que nacieras, tuve un sueño. Estaba sola y con frío en medio del bosque. El sol se asomó y brilló entre los árboles sobre mí al igual que a mi alrededor y me abrigó. Me salvó la vida.

—¿Por qué estabas en el bosque? —pregunté. Nunca había oído esta historia.

Ella negó con la cabeza. —No sé por qué estaba en el bosque, pero cuando me desperté, estaba temblando y sudando. Después de tenerte, te llamé Nou porque pensé que el sueño era un mensaje de tus antepasados para que te llamaras como el sol, la fuente de toda energía.

—¿De verdad? ¿Así que soy como el sol? —Sonreí. Yo era importante para mi madre a pesar de haber nacido niña y nunca haber hecho bien mis tareas—. Siento haber sido una rezagada. Trabajaré en ello.

—Nadie es perfecto. Odias escardar, pero eres mi hija inteligente. Tienes potencial.

Las lágrimas se me clavaron en los ojos. Sus palabras me dieron nueva energía. Podía ser como el sol, brillante, caliente y poderoso. No sabía que un cumplido podía elevar el espíritu de una persona con confianza y esperanza. Sacrificaría mi vida por mi madre y por Der. Podría salvar vidas y llevar esperanza a mi familia como los héroes y heroínas que salvaban sus reinos en los cuentos.

Mamá se quitó el pañuelo azul y lo colocó alrededor de mi cabello. —No te lo quites hasta que te vuelva a crecer el cabello. Ahora, ve a ponerte tu propia ropa.

Me sorprendió encontrar a Toua en la puerta mirando. No me regañó por llevar su ropa.

—Puedo tomarte como un hermano —comentó Toua, con tono serio—. Eres capaz de ayudarme.

Ahora era el único hijo. Era la esperanza de mis padres, el protector y el futuro que era tan valioso como el oro.

—Te ayudaré en lo que sea, sobre todo a cuidar de nuestros padres —comenté—.

Toua dejó escapar un suspiro. —Dejaré que seas su guardián.

Me quedé boquiabierta. ¿Me estaba diciendo que asumiera su deber como hijo? ¿Estaba abrumado o simplemente no se preocupaba por ellos? ¿Qué valía un hijo si era un tonto? Toua quería a papá, pero no había mostrado ningún amor ni había ofrecido ningún consuelo a mi mamá. Si fuera su hijo biológico, ¿la consolaría?

Si Toua quería que fuera el tutor de nuestros padres, lo haría. No permitiría que mi madre fuera una carga para nadie.

Capítulo Siete

FINALMENTE, PAPÁ PUDO CONVENCER A MAMÁ DE QUE LES permitiera a él y a Toua enterrar a los gemelos. Los hombres se fueron, dejándonos a Der y a mí para mantener a nuestra madre tranquila en la cabaña. A papá le preocupaba que mamá se desmayara al ver cómo enterraban a los gemelos. Der se sentó con mamá en el catre de bambú, acariciando su cabello. La abuela y yo nos sentamos junto a la hoguera.

Se oyó un fuerte golpe en la puerta de la cabaña, una mujer llamó: "¿Hay alguien en casa?"

Con los ojos muy abiertos, miré a la abuela, a mamá y a Der. ¿De dónde había salido la mujer? Me apresuré a abrir la puerta. Una mujer menuda de unos setenta años estaba fuera.

—¿Puedo entrar? —preguntó con voz débil.

Dudé y asentí con la cabeza. —Sí, adelante.

Entró.

—Hola —dijo mamá.

—Soy la señora Nao Tou. Mi familia vive en el bosque —explicó—.

—¿Quieres decir que tu familia se esconde en el bosque? —pregunté—.

—Mi marido y yo vivimos allí.

—¿Dónde están sus hijos?

La molestia se reflejó en su rostro.

—Basta, Nou —dijo mamá, y luego miró a la mujer—. ¿En qué podemos ayudarte?

—He venido a avisaros —dijo la anciana. —Sé lo que les pasó a tus hijos. Tienes que salir de esta cabaña inmediatamente. A otras personas se les murieron sus hijos en esta cabaña. Si hubiera sabido que venían, habría venido antes para advertirte. Esta cabaña tiene espíritus malignos.

Se me puso la piel de gallina. Así que la sensación ominosa que había tenido esa primera noche era correcta. La cabaña embrujada y el conocimiento de la mujer sobre la muerte de los gemelos me helaron. No había nadie cerca cuando los niños murieron. ¿Cómo podía saberlo la mujer? Ojalá hubiera venido antes.

Los hombros de mi madre se desplomaron y sus labios temblaron. Sus ojos cansados se llenaron de lágrimas. La señora Nao Tou se disculpó y nos dijo que tenía que volver a su casa antes de que anocheciera. En cuanto se marchó, recogimos nuestras pertenencias para salir corriendo a la maleza pisoteada. La abuela y yo nos sentamos en la maleza. Mamá no parecía saber qué hacer y se alejó. Der la siguió.

—Abuela, ¿crees que esta cabaña tiene espíritus malignos? —dije con voz temblorosa.

—Sí. Los espíritus están en todas partes, buenos y malos. Sin un hogar permanente, los espíritus de nuestra casa vagan y no protegen a la familia.

—¿Los espíritus malos siguen a la gente intentando hacerles daño?

—No, pero si la gente pisa sus límites y los ofende, entonces tomarán represalias y traerán enfermedades —contestó la abuela.

Eché un vistazo a la cabaña. —¿Así que hemos invadido a los espíritus malignos de la cabaña?

La abuela se colocó unos mechones de pelo blanco detrás de las orejas y asintió. —Si hubiera habido un chamán que les dijera a los espíritus malignos que lamentamos no haber sabido antes que estaban en la cabaña, los gemelos se habrían salvado.

El cuervo negro surgió de repente en mi memoria. ¿El cuervo nos había traído un mal presagio? ¿O era un pájaro bueno para advertirme de las tragedias que se avecinaban, como la anciana que nos advirtió de la cabaña?

—Abuela, antes del ataque, mientras escardaba en el campo, un cuervo negro voló hacia mí y se posó en mi hombro. ¿Por qué crees que se posó sobre mí? —pregunté—.

—¿Se lo dijiste a tus padres?

—No.

—Si se lo hubieras dicho, habrían hecho algo al respecto.

—El ataque ocurrió justo después, así que no podrían haber hecho nada —respondí. ¿Tenía razón, o mi silencio había traído mala suerte a mi familia?

El silencio descendió.

—Creo que el cuervo te estaba advirtiendo del peligro y diciéndote que tuvieras cuidado. —La abuela tosió—. No pienses en ello ni dejes que te moleste.

Asentí, pero no estaba segura de poder olvidar al cuervo.

Mientras Toua y papá regresaban, llegaron Der y mamá.

Mamá le contó a Padre lo de la anciana y su conversación.

—Tenemos que irnos inmediatamente —dijo papá.

—No puedo dejar a mis hijos. —La voz de mamá se quebró.

—Lo siento. —Papá parpadeó para alejar las lágrimas—. No podemos quedarnos aquí.

—Id todos. Yo me quedaré aquí con mis hijos.

—Nos vamos juntos —afirmó papá con firmeza.

—Debemos irnos. —Tiré del brazo de mi madre—. Por favor.

Mamá me miró y luego asintió lentamente. Parecía que yo era su esperanza. Mi pecho se sintió más ligero.

Cuando entramos en el bosque y el viento sopló entre los árboles, temblé de frío. Una imagen de la anciana pasó por mi cabeza. ¿Cómo sabía ella que estábamos allí y que los **gemelos** habían muerto? ¿Era una persona o un fantasma? Quizá oyó los fuertes gritos de la familia. Agradecí que nos dijera que nos fuéramos. Si no, Der y yo podríamos ser las siguientes.

Nadie habló. Ningún pájaro piaba. Mamá miraba con frecuencia por encima del hombro hacia el lugar donde estaban enterrados sus queridos hijos. Me dolía mirar. Primero tiré de Der, y ahora de mi mamá. Yo también estaba traumatizada, pero tenía que ser fuerte por ambas. Deseaba tener un poder mágico para poder darles esperanza.

Al final de la tarde, el ritmo de la abuela disminuyó hasta que apenas se movía. Nos detuvimos y papá se puso en cuclillas para que ella se subiera a su espalda. Mamá los miraba y lloraba.

Me puse en cuclillas para mi madre. —Te llevaré como **papá lleva a su madre**.

Mamá negó con la cabeza.

—Yo puedo llevarte —insistí—. Soy casi tan alta como tú.

—Te romperías los huesos. —Toua se volvió hacia mí—. Eres frágil como una concha. No te atrevas a desafiarte.

Todavía no era fuerte físicamente, pero me haría más fuerte. Me probaría a mí misma.

—Tiene razón. —Mamá se secó las lágrimas con el dorso de las manos—. Puedo caminar. Mis pies están bien.

Mamá podría estar bien físicamente, pero no mentalmente. ¿Por qué Toua no le ofreció ayuda o consuelo? Ella lo crió desde que tenía seis meses. Empecé a creer las historias que escuché sobre hijastros que descuidaban a sus ancianas madrastras. Esperaba que Toua cambiara.

—Mamá, cuando sea mayor, voy a construir una cabaña

enorme y voy a cuidar de ti y de todos los ancianos que no tengan hijo o casa —le dije—. Voy a cuidar de los desafortunados.

—Eso es muy dulce de tu parte. —Mamá esbozó una leve sonrisa—. ¿Sabes que quizá no sea posible? No es un trabajo remunerado. Sería difícil encontrar voluntarios que te ayuden y atiendan a tus ancianos cuando tienen que trabajar para alimentarse.

—Cuando ganemos la guerra y pueda leer e instalarnos en la enorme cabaña, te leeré cuentos —prometí—.

Mamá asintió, con los ojos brillando de lágrimas. Lloraba tan fácilmente como un bebé. ¿Por qué papá no lloraba tanto? Quizá era así como los hombres demostraban su valor. Como soldado que fue, papá había aprendido a sobrellevar la situación.

La abuela tenía la suerte de tener una familia que la cuidaba. Sin nosotros, sería una carga para otra persona, y seguro que la dejarían atrás. Mamá y Der me necesitaban tanto como la abuela a la familia. Tenía un duro trabajo por delante, y debía hacer todo lo que estuviera en mi mano para apoyarlos.

Capítulo Ocho

En el plazo de un mes, mi familia viajó por los pueblos de Pha Te y Sa Xia. La inestabilidad y la infructuosa búsqueda de Pheng nos desgastaron. Muchos refugiados acudieron a la nueva aldea, Pha Khao, así que los seguimos con la esperanza de encontrar una vida más segura.

Pha Khao, como muchas aldeas, estaba situada en un valle tallado, rodeado de montañas densamente boscosas que se extendían en la distancia. Había nuevas cabañas dispersas, grupos de robustos bloques marrones que se extendían por el valle.

Gia Xa Lee era el Nai Ban, el líder de la aldea. Asignó a Nao Bee Vang la tarea de alojar a mi familia. Nao Bee tenía más de treinta años y cuatro hijos pequeños. Compartía el mismo clan Vang y me llamaba hermana.

Más familias se trasladaron desde los pueblos cercanos. Para acomodar a los recién llegados, Gia Xa pidió a los aldeanos que ayudaran a construir más chozas de paja. Los hombres y mujeres que se ofrecieron a ayudar a construir nuestra casa vinieron a ayudar. Los hombres cortaron madera para enmarcar la cabaña y partieron bambú para las paredes, mientras que las mujeres recogieron largas hierbas de elefante y las tejieron para el techo.

Normalmente, no me interesaban estas tareas, pero esta vez quería aprender. Pedí a Nao Bee que me permitiera construir la cabaña con ellas y me lo negaron. Como niña, me asignaron la tarea de cuidar a sus hijas, de tres y cinco años, porque eso es lo que hacen las niñas. A ojos de los adultos, las niñas eran físicamente incapaces. Les daban los trabajos más fáciles. Los niños de Nao Bee eran más jóvenes que yo, pero tenían que recortar las ramas de los árboles con los hombres.

Yo quería honrar a mi familia y ganarme el respeto de la comunidad, así que cumplía las órdenes y trabajaba duro. Mientras cuidaba de las niñas, vigilaba a los constructores y les ayudaba siempre que podía. A veces llevaba a la niña de tres años a la espalda con la mochila portabebés y llevaba agua a los albañiles. Cuando las niñas dormían la siesta, llevaba hierba de elefante para las mujeres y recogía los escombros después. Der también trabajó duro. Tejía hierbas con las mujeres y cocinaba para la gente.

La sencilla casa rectangular se terminó en seis días. Era una habitación grande con tres catres de bambú en un lado, una hoguera, una estufa de barro y un comedor en el otro. Nuestra casa estaba en una ladera, a seis chozas de Nao Bee.

La comida era escasa. Como la mayoría de los aldeanos, mi familia desbrozaba pequeñas parcelas para cultivar alimentos, pero no había semillas para plantar. Sólo crecían malas hierbas en la tierra desnuda. El hambre parecía inminente y buscar plantas comestibles en el bosque se convirtió en una rutina para Der y para mí.

Una noche escuché a mi padre y a Gia Xa hablando en voz baja en el patio trasero. Gia Xa me explicó que había enviado un mensaje a la Agencia de los Estados Unidos para el Desarrollo Internacional (USAID), un programa para las víctimas de la guerra. Solicitó alimentos, semillas y ganado para los aldeanos. Gia Xa y muchos refugiados recibieron alimentos del programa antes del acuerdo de alto al fuego de 1973. Tras el acuerdo de alto al fuego, los refugiados dejaron de recibir alimentos y se vieron obligados a trasladarse a Pha Khao. Gia Xa esperaba que USAID respondiera a su petición.

Una semana después, volví a casa desde el bosque y descargué mi cesta de leña. Después de engullir un trago de agua de la cantimplora de plástico verde, descansé en mi catre. Un sonido estruendoso reverberó y me puse en pie de un salto.

La gente gritaba: "¡Un avión! ¡Un avión!"

Mi padre salió corriendo, con la familia detrás. Miramos la enorme máquina en el cielo azul y claro.

—Es un helicóptero —afirmó mi padre—. Parece que va a aterrizar junto a la cabaña de Gia Xa. Voy a ver quién es.

—Voy contigo. —Corrí tras él.

La cabaña de Gia Xa estaba en el lado oeste del valle, y al noroeste de su cabaña había un pequeño claro.

Cuando llegamos a la casa de Gia Xa, el helicóptero, una cosa verde oscura con alas giratorias y una larga cola, había aterrizado en el campo. El helicóptero sonaba como las olas de un trueno, y las ráfagas de viento de las aspas del helicóptero doblaban la alta maleza. Nunca había visto una maravilla semejante.

Al igual que nosotros, algunos de los aldeanos se reunieron cerca del helicóptero para ver quién había llegado. Un momento después, un hombre salió del interior.

La gente gritó: "¡Than Pop! Than Pop!"

Se acercó a nosotros. Algunas personas se liberaron de la multitud para estrecharle la mano. Me quedé mirando con asombro. Allí estaba, el hombre del que había oído hablar y al que siempre había deseado conocer. Edgar Buell le había dado a papá los dos libros laosianos que se quemaron en nuestra cabaña. Than Pop era su nombre en clave, y había supervisado escuelas para niños en Long Chieng y Sam Thong, al tiempo que les suministraba libros. En Long Chieng, papá conoció a Edgar cuando era soldado, y papá aprendió a leer y escribir en *hmong*.

—Papá, tu amigo americano está aquí —le dije—. Voy a pedirle libros.

Papá sonrió.

La gente se agolpó alrededor de Than Pop como abejas en un enjambre. Gia Xa gritó a los aldeanos que se pusieran en fila para que todos tuvieran la oportunidad de saludarlo. Formaron dos largas filas de unas treinta personas a lo largo del camino de tierra. Than Pop saludó a cada persona, incluidos los niños.

Yo esperé pacientemente al final de la fila. Than Pop era más alto que los hombres *hmong* de la multitud, y estaba casi calvo con algunas vetas grises mezcladas con el poco cabello oscuro que le quedaba en la cabeza. Sus gafas descansaban sobre su nariz alta y grande a la vez que cubrían sus profundos ojos azules. Aunque pasaba el tiempo al sol enseñando a los agricultores a cultivar alimentos, seguía siendo blanco en comparación con los aldeanos.

Estaba emocionada y nerviosa a partes iguales. Siendo pobre e inculta, me sentía tan pequeña, tan baja de estatus para dar la mano a una persona tan importante de Estados Unidos. ¿Por qué iba Than Pop a dar la mano a gente sin importancia? Había oído que los líderes y las personas famosas sólo daban la mano a personas que compartían su estatus. Por fin llegó mi turno. Solté un suspiro y levanté tímidamente la mano derecha.

—Hola —Than Pop saludó en *hmong*.

Asombrado, dije: "Hola. ¿Sabes hablar... *hmong*?"

—Sí, pero no con fluidez.

Me soltó la mano. Sonreí, sintiéndome como si estuviera volando después de estrechar la mano de este famoso americano.

Entonces Than Pop le dio la mano a papá y dijo: "Viejo amigo, me alegro de volver a verte".

—Es un honor volver a verte —respondió papá.

Rápidamente interrumpí: "Than Pop, tú le diste a mi padre dos libros, y él me los dio a mí, pero los comunistas los quemaron. ¿Tienes más?"

—Lo siento. No tengo más libros de literatura —respondió, con acento muy marcado—. Pero tengo una novela que estoy leyendo y está en el helicóptero. Puedo dártela.

—¡Sí! —grité, y luego desvié la mirada en señal de respeto.

—Está escrita en inglés —comentó—.

Levanté la vista. —¿Inglés? Ni siquiera sé leer en *hmong* o lao.

Sonrió. —No pasa nada, ya aprenderás a leer en inglés.

Suspiré feliz. —Gracias. Me lo llevaré y espero aprender a leer.

—Te lo daré antes de irme.

—Sé que tienes prisa, pero tengo una pregunta rápida. —Las palabras salieron de mi boca tan rápido como el viento porque me preocupaba que huyera de mí.

Esperó pacientemente.

—He oído que Estados Unidos es un país poderoso. Estoy segura de que los estadounidenses pueden ganar si lo deciden. ¿Puedes pedirle a tu gente que vuelva para terminar la guerra? No nos dejen morir. Nuestras vidas son así porque nos involucramos en la lucha.

Sus ojos se abrieron de par en par. —Qué chica tan inteligente. ¿Cómo te llamas?

Me enderezé. —Nou Vang. Sé que te preocupas por nosotros.

—Nou, si no amara a tu pueblo, no estaría aquí. Siempre te recordaré. Tienes razón en que Estados Unidos es un país poderoso. No siempre podemos hacer lo que queremos, pero haré lo que pueda para ayudar a los *Hmong*.

Sonreí aliviada. —Gracias. —No podía creer que me escuchara y hablara con una chica. Me sentí importante, honrada y afortunada.

La multitud le siguió hasta la cabaña de Gia Xa. La casa era demasiado pequeña para que cupieran todos, así que Than Pop decidió hablar con los aldeanos fuera de la casa.

—Hola, compañeros *hmong* —saludó en voz alta—. Me alegro de veros a todos hoy. Volví ayer de Tailandia para veros por última vez y me enteré de que muchos de vosotros os habéis trasladado aquí y necesitáis ayuda. Haré lo que pueda para ayudaros.

—Than Pop —dijo papá—. Nuestras vidas son inestables y nuestro futuro es incierto. Por el momento necesitamos semillas para plantar y ganado para criar. También necesitamos comida hasta que nuestros cultivos estén listos para cosechar.

Than Pop asintió. —Llamaré a los asesores de la CIA en Tailandia para informarles de vuestra situación antes de irme. Si no recibo respuesta de ellos, se los haré saber en cuanto llegue a Tailandia. Gracias por permitirme trabajar con ustedes todos estos años. Sois una gente estupenda y os agradezco que me hayáis enseñado vuestra cultura y vuestro idioma. Os echaré de menos.

—Nosotros también te echaremos de menos —dijo papá—. Gracias por todo lo que has hecho por nosotros. Eres un gran hombre. Algunos de nosotros sabemos leer gracias a ti.

Gia Xa guió a Than Pop y al grupo por el camino de tierra en un recorrido por el pueblo. Salvo algunas cabañas que necesitaban ser techadas y enmarcadas, las nuevas cabañas estaban terminadas. El grupo se detuvo a las afueras del pueblo y Than Pop contempló los campos desnudos que se extendían desde el valle hasta la colina. Sin semillas, la gente no podía cultivar alimentos. Empezaron a caminar hacia el helicóptero.

Cuando el helicóptero se puso a la vista, con su hélice girando, Than Pop se detuvo y se enfrentó a los aldeanos, que lo miraban con los ojos hundidos y las mejillas hundidas. —Los ayudaré —afirmó Than Pop, y volvió a caminar hacia el helicóptero—. Adiós, amigos míos.

—¿Volveremos a verte? —preguntaron algunos, mientras caminaban con él.

—Estoy seguro de que volveremos a vernos.

—¡Quiero el libro que me prometiste! —grité por encima del rugido del helicóptero.

Entonces Than Pop sonrió y me hizo un gesto para que me acercara. Empujé a mi padre y me apresuré a seguir a Than Pop cuando se metió en el helicóptero. Papá me alcanzó y sujetó mi brazo antes de que llegara al helicóptero. El ruido de la máquina me dolía en los oídos y el viento me revolvía el cabello en la cara. Than Pop salió del helicóptero con un libro y se apresuró a acercarse a nosotros. Nos llevó lo suficientemente lejos del helicóptero como para poder hablar sin gritar.

Than Pop me entregó el libro. —Nou, me duele ver a una niña curiosa como tú sin oportunidad de ir a la escuela. Eres la primera niña que me pide libros. Otros niños me piden dinero. Me gustaría que pudieras venir a América. Allí podrías ir a la escuela todo el día.

—¿Todo el día? —grité—. ¡Me encantaría! ¿Cómo puedo ir a América?

Entonces Than Pop miró a papá y dijo: "Su hija es única. Puedo llevarla a América para que tenga una vida mejor si me das permiso".

—Algunos funcionarios *Hmong* enviaron a sus hijos a América para que recibieran educación, pero ellos tienen dinero. Yo no —comentó papá con tristeza.

—Yo cuidaré de ella —aseguró Than Pop.

Los ojos de papá se iluminaron. —Gracias. Muy generoso de tu parte. —Se volvió hacia mí, con una expresión seria—. Tu madre no está aquí, pero esta es tu oportunidad. Tendrás una vida mejor en Estados Unidos.

¿Una vida mejor y una escuela? Mi pecho estalló de felicidad. Mis sueños se estaban haciendo realidad. Después de todo, tenía suerte. No podía dejar de sonreír. Luego, mi sonrisa se desvaneció al darme cuenta de que me vería obligada a dejar atrás a mi familia.

Mi corazón se aceleró. —¿Me voy ahora?

—Sí —dijo Than Pop—. No puedo quedarme aquí. No es seguro ni para el piloto ni para mí.

¡Oh, cielo! Esta era mi oportunidad, lo mejor que la vida me ofrecía. ¿Pero qué pasa con mamá y Der? ¿Podría romper mi promesa e irme a un país muy, muy lejano?

—Than Pop, si me voy contigo, ¿volveré a ver a mi familia?

—Eso espero, pero no puedo garantizar que lo hagas.

Me mordí el labio. ¿Educación o familia? ¿Querrían Der y mamá que me fuera? ¿Estarían contentas o tristes? Respiré profundamente. No podía romper las promesas que les había hecho. Amaba las historias y quería una vida mejor, pero la culpa me torturaría y mataría si no cumplía mis promesas.

—Gracias, Than Pop, por ofrecerme la oportunidad. No puedo dejar a mi familia. —Las lágrimas pincharon mis ojos.

—Lo entiendo. —Me entregó el libro—. Buena suerte.

Papá preguntó a Than Pop: "¿Cuánto tiempo se quedará el equipo de USAID en Laos?"

—Creo que se van este mes —respondió Than Pop—. El capitán Fred Walker, piloto jefe de Air America, será probablemente el último en irse.

El piloto llamó a Than Pop y éste subió al avión. No tuve oportunidad de preguntarle de qué trataba el libro, ni siquiera el título.

Papá y yo nos unimos a la multitud. El helicóptero se elevó del suelo y voló cada vez más alto. ¿Cómo podían los humanos hacer una cosa tan poderosa? ¿Qué se necesitaba para fabricarlo? Observamos el helicóptero hasta que desapareció en el lejano oeste.

—Papá, ¿por qué no podemos fabricar helicópteros que nos lleven de un lado a otro? —pregunté.

—Dinero y educación. Nuestro país es pobre. Si no estuviéramos en guerra, algunos niños podrán ir a la escuela.

Niños como yo. Estaba ansiosa por enseñarle a Der mi nuevo libro y corrí a casa.

En la puerta, me detuve para recuperar el aliento. —¡Der, mira lo que tengo! —Me apresuré a acercarme al catre de bambú para invitados donde estaba ella y le mostré el libro.

Der sonrió con desgana. —Me alegro por ti.

Me senté en el borde de la cama y abrí el libro. Pasé página por página. Era un libro grueso con muchos títulos. ¿Qué historias vivían en estas páginas?

—Espero que haya una historia de amor —dijo Der.

—Yo también lo espero. Cuando pueda leer, te lo leeré. —Respiré profundamente—. Than Pop se ofreció a llevarme a América a estudiar.

Der se puso de pie. —No. ¡No puedes dejarnos!

—¿Por qué no?

—Te necesito. —Las lágrimas brillaron en sus ojos.

Como hermana y segunda madre, siempre la necesitaba. Pero en mi mente, era una carga porque dependía de ella para todo. Era una niña inútil a los ojos de todos. Ahora me necesitaban.

—Por eso no me fui —dije—.

Su rostro se relajó. —Gracias. Eres la mejor hermana del mundo. Deberías saber que tenerte para hablar me ha mantenido viva. Sin ti, habría muerto de tristeza y depresión.

—Nunca os dejaría a ti y a mamá —prometí—.

La sonrisa de Der hizo que valiera la pena quedarse.

Dos semanas después, un avión sobrevoló el pueblo y dejó caer sacos de arroz, maíz y semillas de hortalizas. Ese mismo día, otro avión dejó caer jaulas con paracaídas. Los aldeanos encontraron unos cien pollos y cincuenta lechones en las jaulas, y llevaron el ganado a la cabaña de Gia Xa. Éste distribuyó las bolsas de semillas y arroz entre la gente a partes iguales. Como no se podía repartir el ganado a partes iguales, algunas familias acabaron teniendo dos lechones, un macho y una hembra para criar, o dos pollos. Mi familia recibió una gallina y un gallo. Los pollitos resultantes se daban a otras familias que los necesitaban.

Esta vez me tocó construir un gallinero con papá y Toua. Estaba orgullosa de mí misma. Poco a poco, estaba aprendiendo las habilidades que necesitaba para ser la hija que quería ser. Todos los días buscaba en el bosque insectos y gusanos para alimentar a las gallinas.

Empecé un huerto al sur de nuestra cabaña y planté semillas de *gai choy*, cebollas verdes, pimientos picantes y cilantro. Para evitar que las gallinas de los aldeanos se comieran mis hortalizas, cerqué mi huerto con tiras de bambú en una parcela rectangular. La mayoría de las tardes, cuando volvía del campo, me ocupaba del huerto.

Mis padres limpiaron más tierra para cultivar amapolas en octubre. Con la llegada de la gente, teníamos que reclamar la tierra antes de que nos la quitaran. La adormidera era el único cultivo comercial, así que todas las familias lo cultivaban. Esperaba que hubiera estabilidad en el pueblo, para poder cosechar el opio y cambiarlo por bienes. La familia necesitaba ropa y zapatos nuevos. Mientras cuidábamos el campo de arroz, un avión voló bajo sobre nuestras cabezas.

Papá miró hacia arriba. —Ningún avión se ha acercado tanto a la aldea como éste. Creo que es el capitán Fred Walker que pasa a despedirse de los aldeanos.

Contemplando el cielo claro y azul, murmuré: "Todos los americanos se han ido".

—No todos. Jerry «**El Cerdo**» Daniels sigue con el general Vang Pao en Long Chieng.

La esperanza estrechó mi pecho. —Eso significa que aún no estamos perdiendo la guerra. Pero, ¿cómo podemos ganar sin los americanos? —Padre ignoró mi pregunta y volvió al trabajo.

Después de eso, Padre durmió aún menos que antes. La salida de los americanos de Laos preocupaba a los aldeanos. Los hombres se reunían en la casa de Gia Xa todos los días. Padre apenas estaba en casa, y sus ojos apagados me decían que tenía miedo. Los comunistas no tendrían piedad con ningún ex soldado de la CIA.

Capítulo Nueve

Las nubes azules bloquearon el sol durante unos instantes, refrescándonos un poco a Der y a mí mientras terminábamos de lavar la ropa en el arroyo. Pusimos la ropa en nuestras cestas de bambú y compartimos un asiento en una roca. Me apoyé en el hombro de Der con los ojos cerrados y los pies en el agua que me llegaba hasta las rodillas. El susurro de las hojas y el murmullo del agua que fluía calmaron mi ansiedad.

—¡Nou! —gritó un hombre.

Sobresaltada, me di la vuelta para ver quién me había llamado. Blong Thao, el hijo de un vecino, y su amigo bajaban por el sendero hacia nosotros. Cada uno de ellos tenía un arco y una flecha en la mano y llevaba una mochila de color verde oscuro.

—Nos habéis asustado. ¿Qué estáis haciendo aquí? —pregunté—.

—Lo siento—. Blong esbozó una media sonrisa. —Venimos de cazar.

Los hombres llegaron al arroyo y se pararon en el borde. Blong puso una mano en el hombro del otro hombre.

—Este es mi amigo, Neng Moua.

—Encantado de conoceros, Nou y Der. —Neng, bajito y moreno, esbozó una sonrisa.

—¿Te dijo Blong nuestros nombres? —Le pregunté.

—Sí—. Neng se acercó a Der. —He oído que tu marido ha desaparecido. ¿Tienes noticias de su situación?

Der negó con la cabeza. Con su barriga a la vista, todo el mundo hablaba de ella. La belleza de Der la puso en el punto de mira de la opinión pública, y la noticia corrió como la pólvora.

—Lo siento. ¿Por qué no estás con su familia? —quiso saber.

—Su familia se escapó mientras ella nos visitaba. —Era una buena mentira, y la había practicado, así que se me escapó fácilmente.

Neng suspiró. —Es difícil de creer que su marido haya abandonado a su bella esposa y no se haya molestado en buscarla.

Der bajó la cabeza.

Un rubor subió a mis mejillas. —Ya está bien de hablar. Por favor, déjanos solas.

—Si tu marido está muerto, me encantaría cuidar de ti y de tu hijo —dijo Neng, mientras se daban la vuelta para marcharse.

—¡En tus sueños! —grité—.

Los hombres se alejaron a toda prisa.

Las lágrimas resbalaron por las mejillas de Der. Le acaricié el cabello.

—Nou, quieres protegerme, pero estás arruinando tu reputación. —Ella lloriqueó—. Te has convertido en una chica mala. No grites a la gente. Deja que digan todo lo que quieran.

—No. No lo permitiré. —Solté un suspiro—. Der, no puedes dejar que la gente mezquina te menosprecie. Si les oyes repetir rumores, diles que se detengan.

—Es fácil decirlo.

—Ten un poco de coraje y grítales. Puede que los detenga.

—Cuando estás en mi lugar, no tienes valor —dijo ella con voz plana—. No sabes por lo que estoy pasando. Si no creyera que Pheng está vivo, me habría suicidado.

Sabía la vergüenza que vivía. Apreté su mano. —Te quiero, Der. Prométeme que no te harás daño a ti ni al bebé.

Ella me devolvió el apretón de la mano. —Te lo prometo. Encontraré a Pheng, me casaré y viviré feliz para siempre.

Desde el embarazo, Der había cambiado. Sentía que su embarazo degradaba a papá, un hombre muy respetado en la comunidad. Papá ya no presumía ante sus amigos de su hermosa, trabajadora y fiable hija.

Para proteger a Der de más insultos, intentaba mantenerla alejada de la gente. Cuando estaba en casa, Der cocinaba mientras yo lavaba la ropa, acarreaba agua, recogía comida y cuidaba el ganado. En el campo, Der tenía más libertad. Todas las familias estaban ocupadas en su granja y no tenían tiempo para cotillear.

Unas noches más tarde, antes de acostarse, mis padres se acercaron a nuestro catre.

—Der —dijo mamá—, Wa Leng Moua y su hijo se acercaron a tu padre y a mí esta noche. A su hijo le gustas y quiere saber si puede casarse contigo. He mentido varias veces para cubrirte, pero la gente sospecha que no tienes marido. Quiero que sepas que le dije a Wa Leng que estás disponible para casarte. Mañana vendrán a pedirte matrimonio.

Der negó con la cabeza.

—¿Cómo se llama su hijo? —pregunté—.

—Neng Moua —dijo papá.

Ese hombre feo y bajito que insultó a Der en el arroyo.

—Le gustas y no le importa que estas embarazada —comentó papá—. Si te casas con él, se acabarán los rumores sobre ti y tendrás un hogar para tener a tu bebé. Él cuidará de ti y de tu hijo.

—Papá, no quiero casarme con nadie más que con Pheng.

¿Cómo voy a casarme con alguien a quien no quiero? —Ella casi sollozaba—. Prefiero ser desgraciada, sin marido, que casarme con alguien que no me gusta. Espero que lo entiendas.

Papá intercambió una mirada con mamá y luego dijo: "Der, no sabemos si Pheng está vivo. Quiero que te cases con Neng. Este hombre te ama y quiere protegerte a ti y a tu hijo. Aprenderás a amarlo".

—¡No! —gritó Der—. No puedo casarme con él. Por favor, no permitas que vengan mañana. No estaré en casa.

—Quiero que tengas una vida y que tu hijo tenga un padre. —Papá levantó la voz.

—No puedo hacerlo. Lo siento —añadió Der con voz aguda.

Papá negó con la cabeza. Der nunca se había negado a nada de lo que nuestros padres le habían pedido. La obediente hija de papá se había convertido en una rebelde.

Estuve de acuerdo con papá. Parecía la mejor solución, pero tenía que apoyar a mi hermana. Tres contra uno sólo empeoraría las cosas para Der.

—Papá, si no quiere casarse con Neng, por favor, no la obligues.

Mamá miró de padre a Der. —Der, podrías arrepentirte después —comentó—. Debes saber que no puedes dar a luz en nuestra casa. Tendremos que encontrar un lugar para ti, y deberás quedarte allí durante un mes. ¿Te parece bien?

Papá explicó que sólo los niños del clan familiar podían nacer en la casa y ser aceptados por los espíritus ancestrales. Si la familia enfadaba a los espíritus, la desgracia podía llegar a la familia. Aunque Der era del clan Vang, su hijo no lo era. O aceptaba el matrimonio o seguía la estricta tradición.

—Entiendo las dificultades que se avecinan. —La voz de Der estaba llena de emoción—. He tomado mi decisión. Tengo el presentimiento de que Pheng está vivo y le esperaré.

—Está bien —contestó papá—, si eso es lo que eliges. Por

favor, entiende que sólo quiero lo mejor para ti. Tu madre y yo no queremos verte sufrir.

—Lo sé —dijo ella en voz baja.

Siempre quise apoyar a Der, pero ¿y si Pheng estaba muerto?

Capítulo Diez

DICIEMBRE TRAJO VIENTOS FRÍOS, PERO TENÍAMOS NUEVAS esperanzas. Uno de los campos de amapolas estaba listo para la cosecha, y la barriga de Der estaba tan redonda como una calabaza. Un niño más en la familia y el opio para intercambiar por ropa nueva me levantaron el ánimo.

Cada día me esforzaba por cortar las vainas de adormidera con mi herramienta de múltiples hojas. Cada gota lechosa de la vaina era dinero, así que la adrenalina me recorría mientras trabajaba. No me tomaba descansos y trataba de seguir el ritmo de mis padres y mi hermano. Las historias y la educación se desvanecieron de mi mente, ya que la preocupación por Der y la abuela tenía prioridad. La abuela necesitaba cuidados y el bebé de Der podría nacer cualquier día.

Por la tarde, la familia dejó de cosechar para recoger hierbas de elefante y cañas de bambú. Con los materiales, ayudé a mi padre y a Toua a construir un cobertizo, un pequeño espacio adosado a la cabaña de paja, para que Der tuviera a su bebé. El cobertizo era lo suficientemente grande para que durmieran tres personas. Tenía un pozo de fuego para mantener caliente al bebé.

Después de la primera semana de cosecha, papá viajó a una ciudad de las tierras bajas y cambió el opio por mantas de vellón de poliéster, sandalias, fajas verdes, rojas y tela negra. Mamá empezó a coser pantalones y camisas negras para todos.

Una mañana, Der rompió aguas y mamá y yo nos quedamos en casa con ella. Era casi mediodía cuando empezaron las contracciones. Se puso el anillo de Pheng para que le diera fuerzas. Mamá y yo la llevamos al cobertizo y se tumbó sobre las hierbas secas de los elefantes. Mientras mamá entrenaba a Der, yo encendía el fuego.

A medida que avanzaba el parto, Der gritaba. Mamá me mandó a hacer las tareas. Normalmente, cuando una mujer da a luz, se llama a un par de mujeres experimentadas para que la ayuden, pero como el hijo de Der era extramatrimonial, mamá trató de mantenerlo lo más privado posible.

Hice dos viajes al arroyo por agua. A continuación, tuve que matar una gallina para cocinarla para Der, cosa que no sabía hacer porque Der siempre había matado y cocinado la mayor parte de las veces. Cogí una en el gallinero con facilidad, pero no había nadie que me ayudara con la parte difícil. Respiré profundamente y comprendí por qué mi madre quería que lo aprendiera todo. Entonces llegaron mi padre y mi hermano. Mi padre rezó en el altar por Der, y Toua se sentó junto a la hoguera.

—Toua, ¿puedes ayudarme a matar este pollo? —pregunté—.

—¿No sabes cómo? —Se rió suavemente.

—Se necesitan dos personas, una que sostenga el pollo y otra que lo mate.

—Es un pollo pequeño. Puedes hacerlo tú misma.

—Si pudiera hacerlo, no te lo pediría —espeté.

Toua negó con la cabeza. —No estás preparada para casarte. No podrás servir a tu marido y a tus suegros.

Fruncí el ceño. —¿Quién dice que me voy a casar pronto?

—Las chicas trabajadoras se casan entre los dieciséis y los dieciocho años. No veo que estés preparada para entonces.

No quería discutir, pero Toua se estaba metiendo en mi piel. —No me importa, y no quiero casarme a esa edad. ¿Y tú? Tienes dieciocho años y no te has casado. Algo te ocurre.

—Paren inmediatamente —regañó papá—. ¡Toua, ve a ayudar a Nou, ahora!

Toua se puso en pie de un salto. Matamos el pollo y lo cociné. Pero aún tenía más tareas, la cena que terminar y el ganado que atender. Sin la ayuda de Der y mamá, sentí el peso de sus tareas. A pesar del frío, se me formaron gotas de sudor en la frente. Una cosa buena, todo el trabajo me impedía pensar en el dolor de Der.

—¡Es un niño! —gritó finalmente mamá desde el cobertizo.

Dejé de barrer y me reí con ganas. —¡Sí, un hijo! Gracias, Señor de los Cielos. —Me llené de energía y corrí con mi padre y Toua hacia el cobertizo.

Mamá sonrió, sosteniendo al hermoso bebé en sus brazos. Papá le quitó el niño. Cuando miró al niño, sus labios se estiraron en la mayor de las sonrisas. El cansancio desapareció. Incluso Der consiguió sonreír a pesar de su dolor. Fue un momento de alegría y esperanza. Toua sostuvo al bebé después de papá. Todos parecían perdonar a Der por avergonzar a la familia. Incluso sin marido, un hijo elevaba el estatus de Der.

Der gimió, sujetándose el estómago.

—Mamá, ¿¡qué le ocurre!? —grité—.

—Los calambres de estómago ocurren después del parto. Ya se te pasarán—. Mamá masajeó el estómago de Der.

Esa noche, en el cobertizo con Der, mamá bostezaba con frecuencia. Finalmente, su cabeza cayó hacia delante.

—Mamá, ve a descansar —le susurré—. Yo cuido a Der y al bebé.

Mamá levantó la cabeza. —Estoy bien.

—Duérmete —insistí.

—Está bien. Llama si necesitas ayuda.

Cuando se fue, eché más leña al fuego y me tumbé en las hierbas secas junto al recién nacido. Era adorable. Sus mejillas eran tan suaves como la manta y sus labios eran rojos como los tomates. Der dobló las piernas e hizo una mueca, sujetándose el estómago. Quise ayudarla, pero mi cuerpo era demasiado pesado para moverse.

Un rato después, Der gimió de dolor, otra vez. Lentamente, me senté porque no tenía otra opción. Me acerqué y masajeé el estómago de Der. Sus calambres de estómago nos mantuvieron despiertas toda la noche. De vez en cuando ponía más leña en el fuego para mantenernos calientes. Los ladridos de los perros me ponían la piel de gallina. Éramos vulnerables a los extraños, a los animales o a los fantasmas. Quería estar dentro de la casa con mis padres, mi abuela y mi hermano. Un mes en el cobertizo sería mucho tiempo.

Al amanecer, el niño lloraba. Der lo amamantó. Más tarde, volvió a llorar. Lo abracé con fuerza para mantenerlo caliente. Los ojos me pesaban y el estómago me gruñía. Apenas tenía energía para moverme, pero la luz del día se acercaba. Tenía que preparar el desayuno para Der, lavar la ropa y ocuparme de otras tareas. Me desperté de un tirón, dándome cuenta de que había gemido en voz alta.

—Siento que no hayas dormido en toda la noche —comentó Der en voz baja.

Mis ojos se abrieron por completo. —No pasa nada. Sólo estoy cansada. Puedo hacerlo.

—Es un trabajo duro cuidar de mí y de mi hijo. —Su voz se quebró por la emoción.

—Tú me criaste desde que tenía cinco años. Estoy feliz de ayudarte.

—Aprecio tu ayuda. Gracias.

Cocinaba tres comidas, arroz y pollo hervido con hierbas, para Der cada día. Esta sería su dieta durante un mes. La cultura dictaba que, al tercer día, la familia celebraría una ceremonia de llamada al alma para dar la bienvenida al recién nacido. Recibiría su nombre y muchas cuerdas de bendición atadas a sus manos por parte de la comunidad.

Al tercer día, papá le pidió a Der que le pusiera un nombre a su hijo. Lo llamó Nhia, que significa plata. Eso fue todo. Ninguna llamada del alma. Ninguna celebración. Mis padres tenían lágrimas en los ojos, porque querían al niño, pero no podían hacer nada por un niño nacido fuera del matrimonio. Se fueron al campo.

Der lloró, haciendo que las lágrimas ardieran detrás de mis ojos. Había llorado muchas veces a lo largo de su embarazo porque echaba de menos a Pheng y odiaba los rumores y la vergüenza. Pero hoy lloraba por su hijo. El pobre niño no se merecía esta vergüenza.

No podía hacer nada. —Lo siento, Der.

Der aulló, y Nhia se quejó.

Cogí al niño. —Encontraremos a Pheng, y hará una gran celebración para que reclame a Nhia como parte del clan Yang.

No era optimista en cuanto a encontrarlo, pero no sabía qué más decir. No me gustaba Neng Moua, pero si Der se hubiera casado con él, habría hecho una llamada del alma para Nhia. Lo habría reclamado como un clan Moua, y yo no tendría que trabajar tanto. A veces gruñía el nombre de Pheng por frustración. Por ahora, sin embargo, me quedé callada.

No me gustaba ser la hija mediana, pero ahora, al reflexionar sobre mi posición en la familia, decidí que estar en el medio era bueno. Aprendí a observar a mis hermanos mayores y menores. De mi madre aprendí que, si yo daba a luz varones, no los malcriaría ni los trataría como si fueran superiores a mis hijas. La situación de Der me hizo comprender la complejidad de la vida. Las acciones y las elecciones tienen consecuencias. De mi hermano había aprendido a matar un pollo. Incluso mi forma de cocinar había mejorado. Hoy en día, mi madre me hacía más cumplidos que regaños. Eso tenía que ser algo bueno.

Capítulo Once

Mayo de 1975

Últimamente, algunas familias habían dejado de cuidar sus campos. Las conversaciones nocturnas entre los vecinos se detuvieron. Cada familia susurraba en voz baja para sí misma. La extrañeza me hacía sentirme ansiosa e inquieta. Una tarde, cuando papá y Toua fueron a la casa de Gia Xa, les acompañé para saber qué pasaba. La casa estaba vacía y el ganado se paseaba por todas partes.

—¿Qué ha pasado? —pregunté, con el pánico creciendo.

—Hemos perdido la guerra —dijo papá.

Se me hizo un nudo en el estómago.

—¿Por qué huyeron sin decírnoslo? —Mi voz era estridente por la ira y el terror.

—Suaviza tu voz. —El miedo cruzó el rostro de Toua.

Exhalé un suspiro frustrado. Hacía un año que había aprendido a susurrar, pero no podía evitarlo cuando me angustiaba. Había pasado un año y ahora tenía catorce años.

La expresión de papá se ensombreció de preocupación. —No pueden decírnoslo porque los líderes deben huir primero. Sus vidas corren peligro. Gia Xa debió partir ayer por la mañana.

—Pero tu vida también está en peligro —dije—.

Padre permaneció callado. Odiaba los secretos. Odiaba el trato que recibía la gente en función de su estatus. Ahora que habíamos perdido la guerra, la vida de todos importaba, no sólo la de los oficiales.

De camino a casa, nos encontramos con Nao Bee.

—Buenos días, tío Wa Shoua. Te estaba buscando. —Nao Bee miró a su alrededor en busca de gente que pudiera estar cerca. —¿Deberíamos ir a hablar a tu casa?

—Aquí mismo estará bien —susurró papá—. La familia de Gia Xa se ha ido.

—Huyeron ayer a Tailandia. Jerry Daniels, el general Vang Pao y todos los líderes militares se han ido —dijo Nao Bee—. Debemos huir. Otras cinco familias y yo estamos planeando salir mañana por la mañana. Tu familia puede unirse a nosotros. Tendremos unas dos semanas de marcha por la selva, siempre que no encontremos ningún peligro.

¿Dos semanas? Me estremecí.

—Eso es demasiado tiempo —comentó papá—. Mi mamá no sobrevivirá al viaje. Deberíamos ir a Vientiane y contratar mercaderes que nos ayuden a cruzar a Tailandia.

Sacudió la cabeza. —Eso no es una opción ahora. No puedes pasar sin un pase. Reúnete conmigo en mi cabaña esta noche si decides venir con nosotros. Mantén esta información confidencial. —Nao Bee se alejó a toda prisa.

El miedo palpitaba en mi interior, cerrándose en mi garganta. Cielo, ¿qué nos pasaría?

—Padre, tenemos que seguir al general —dijo Toua, con la voz llena de miedo—. Eres un antiguo soldado de la CIA. Los comunistas te arrestarán si nos quedamos.

Papá negó con la cabeza. —Estoy preocupado por tu abuela. Viajar es arriesgado para ella.

Una vez que llegamos a casa, padre reunió a todos a su alrededor. —Hemos perdido la guerra y Tailandia parece ser nuestra mejor opción. Mamá, me gustaría saber qué opinas de ir.

El miedo y la tristeza se reflejaron en sus rasgos. Bajó la cabeza. —Cielo, soy demasiado vieja para el viaje. No sé cuánto tiempo más voy a vivir. Tengo miedo de ir a un país extranjero. Podría ser peor allí que aquí. —Las lágrimas brillaron en sus ojos—. Mi deseo es morir en mi país, pero si tu vida está en peligro, no tengo elección. No quiero que sufras llevándome y que arriesgues tu vida por mí nunca más.

Mi madre alisó el cabello de la abuela. —El viaje no sería seguro para ti y el bebé. Creo que estaremos bien si nos quedamos aquí un tiempo.

—Sí, creo que estaremos bien. —Las suaves palabras de papá contradecían su mirada afligida.

Nhia estaba dormido en el brazo derecho de Der y le di un beso en la mejilla. Alcancé el brazo izquierdo de mi hermana. Nos abrazamos.

—¿Qué opinas, Der? ¿Te quedas o te vas? —le pregunté.

—Si papá cree que es mejor irse, yo diría que nos vayamos, pero me preocupan mi bebé y la abuela.

—A mi también —contesté, pero temía que no estuviéramos seguros al quedarnos.

Todos los días papá trataba de obtener noticias de los mensajeros que pasaban por allí. El miedo le había robado la concentración y el sueño. El exilio del general Vang Pao y las represalias de los comunistas habían provocado el éxodo. La mitad de los aldeanos habían huido, dejando a los que quedaban vulnerables.

Cuando papá y Toua fueron a las afueras de la aldea para ver a un mensajero, yo les acompañé. En el bosque, un hombre de unos treinta años estaba sentado en un tronco ante veinte hombres que se sentaban en el suelo alrededor y entre los árboles. Yo era la única chica. Los hombres me miraban fijamente.

Uno de ellos miró a mi padre. —Esta reunión es sólo para hombres.

Otro hombre, con los ojos entrecerrados, le preguntó a mi padre con una voz áspera que me hizo sentir mareada: "¿Qué hace ella aquí? Debería estar haciendo las tareas como una joven *Hmong*".

La ira burbujeó en mis entrañas. Apreté los labios para evitar que las palabras hirientes salieran de mi boca. Mi padre estrechó los ojos hacia el hombre. El aire se volvió frío y tenso. Todos esperaron a que mi padre hablara.

Finalmente, con voz dura, mi padre dijo: "Mi hija es curiosa. Es lo suficientemente valiente como para saber la verdad. No hay razón para impedir que alguien, ni siquiera una niña, aprenda. Estoy seguro de que todo lo que hablemos aquí será confidencial".

Yo quería a mi padre. Era un hombre educado y valoraba a las chicas, y me dio muchas oportunidades. No me importaba que los otros hombres pensaran que no estaba siendo una chica adecuada o que era demasiado joven para conocer los hechos. Tenía derecho a saber qué nos deparaba el futuro.

Llegaron dos hombres más.

—Creo que son todos. —Shoua Neng Vang, pariente de papá, se dirigió al hombre sentado en el tronco.

—Soy Koua Xiong —declaró el hombre—. Mi comandante, Cher Pao Vang, me envió aquí para compartir algunas noticias con ustedes. Los Pathet Lao arrestaron a Blong, uno de nuestros soldados, y lo enviaron a un campo de seminarios. Le obligaron a realizar intensos trabajos desde el amanecer hasta el anochecer. Algunos cautivos fueron puestos en agujeros en el suelo sin comida. Los Pathet Lao mataron a los comandantes y a cualquiera que sospecharan que tenía el cerebro americano. Blong consiguió escapar del campo.

Un escalofrío me recorrió. Respiré profundamente.

Un hombre preguntó: "¿Cómo saben los Pathet Lao quién tiene el cerebro americano?"

—Los soldados de la CIA. Cualquiera que hable algo de inglés —dijo Koua—. Lo creas o no, si tienes un regalo o algo de Estados Unidos, se dice que tienes el cerebro americano. El enemigo quiere deshacerse de todos los que fueron influenciados por los americanos.

Jadeé, y mi corazón se agitó salvajemente. El libro que me dio Than Pop estaba en inglés. Si me pillaban con el libro, estaría muerta. También lo estaría papá, que tenía la lista de nombres americanos. Los ojos de Padre permanecían abatidos. Siendo un antiguo soldado de la CIA, tenía todas las razones para estar temeroso.

—Los Pathet Lao están buscando ex soldados por todas partes —dijo Koua—. Si eres uno de ellos, tienes que huir a la selva antes de que te encuentren. Los combatientes de la resistencia te ayudarán allí. No sé cuándo llegará el enemigo, pero toma precauciones—.

Despreciaba la idea de vivir en la selva, pero mi familia no tenía otra opción.

De camino a casa, le pregunté: "Padre, ¿hay algún lugar para nosotros que no sea la selva?"

Dudó. —No tenemos otro lugar al que ir que no sea unirnos a los combatientes de la resistencia y sus familias en la selva.

En cuanto llegamos a casa, me dirigí a mi cama y saqué el libro bajo la manta que usaba como almohada. Me senté en la cama, palpé la cubierta del libro y estudié las huellas. ¿Dónde podría esconderlo? Toua estaba cerca y se asomó. Me arrebató el libro y pasó las páginas.

—¡Devuélvelo! —Le grité.

—Creo que este libro es inglés —espetó—. La persona que te lo dio quiere matar a nuestra familia.

—¡Eso no es cierto! Yo lo pedí.

Me miró fijamente. —Entonces será mejor que lo destruya antes de que lleguen los comunistas.

—¡No! ¡No puedes hacer eso!

Su cara se puso roja de ira. —¿Quieres que maten a nuestra familia?

Me desplomé. —Por supuesto que no.

—Entonces quémalo.

—Devuélvelo. Lo haré yo misma —prometí—.

Toua dudó y me entregó el libro. Odié todo lo que dijo, pero tenía razón.

Esa noche hice una hoguera cerca de mi jardín. A solas, abracé el libro. El libro era todo lo que quedaba de mi sueño. Las lágrimas me nublaron la vista. El libro de Than Pop tenía un valor incalculable, pero no podía arriesgarme a que pillaran a mi familia con un libro americano. Me hervía la sangre mientras maldecía la guerra por haber destruido mis esperanzas, mis sueños y mi futuro.

Perder la guerra fue como perder los ojos. Ahora vivía en una vida de oscuridad en la que nunca encontraría el camino hacia la libertad. Fuera cual fuera el camino que tomara, iba a tropezar con algo que me mataría. No había un futuro claro para mí ni para mi familia.

Debí de llorar durante un buen rato porque cuando me limpié los ojos, algunas páginas estaban húmedas. Besé el libro y pasé las páginas muchas veces.

Respiré profundamente y dije: "Lo siento, Than Pop. No tengo otra opción".

Arranqué la primera página, le prendí fuego y murmuré: "Esta página es para la educación que no recibí". —Rompí la segunda página y la encendí—. Esto es por todas las historias tristes que no podré leer y derramar lágrimas. —La tercera página—. Esto es por todas las historias divertidas por las cuales no podré reir. —La cuarta página—. Esto es para los americanos que crearon este lío y corrieron a casa cuando supieron que no podían ganar. —Página cinco—. Esto es por nuestra miserable vida.

Mi corazón estalló de dolor. Quemar el libro, la única cosa que más atesoraba, se sentía como quemarme a mi misma.

Der salió y me encontró. —¿Por qué estás quemando tu libro? ¿No es tu sueño?

—Mi sueño ha muerto —dije fríamente—. No tiene sentido conservar el libro.

—Lo siento. —Der deslizó un brazo alrededor de mi hombro.

Mamá se acercó corriendo con Nhia apretado contra su pecho. —Nou, ¿estás bien?

—Está quemando su libro —señaló Der con tristeza.

—Por favor, no dejes que este caos destruya tus esperanzas, tus sueños y tu valor —dijo mamá—. Recuerda que tu padre nos dijo que no dejáramos que nuestra miseria arruinara nuestra autoestima y nos matara.

Quería contarles a mamá y a Der la razón de la quema del libro, pero no quería que se compadecieran más de mí ni que tuvieran más miedo. —Ya no lo necesito. No me ayudará en mi vida.

Mamá dijo: "Te dije que las historias no te ayudarán con tu vida, pero si el libro te da esperanza, deberías conservarlo".

Arrojé el resto del libro al fuego. —Es mejor no tenerlo.

Después de la cena, todos se sentaron en silencio alrededor de la hoguera mientras papá hablaba. —Mañana al amanecer, nos uniremos a los combatientes de la resistencia en el bosque. He sopesado las opciones, y esta es la mejor opción. No será fácil, pero nos salvará la vida.

—Padre, me preocupa la seguridad de Nhia y la abuela en la selva —dijo Der—. ¿Pueden quedarse las mujeres?

Sacudió la cabeza. —Eso no es una opción ahora. Los comunistas torturan y matan a las mujeres al igual que a los niños para llegar a los hombres. —Papá hizo una pausa y luego dijo con voz temblorosa—: Una fuente me dijo que ayer por la mañana el Pathet Lao detuvo a un ex soldado y a su familia para llevarlos al bosque. Los aldeanos oyeron disparos—.

Contuve la respiración y me llevé las manos al pecho.

—El escondite es temporal, sólo hasta que las cosas se calmen —dijo papá—. Empaquen todo lo que puedan. Nos vamos antes de que los aldeanos se levanten.

Der dirigió sus ojos asustados hacia mí. Quise tranquilizarla, pero no encontré las palabras. La posibilidad de que el Pathet Lao nos arrestara era una cosa. El peligro en la selva era otra.

—La vida no puede ser más difícil que esto. ¿Verdad? —Unas cuantas lágrimas resbalaron por las arrugadas y pálidas mejillas de la abuela.

Las limpié con los dedos.

Los adultos rezaron esa noche y nadie durmió bien. Sólo el bebé, que no tenía ni idea de lo que le esperaba.

Capítulo Doce

En el denso y verde bosque, mi familia y las familias de mis parientes, Wa Chong Vang y Shoua Neng Vang, se reunieron con Vue Vang. Vue era el primo de Nhia Neng y líder de un grupo de combatientes de la resistencia. Era un hombre musculoso, de cara ancha y nariz grande. Era un poco más bajo que mi padre.

Vue nos condujo a la zona de su campamento, donde los refugios improvisados rodeaban una hoguera inactiva en el centro. Las familias allí presentes saludaron a los nuevos. Mientras todos se sentaban en el duro suelo alrededor de la hoguera, Vue explicó a las nuevas familias que él y sus combatientes eran conocidos como *Chao Fa*, un movimiento de resistencia contra los comunistas. La expresión *Chao Fa* significa «Señor del Cielo» en lengua laosiana.

Los veinte hombres del grupo de Vue eran antiguos soldados de la CIA de las fuerzas irregulares del general Vang Pao, por lo que estaban aquí desde que el general abandonó el país. Se unieron al Cha Fa para ayudar a combatir a los comunistas porque rendirse al Pathet Lao significaba la muerte o la tortura.

Un joven soldado dijo: "Vine aquí porque prefiero morir luchando que ser arrestado por el Pathet Lao. Vi lo que le pasó a mi pariente. Los comunistas lo arrestaron. Le cortaron la carne, la rociaron con sal y le dejaron arder al sol. Gritó y gritó hasta que se desmayó del dolor. También interrogaron a los prisioneros para obtener información y, cuando no consiguieron nada, patearon y golpearon a los cautivos con palos de madera hasta dejarlos inconscientes".

Se me revolvió el estómago. La guerra había creado monstruos. ¿Le haría eso el enemigo a papá si lo arrestaba? Esperaba que nunca descubrieran su pasado.

Siete de los veinte hombres de Vue estaban casados, y sus familias estaban presentes. En total, incluyendo las nuevas familias, había once familias con hijos. Vue advirtió que, a medida que el grupo aumentara de tamaño, sería más difícil mantener a los niños callados. Por seguridad, decidió llevar a las familias a Phou Bia, la montaña más alta de la provincia de Xieng Khouang, en Laos. Phou Bia, una zona remota con selvas, estaría a salvo de los comunistas. Allí vivían algunos antiguos soldados de la guerrilla Hmong y otros grupos *Chao Fa*, que protegerían a las familias.

Poco después de la reunión, Vue, que había obtenido los rifles de los otros líderes del *Chao Fa*, proporcionó a cada nuevo hombre un rifle de carabina oxidado. Sólo cuatro hombres, incluido él mismo, tenían M-16. Toua parecía más valiente con un arma en las manos. Como cazador, sabía cómo utilizar el arma.

DURANTE LOS CINCO DÍAS SIGUIENTES, NUESTRO GRUPO PASÓ POR muchas montañas y valles. Escalar colinas densamente boscosas con ancianos y niños pequeños era como cavar un túnel. Sus cortos pasos nos ralentizaban, y los niños lloraban cada vez que una rama de árbol les azotaba o pisaban un objeto afilado.

Un día llegamos a la cordillera de Phou Bia alrededor del mediodía. La zona era una densa selva con altos árboles de corteza pálida y un solo tronco como dosel superior. La teca, el palisandro asiático y la caoba formaban el dosel central. Debajo de las copas había árboles y arbustos más pequeños.

Este lugar nos ocultaría del enemigo, pero no podíamos despejar la tierra para cultivar alimentos. Teníamos que comer lo que pudiéramos encontrar en la naturaleza. No podríamos sobrevivir en esta zona remota durante mucho tiempo.

Mientras descansábamos en las laderas de una cordillera, Vue nos informó de que un grupo *Chao Fa* residía cerca, en las laderas de la montaña Phou Bia. Muchos antiguos guerrilleros *Hmong* y sus familias estaban repartidos por la zona. La gente prefería permanecer dispersa para no ser un blanco fácil para el enemigo, que podía lanzarles bombas en cualquier momento.

Cada familia reclamó una zona de la colina y la despejó. Débil y agotada, la abuela yacía en el suelo áspero y desigual casi sin vida. No había nada que comer. Papá fue a cazar y mamá buscó plantas comestibles.

Yo bajé a duras penas la colina hasta el valle en busca de agua. En el arroyo, tragué bocados, luego llené tres grandes tubos de bambú y los puse en mi cesta.

Subir la empinada colina con tanto peso fue difícil. A mitad de camino, me quedé sin aliento. Cada vez que daba un paso, emitía un gemido. Estaba agotada cuando llegué a la zona del campamento. No podía imaginarme acarreando agua por esa colina todos los días.

Por la noche, mi padre trajo un pequeño pájaro y algunos helechos. Mamá volvió con unos cuantos brotes de palma silvestre. La abuela se comió el pájaro y la familia el resto de la comida.

Cuando se hizo de noche, me acurruqué junto a mi abuela en el duro e irregular suelo sobre unas hojas de plátano. Como siempre, me costó quedarme dormida. Me dolía la espalda y daba vueltas en la cama.

De repente, unos relámpagos blancos rompieron la oscuridad. Los truenos rugieron y las ráfagas de viento azotaron los árboles. Mientras la lluvia caía sobre nosotros, los gritos de los niños resonaban por todas partes. Los árboles ofrecían poca protección. Temblábamos con la ropa mojada y tratábamos de proteger a Nhia, de siete meses, del ruido, el viento y la lluvia. La noche parecía eterna.

Por fin dejó de llover y amaneció con un rayo de esperanza. Nhia dejó de llorar. Papá y Toua intentaron encender un fuego, pero las ramitas húmedas se negaban a cooperar. Frustrado, padre las partió en trozos pequeños y finalmente consiguió encender el fuego. Nos acurrucamos alrededor del escaso calor.

Cuando la luz del sol se filtraba a través del dosel de hojas de arriba, colgábamos la ropa para que se secara. La gente empezó a cortar maderas para hacer refugios. Nadie quería otra noche como la anterior. Mi familia construyó un cobertizo. Diez días después, terminamos una pequeña cabaña de madera con techo de hojas de palma silvestre, cerca de Shoua Neng y Wa Chong.

Una vez instalados, Vue y los demás líderes del *Chao Fa* empezaron a entrenar a todos los hombres y niños sanos para luchar. Entrenaban por las mañanas y cazaban, así como buscaban comida al final del día.

Todas las mañanas, cuando amanecía, papá y Toua cogían sus rifles para salir por la puerta. Se dirigían a la ladera de la montaña para entrenar con el rifle mientras yo me quedaba atrás, con los dientes apretados por la frustración. Quería unirme a ellos. Era capaz, y necesitaba aprender a luchar para proteger a mi familia.

Mi promesa a mamá, a Der y a Nhia me hizo querer estar a la altura de mi nombre, el sol, la fuente de toda energía poderosa. Había renunciado a una vida en América y a la educación para cumplir esa promesa.

Una mañana, encendí el fuego temprano.

—Mamá —dije—. Voy a unirme a los soldados en su entrenamiento.

Su boca se torció y negó con la cabeza. —No. Las niñas no deben luchar. Necesito que prepares el desayuno, consigas agua y cuides de la abuela y de Nhia.

—Haré el trabajo cuando vuelva.

—Estamos tratando de sobrevivir. —La voz de mamá era firme—. Tenemos dos hombres en formación. Tienen cosas que hacer.

Ella cogió su cesta y se fue a buscar comida antes de que yo pudiera discutir. Me tragué mi ira. Me recordé a mí misma que estaba obligada a cumplir con mis responsabilidades y que hacerlo bien me convertiría en una hija digna. Si hacer las tareas y ayudar a la familia enorgullecía a mamá, no discutiría ni debería enfadarme.

Después de que Der amamantara a Nhia, me lo dio a mí porque, como adolescente, tenía que hacer de niñera. Cuando mis hermanos gemelos eran bebés, Der los cuidaba. Ahora yo cuidaba a Nhia. Der se fue detrás de mamá. Los adultos buscaban comida en la naturaleza.

Cuando el sol subió a lo alto y las sombras se hicieron cortas, supe que era mediodía. Había estado estudiando las sombras para pasar el tiempo. Mamá y Der regresaron, y yo hice mi viaje diario al arroyo en busca de agua.

Aparte del susurro de las hojas, el día era tranquilo. Algunos niños estaban sentados fuera de sus cabañas, pero corrían dentro cuando me veían. La mayoría de los niños se quedaban dentro cuando los adultos no estaban, y aunque vivían cerca unos de otros, estaban demasiado asustados para jugar juntos. Por ahora, Phou Bia era un refugio seguro. Pero, al igual que los niños, no podía evitar la sensación de que algo siniestro se acercaba.

Capítulo Trece

EL MES DE DICIEMBRE TRAJO CONSIGO UN FRÍO GLACIAL. LA temperatura en las montañas variaba entre el día y la noche. Los días no eran malos, pero las noches eran muy frías. Por la noche, el aire helado se metía en mis huesos y en mis entrañas, haciéndome temblar. Cuando respirábamos o hablábamos, salía vapor por la boca y la nariz. Era el tiempo más loco que había visto nunca. Durante la noche, la abuela gemía y Nhia lloraba. Papá encendía un fuego cada noche, pero nadie dormía bien.

Una noche, la abuela y Nhia tuvieron fiebre. Mamá les dio hierbas medicinales, pero las hierbas no ayudaron. Nhia, de un año, gritaba como si le pellizcaran y se negaba a tomar el pecho. Se apartó de Der y extendió los brazos hacia papá. Cuando mi padre lo cogió, volvió a retorcerse y extendió sus brazos hacia mí. Lo abracé con fuerza, lo acuné y le canté, pero entonces quiso a mamá.

Mis padres rezaron e hicieron un *hlawv dab pog*, cantando y ahuyentando a los espíritus malignos con un trapo encendido. Hicieron todo lo posible, pero Nhia seguía llorando. Tenía la cara tan roja como el trapo que mamá le había atado al cuello para alejar a los malos espíritus. Der temblaba mientras las lágrimas corrían por sus mejillas. Mis padres y Toua observaban con ojos temerosos.

Apenas habíamos superado la muerte de los gemelos, y ahora temíamos por la vida de Nhia. Este lugar estaba a salvo del Pathet Lao, pero no de la madre naturaleza y la enfermedad. Nhia no sobreviviría mucho tiempo así.

No podía soportar otra muerte. Recé en voz baja: "Señor del Cielo, abuelo y antepasados, por favor, quita la enfermedad a Nhia al igual que a la abuela, protégelos del frío y sálvalos. Por favor, sálvalos".

Padre envió a Toua a los vecinos. Wa Chong y Shoua Neng vinieron corriendo.

Shoua Neng palpó la frente de Nhia y dijo: "Fiebre alta". Inició un *khawv koob* y cantó.

La fiebre de Nhia terminó por desaparecer a medianoche y se tranquilizó. Una vez que confirmaron que la fiebre de la abuela también había bajado, Shoua Neng y Wa Chong se fueron. Los adultos estaban agotados, pero se relajaron un poco.

El hambre nos había debilitado a todos. Habíamos estado comiendo dos comidas escasas al día y nos faltaban proteínas. Las plantas comestibles de los alrededores habían desaparecido por completo. La gente recorría un largo camino en busca de comida.

Cuando salió el sol, mi padre se marchó con una expresión grave. Salí a recoger ramitas para hacer leña y me detuve cerca de la cabaña de Vue donde escuché cómo papá y Vue hablaban de nuestros problemas.

Me uní a mi padre en su camino a casa.

—Papá, ¿qué vamos a hacer? —le pregunté.

—Dejar este lugar.

—Aparte de esta montaña, ¿dónde es seguro?

—En ningún sitio.

No teníamos más lugares a los que huir. Cuando la guerra terminó, *Chao Fa* había sido nuestra última esperanza y la montaña Phou Bia era nuestro único lugar seguro.

En casa, papá nos sentó a todos y dijo: "El tiempo aquí no nos favorece, y el hambre y la enfermedad me preocupan cada día. Le comenté a Vue que me gustaría reunir noticias sobre los pueblos. Si es seguro que regresemos, me gustaría llevar a la familia a una aldea. Fong Vang y yo viajaremos a las aldeas mañana".

Fong Vang era un joven soldado de Vue. Compartía el mismo clan, así que papá lo trataba como a un hijo.

—Por favor, no te vayas, hijo. —La voz de la abuela temblaba—. Es peligroso. Tu familia te necesita.

La expresión de papá se endureció. —Volveré rápido.

Una sombra cayó sobre el rostro de mamá. —¿De verdad tienes que ir?

—Tengo que hacer algo. No te preocupes. —Papá se volvió hacia Toua—. Cuida de la familia mientras estoy fuera.

Toua asintió.

Mi garganta se espesó mientras mi cabeza generaba escenarios de lo que le sucedería a papá si lo atrapaban. ¿Por qué todo conlleva tantos riesgos? Si atrapaban a papá, ¿qué sería de nosotros? ¿Podríamos sobrevivir sin él?

Papá desató la cuerda con el machete que llevaba en la cintura. Para mi sorpresa, me lo entregó. —Mantén este cuchillo a salvo. Entiendes su importancia—.

—Lo guardaré —dijo Toua.

—No. Me preocupa que puedas perderlo cuando estés entrenando —dijo papá—. Der y tu madre estarán ocupados buscando comida. Nou sólo cocina y cuida a Nhia y a tu abuela. Es mejor que se lo quede ella.

Al día siguiente, después de desayunar, Papá entonó unas oraciones y luego se colgó la pistola al hombro. Fong llegó y se fueron.

Cada día que se iban, yo marcaba el día cortando un poco de madera del enorme árbol que había frente a nuestra cabaña. Cada vez que sostenía el machete, sentía curiosidad por el papel que se escondía en el mango.

Un día, la curiosidad me impulsó a sacar el papel, y lo hice. Al desenrollar el papel, las palabras llenaban ambas caras. Palpé las palabras con los dedos. Papá dijo que había escrito sobre su participación en la guerra, pero ¿qué más había escrito aquí? Ansiaba leerlo. Los sueños eran imposibles en la selva, pero el papel me recordaba que debía mantener la esperanza. Volví a enrollar el papel con cuidado y lo coloqué en el asa.

Marqué el árbol cinco veces, luego diez. Cada marca aumentaba mi miedo. Si le pasaba algo a papá, la abuela moriría. Cada día preguntaba por papá y se negaba a comer. Se volvió tan frágil que era incapaz de girarse en el catre. Sus ojos estaban hundidos. Apenas los abría y sus huesos faciales sobresalían como un esqueleto.

Nunca le había mentido a mi abuela, pero sentí que no tenía otra opción. No iba a permitir que muriera de hambre.

Me aclaré la garganta. —Abuela, he oído que mi padre llegará pronto. Debe comer, así tendrá energía para hablar con él.

—¿Ya está aquí? —dijo en voz baja.

—Sí. Ahora come.

La abuela abrió lentamente la boca. Le di un puré de raíces silvestres, *qos sabyaj thawj,* y le di agua. Terminó la mitad de la comida.

La tarde del día 14, papá y Fong regresaron por fin sanos y salvos. Los hombres se agolparon en nuestra cabaña, ansiosos por escuchar las noticias. Los ojos brillantes de padre mostraban que tenía buenas noticias.

—Los Pathet Lao están pidiendo a las familias escondidas que regresen. Prometen no hacernos daño. Algunas familias han regresado. —Papá estableció contacto visual con los hombres que le rodeaban—. No sé lo que pensáis todos, pero voy a llevar a mi familia de vuelta al pueblo. Es la única manera de salvar a mi nieto y a mi mamá.

—Como tu líder, te aconsejo que, si crees que puedes vivir bajo las reglas del Pathet Lao, eres libre de irte —dijo Vue—. No quiero que usted y su familia sufran más enfermedades y hambre. Nuestro futuro aquí es incierto. No puedo decir que sea mejor esconderse aquí que rendirse.

Otros dijeron que no se entregarían.

—Recordad el acuerdo de alto al fuego. Después de firmar el contrato para dejar de disparar, los comunistas ignoraron el acuerdo y enviaron tropas para acabar con los soldados *Hmong* —dijo Shoua Neng—. No me fío de ellos.

—Me preocupa que una vez que la gente regrese, arresten a los antiguos soldados y a los combatientes de la resistencia —dijo Wa Chong con su profunda voz—. ¿Qué harán cuando estén en sus manos? Es fácil que te atrapen.

Se me cortó la respiración. Tenía razón. Tal vez sería mejor quedarse.

Después de que todos se fueran, papá se dirigió a la familia. —Esta es una decisión difícil. Voy a seguir mi instinto. Quiero arriesgarme e ir a la aldea. El Pathet Lao me asustó, pero creo que es lo mejor para la familia.

—Gracias, papá —agradeció Der—. Esto salvará a mi hijo.

—Tu abuela también —respondió—. Me dijo antes de la guerra que cuando muera quiere un buen funeral con mucha gente, con música de tambor y qeej para guiarla al mundo ancestral. Quiere que le maten una vaca para tener un animal que criar en su otra vida. Si nos quedamos aquí, no habrá un funeral formal para ella.

Todos estuvimos de acuerdo.

—He pensado en ti —le dijo papá a Toua—. Mientras estaba en el pueblo, vi a un par de hombres de tu edad, y hablé con dos líderes *Hmong* que creían que estarías bien allí.

—Papá, yo —titubeó Toua—. Me gustaría casarme antes de irnos.

No me sorprendió. Había estado hablando con una chica que vivía al otro lado de la montaña.

—Ya tienes veinte años. No te lo impediré. Tráela esta noche. Quiero irme pronto. —Papá asintió.

Esa noche, cuando se acercaba la oscuridad, Toua regresó con una hermosa mujer de cara larga. Su pequeña nariz y sus gruesos labios rosados la hacían muy atractiva. No era de extrañar que Toua quisiera llevarla con él. Presentó a la mujer como Pa. Tenía dieciocho años, la misma edad que Der.

Papá y Vue se fueron a notificar a los padres de Pa su matrimonio con Toua. Pronto regresaron. Padre nos dijo que los padres de Pa fueron considerados y accedieron a posponer la boda formal de la joven pareja hasta que fuera más seguro y hubiese comida. Mi padre cambió el opio con Vue por dos lingotes de plata y se los dio a los padres de Pa como muestra de su crianza. No había pollos para hacer una llamada del alma para Pa y Toua, así que la pareja esperaría hasta llegar al pueblo.

Dos días después, el pueblo se reunió cerca de nuestra cabaña para despedirse. Los padres de Pa vinieron a despedirla. Wa Chong y Shoua Neng decidieron quedarse con Vue. Le pidieron a papá que les enviara noticias de cómo estaban las cosas con los comunistas.

Esa mañana, papá rezó a su padre: "Padre, hoy tu familia va a volver a la aldea para vivir con los comunistas del Pathet Lao. Si nos ocurren cosas malas en el camino o en la aldea, por favor haz que veamos una serpiente bloqueando nuestro camino. Lo tomaré como una advertencia para no seguir adelante".

Curioso, susurré: "Abuela, ¿por qué una serpiente?"

—En una época de guerra como ésta, ver una serpiente bloqueando el camino simboliza el peligro que se avecina. Las serpientes son peligrosas.

Padre estrechó la mano de Vue y de los otros hombres en señal de despedida. Las mujeres se despidieron de mamá y le desearon lo mejor. Mi padre encabezó el camino valientemente con su machete colgando de la cintura atado con una cuerda. Los comunistas matarían a mi padre si descubrían que era un antiguo soldado de la CIA. Podrían matarnos a todos. No importaba el resultado, mi padre era mi héroe. Se armó de valor y asumió los riesgos por lo que creía que era correcto para su familia.

Capítulo Catorce

Tras seis días de viaje, llegamos a una colina que descansaba sobre un valle con un pueblo. Papá señaló el pueblo y dijo: "Eso es Nao Long. Vamos a ir allí".

Nos sentamos bajo un árbol. Las cortas sombras del árbol me indicaron que la hora se acercaba al mediodía.

—Si nos cruzamos con algún soldado, ponemos las dos manos en alto. —Padre hizo una demostración a todos y levantó las manos por encima de la cabeza—. Esto indica a los soldados que nos rendimos, para que no nos disparen.

Demasiado agotados para hablar, asentimos con la cabeza. Esperaba que no nos encontráramos con ningún soldado. ¿Quién sabía lo que harían?

Nhia se quejó, así que Der lo atendió. En cuanto terminó, papá se cargó a la abuela a la espalda y nos dirigimos a Nao Long. Padre nos condujo a la más nueva de las dos subdivisiones de Nao Long con nuevas chozas de paja.

—Todas las cabañas de esta sección pertenecen a las personas que se han entregado recientemente. Gente como nosotros —dijo papá—. Algunas son viudas cuyos maridos murieron en combate. ¿Recuerdan al tío Nao Pao?

Todos, menos papá, asintieron. Nao Pao era un vecino y pariente del pueblo de Thao que fue capturado durante el ataque. Compartía el mismo clan y era de la generación de papá, así que le llamaba tío.

—Vive aquí —señaló mi padre—. El Pathet Lao le liberó a él y a su familia de la cárcel hace poco. Vamos a su cabaña.

El cansancio de mis piernas desapareció. Me moría de ganas de conocerlo. Quizá las familias de la tía Shoua y de mi amigo Maineng también vivían aquí. Ya lo averiguaría.

Me acerqué a mi padre. —Padre, ¿quién vive al otro lado del valle?

—Los comunistas *Hmong*. Viven allí desde hace muchos años.

Mi corazón se aceleró. —Son nuestro enemigo.

—Ya no —dijo—. Ahora que nos rendimos, estaremos a salvo.

Esperaba que tuviera razón.

Un pequeño río separaba a los comunistas *Hmong* de los no comunistas. Un centenar de cabañas se extendían por la zona no comunista. Había menos chozas en el lado comunista *Hmong*. Por fin, nos detuvimos en una de las cabañas de paja del lado no comunista y papá llamó a la puerta.

El tío Nao Pao abrió la puerta. —¡Habéis llegado bien! —gritó—. Entrad.

A finales de los sesenta, Nao Pao había envejecido. Las arrugas surcaban su frente y las canas salpicaban su pelo. La tía Nao Pao y Hue, el hijo menor, nos saludaron. El reencuentro nos llenó de esperanza y derramamos lágrimas de alegría.

Nuestro tío nos contó que durante el ataque a la aldea de Thao, los comunistas los llevaron a la frontera entre Laos y Vietnam. Los comunistas los esclavizaron durante más de un año y los obligaron a trabajar en los campos de arroz desde el amanecer hasta el anochecer. Tenían dos escasas comidas al día, y sobrevivían sólo porque habían sido agricultores toda su vida.

—Mataron a los soldados de la CIA —afirmó el tío.

Se me cortó la respiración y fijé la mirada en mi padre. Su expresión seguía siendo tranquila. Yo, sin embargo, quería llorar.

Compartíamos la cabaña del tío. Su vecina más cercana era la tía Chia Koua, una mujer delgada y de estatura media de unos cincuenta años, que venía de visita. Le dio a Nhia una cosa redonda que parecía un botón.

—Es un caramelo —le dijo la tía Chia Koua a Der—. Se derretirá en su boca. No hay que preocuparse de que se atragante.

—Gracias. —Der sonrió.

Nhia se lo metió en la boca, masticó y sonrió. Todos sonreímos con él. Quiso otro, y la tía Chia Koua le dio el último. Aplaudió y todos aplaudimos juntos. En ese momento, nos sentimos vivos de nuevo.

La tía Chia Koua nos contó que su marido, Chia Koua, era un antiguo soldado como papá. Había escapado a Tailandia. Dejó a su familia porque creía que la paz llegaría pronto. De vez en cuando, volvía de visita y traía caramelos a los niños. Había guardado algunos caramelos de su última visita.

—¿Conoces a las familias de este lado del pueblo? —le pregunté.

—Las conozco a todas —dijo la tía Chia Koua—. Estoy buscando a mis hermanos, así que investigo a todas las familias que vienen aquí.

—¿Hay una familia con el nombre de Chong Tou Yang? —preguntó Der.

Era el padre de Pheng.

La tía Chia Koua negó con la cabeza.

Pregunté por el padre de Maineng y el marido de la tía Shoua.

—No los conozco. No creo que estén aquí —contestó la tía Chia Koua.

La decepción me inundó y esperé que estuvieran a salvo. Der nunca perdería la esperanza de encontrar a Pheng. Todas las noches se ponía su anillo para dormir, y por la mañana se lo quitaba para ir a trabajar.

Al día siguiente, construimos una cabaña con la ayuda de nuestros nuevos vecinos. Los días se alargaban y nuestros campos ofrecían un trabajo que mantenía la mente de todos alejada de la agitación.

Capítulo Quince

Mayo de 1977

Las continuas detenciones de los comunistas nos obligaban a escondernos en nuestros campos a veces durante meses. Durante un año, nuestra vida en las granjas fue un reto debido a la enfermedad de la abuela, pero permanecer en los campos mantuvo a papá a salvo. Recientemente, la abuela se puso muy enferma y la llevamos al pueblo para que le hicieran rituales de curación. Los chamanes y los herbolarios visitaron a la abuela en nuestra cabaña. El apoyo emocional de la comunidad levantó el espíritu de la abuela y su salud mejoró un poco. Nada era mejor que estar en el pueblo rodeada de amigos y familiares. Papá dijo que ya ningún lugar era seguro, así que no importaba dónde viviéramos. Decidió quedarse en el pueblo, esperando que la abuela se recuperara.

Visitaba a los tíos Nao Pao y Chia Koua todos los días. Estar cerca de ellos me dejaba menos ansiosa y me hacía el día más corto. Mis padres también los visitaban a menudo. Una tarde, mientras el sol pintaba de rojo y naranja el horizonte occidental, empecé a preparar la cena mientras Der se sentaba con su hijo dormido en el catre de bambú. Mis padres no habían vuelto de visitar al tío. Limpié las cenizas de la estufa de barro. Me puse en marcha cuando llamaron a la puerta. Abrí la puerta y me encontré con dos soldados comunistas con sus rifles a la espalda. El corazón me dio un vuelco en el pecho. ¿Qué hacían aquí? Me miraron fijamente y dijeron algo, luego se rieron. ¿Qué decían? Estaba segura de que se referían a mí. El miedo me apretó el estómago. Deseé un poder mágico para ahuyentarlos.

Mientras me frotaba las manos sucias con nerviosismo, supe que no les gustaría una chica sucia. Fingí un estornudo: "*¡Achís!*" Me froté rápidamente la mano sucia por la cara, dejando un reguero de ceniza.

Los hombres se rieron y me apartaron mientras entraban a la fuerza. Un hombre señaló a Der, que miraba con los ojos muy abiertos. Los hombres le sonrieron. Mientras conversaban con Der, ella sacudió la cabeza, indicando su barrera lingüística. Ellos parecieron entender y se pasearon por la casa.

Entonces llegaron mis padres. Los hombres hablaron en lao con papá. Él le tradujo a mamá que querían llevar a Der a una fiesta que iban a celebrar en su campamento militar cercano.

La cara de mamá se torció de preocupación. —Diles que Der está casada y que tiene un hijo que cuidar.

—Se enteraron por los aldeanos de que Der no tiene marido —comentó papá.

—Aquí no se puede confiar en nadie —gruñó mamá.

—Papá, ¡no quiero ir! —gritó Der.

Papá intercambió el diálogo con los soldados.

—Lo siento. No puedo resistirme a su autoridad —declaró papá en voz baja—. Debes ir con ellos—.

Mi corazón tronaba. No quería ir, pero había prometido proteger a mi hermana.

Tenía que salvarla. Expulsé un gran suspiro. —Iré —dije—.

—No—. Der negó con la cabeza. —Yo iré. Soy mayor.

—Sólo eres tres años mayor. Ahora tengo dieciséis. Puedo manejar esto. —Intenté sonar segura de mí misma—. Además, quiero aprender el idioma. Padre, diles que el hijo de Der no está bien, y que iré después de arreglarme.

Mientras papá les hablaba, yo escuchaba atentamente las palabras habladas para aprenderlas. Parecían estar de acuerdo. Uno de ellos se fue mientras el otro me esperaba.

Me limpié las cenizas de la cara, pero no me peiné a propósito. El soldado me observó y sonrió, mostrando unos dientes amarillos y torcidos. Era bajo y bronceado, con una nariz chata. No era nada atractivo y su rifle me ponía nerviosa. Odiaba mostrar mi miedo, pero ¿cómo podía actuar con normalidad?

Últimamente, los Pathet Lao trataban de ser amigos de los aldeanos sólo para investigar la participación del pueblo en la guerra. Los soldados hablaron con los hombres y preguntaron por el paradero del *Chao Fa*. Todos los hombres negaron su participación en la guerra y guardaron silencio sobre los combatientes de la resistencia. Papá no había contactado con Vue, Wa Chong o Shoua Neng desde que la familia abandonó Phou Bia. Los comunistas querían acabar con los *Chao Fa*.

El soldado se dirigió hacia mí y pronunció una palabra que entendí como «vete».

—Vendré a buscarte más tarde —prometió papá—. Estarás bien.

Asentí y respiré profundamente. Endurecí los hombros. Aprender el idioma era mi objetivo, así que dejé de lado el miedo. Si podía hablar lao, me resultaría más fácil aprender a leer lao. Después de todo, puede que no sea tan malo.

Mientras caminábamos, carraspeé con fuerza a propósito. El soldado me miró. Me señalé con el dedo y dije: "Nou". —Luego le señalé a él.

—Bane —contestó él.

Murmuré el nombre. Él sonrió. Le señalé la camisa, los pantalones, la pistola, la cara, la nariz, los ojos, las orejas y el cabello. Me dijo las palabras y yo repetí después de él.

La fiesta no estaba demasiado lejos del pueblo, ni cerca del campamento militar. El aroma a carne quemada y especias llenaba el aire. Mi estómago rugía hambriento. No había comido nada desde el almuerzo. Una gran hoguera ardía en medio de un gran espacio abierto. Los soldados que se sentaban alrededor del fuego aplaudían y cantaban. Dos cerditos colgados en los postes se asaban junto a la hoguera. Algunos soldados socializaban con las chicas. Señalé con el dedo a los cerdos, al hombre, a la mujer, a la leña y a muchos otros objetos. Pronto, Bane se cansó de mí y se marchó para unirse a los demás.

Tres chicas *Hmong* se mezclaron con tres soldados. Por sus risas, parecía que se lo estaban pasando bien. Quise saber sus nombres, pero me mantuve a distancia porque me sentía más segura sola. Me moví lentamente, escuchando las conversaciones e intentando aprender algunas palabras.

Dos chicas laosianas parecían simpáticas y amables. Me uní a ellas. Me enseñaron a decir mi nombre y a preguntar por el de otra persona. Repetí las palabras hasta que pude decirlas correctamente y seguí adelante para no aburrir a las chicas.

Cuando los cerdos estaban cocinados, cada hombre cortaba un trozo de carne con un cuchillo para sí mismo y sacaba un puñado de arroz pegajoso de los recipientes de bambú. Las mujeres se comieron los restos de jamón. Yo comí un trozo pequeño y un poco de arroz.

El baile, el canto y la bebida comenzaron poco después de la comida. El alcohol hizo que muchos soldados bailaran desenfrenadamente alrededor de la hoguera. Algunas mujeres laosianas bailaron y cantaron con ellos. Al igual que yo, las otras chicas *Hmong* se quedaron mirando. Las cantantes tenían voces hermosas, pero las voces no me reconfortaron porque la ansiedad revoloteaba en mi vientre.

Más tarde, Bane me invitó a bailar, pero rechacé la invitación. Me ofreció alcohol y no lo acepté. Pateó el suelo con frustración. Mi pulso se aceleró, enviando escalofríos por todo mi cuerpo. Tropecé mientras me apresuraba hacia el camino para esperar a papá. Quería correr a casa, pero no era seguro para una chica caminar sola en la oscuridad. Esperé durante mucho tiempo. Por fin llegó papá. Nos fuimos rápidamente. De camino a casa, me enseñó más palabras en laosiano. Sabía el idioma básico y podía escribir algunas palabras.

A la noche siguiente, Bane regresó. Charló con mi padre junto a la hoguera, pero se quedó mirando a Der, que estaba cocinando arroz en la cocina de barro. Papá le dijo el nombre de Der.

—Der —dijo papá—. Bane quiere que le pongas un nombre *Hmong*.

—¿Por qué no puedes dárselo tú? —preguntó Der, molesta.

—Él lo quiere, pero supongo que yo puedo darle uno —comentó papá.

Mi padre llamó al soldado «Keng», que significa «inteligente». Bane sonrió y repitió su nombre *Hmong*. Le llamaba Lia porque era feo como un mono. Menos mal que no me lo pidió. Los ojos del soldado Keng seguían a Der a todas partes. Der evitaba mirar en su dirección. Su cabello estaba tan desordenado como el mío, pero su belleza seguía atrayéndole.

Keng merodeó después de la cena y exigió una charla con Der fuera. Papá le dijo a Der que obedeciera y ella la acompañó.

Después de eso, Keng empezó a visitar a Der con regularidad. Papá estaba preocupado, pero no podía detener al soldado porque enfadarlo le traería problemas. Por la seguridad de Der, la familia volvió a vivir en la granja de arroz, dejándonos a mamá y a mí en casa para cuidar de la abuela. Sin Der y Nhia, la soledad llenaba mi corazón, pero me alegraba que el soldado Keng no pudiera molestar a mi hermana. Con suerte, se olvidaría de ella.

Una noche, mientras mamá apagaba el fuego, sonó un fuerte golpe en la puerta. Mamá me indicó que me fuera a la cama. Lo hice y me cubrí con mi manta. La puerta se abrió.

Un hombre habló en *Hmong* con un fuerte acento: "Hola, mamá. ¿Dónde están todos?"

—Bueno, eh... nuestro primo que vive dos cabañas más abajo se puso enfermo, y mi familia ha ido a visitarlo. Volverán pronto. ¿Por qué está usted solo esta noche, señor?

Unos pesados pasos recorrieron la casa, y me pregunté si estaría buscando algo.

—Mamá, tengo hambre —afirmó—.

—Hay arroz en la olla. Puedo darte un poco.

Silencio.

—No —contestó—. Quiero ir a la cama contigo.

Mi corazón martilleaba salvajemente, y mi carne se erizaba. ¿Qué podía hacer si violaba a mi madre? Cielo, por favor, mándalo lejos.

—No, no quieres acostarte conmigo. —La voz de mamá era firme y fuerte—. El Señor de los Cielos ve a la gente mala. Él los castigará. Tú no quieres ser castigado. Y mi marido llegará a casa en cualquier momento.

El hombre se fue. Respiré aliviada. Mamá cerró la puerta inmediatamente y se acercó a mí. —Tengo miedo de que el soldado vuelva. Tenemos que buscar a tu abuela e ir a ver al tío Nao Pao.

—Odio a estos comunistas —espeté—. Nos quitan la comida cada mes y ahora quieren a nuestras mujeres. —La ira se apoderó de mí. Éramos tan vulnerables. Un futuro parecía imposible con los comunistas alrededor. Tenía el presentimiento de que algo malo iba a ocurrir.

En la oscuridad, llevé a mi abuela a la espalda hasta la casa del tío. Ella era tan ligera como una carga en mi cesta. Mi fuerza física había aumentado.

Al día siguiente, en el campo de arroz, mamá le contó a la familia lo del soldado. La cara de papá enrojeció y dijo: "A partir de ahora, viajaremos y haremos cosas juntos en familia. Sólo así estaremos seguros. Tenemos que alejarnos de ellos todo lo posible".

La enfermedad de la abuela empeoró en el campo. De nuevo, mis padres la trajeron a casa para los rituales de los chamanes. Mi madre también reunió hierbas medicinales para ella, pero no mejoró. Tras la enfermedad y el hambre en Phou Bia, la abuela estaba demasiado débil para recuperarse.

Todos los días mamá y yo nos turnábamos para limpiar a la abuela en la cama, cambiarle la ropa y lavarla. Yo la atendía, sobre todo, y ella me llamaba a menudo hasta que se quedó muda. Durante dos días no habló. Apenas abría los ojos y no podía comer ni beber.

Le lavé la cara con un paño y la sacudí suavemente. —Abuela, quiero que comas y bebas.

No respondió. Volví a llamar y sus ojos cansados se abrieron ligeramente. Murmuró algo. Me ha oído. Me quedé boquiabierta al verla. Temía que no volviera a hablar.

—Habla más alto para que pueda entenderte —dije en voz alta.

Con todo su aliento, logró decir: "Gracias... por tu... atención". —Hizo una pausa—. Te bendigo... una larga... vida feliz... con buena salud y prosperidad.

—Gracias por tu bendición, abuela. Ya puedes hablar. Te pondrás mejor.

—¿Tu... padre?

Me apresuré a salir. Mi padre estaba partiendo leña junto al gallinero.

—¡Papá! —grité—. ¡La abuela te necesita!

Nos apresuramos a entrar. La abuela estaba sin vida. Padre

lloraba amargamente, abrazando a su madre contra su pecho. Yo me quedé junto a Padre en estado de shock y desconcierto. Ella hablaba, pensé que estaba mejorando.

—¡Padre! —grité—, la abuela me habló antes de venir a buscarte. ¿Por qué murió de repente?

Se volvió hacia mí. La sorpresa se reflejó en sus rasgos. —¿Habló contigo? ¿Qué te dijo?

—Me dio una bendición.

Se limpió los ojos con la mano. Me acarició el cabello. —Eres la elegida. Es un honor recibir una bendición de tu abuela o de cualquier persona mayor que viva tanto como ella. Sigue con tu buen trabajo. Te irá muy bien en la vida ahora que has recibido su bendición.

Una nueva energía me llenó y le creí. Sólo esperaba que la guerra civil se detuviera para tener la oportunidad de brillar, de ser la hija que quería ser, de hacer las cosas que me gustaban y de prosperar como quería mi abuela.

Todos sentimos profundamente la muerte de la abuela. Odiaba que ella no hubiera visto la paz antes de su último aliento. Dudaba de que alguna vez hubiera paz. Para aliviar mi dolor, me recordaba a mí misma que por fin se había librado del sufrimiento. Había vivido una vida tan dura huyendo de la guerra, el hambre y la enfermedad.

Todo el mundo vino al funeral de la abuela. El funeral duró cuatro días y la gente del pueblo se agolpó en nuestra cabaña para presentar sus respetos. Los hombres tocaron un tambor y un *qeej*, un instrumento musical, para guiar a la abuela en su viaje al mundo espiritual de sus antepasados. Mi padre mató una vaca para ella, para que tuviera ganado que criar en la otra vida. El deseo de la abuela de morir en un pueblo con un funeral decente se hizo realidad. Era un honor que nuestra familia le había dado. Si hubiéramos estado en la selva, no habría habido funeral.

Capítulo Dieciséis

EL VIENTO SUSURRABA EN LA TRANQUILA Y OSCURA NOCHE. Todos dormían, excepto mis padres y yo. Como siempre, sentía curiosidad por todo y me senté con ellos junto a la hoguera, escuchando sus conversaciones sobre las novedades del pueblo. Sonó un suave golpe en la puerta. Me estremecí al oírlo. ¿Quién vendría a visitarnos tan tarde? Temí abrir la puerta.

Una mujer dijo: "¿Todavía estás levantado?"

Papá dijo en voz baja: "Parece la mujer de Chia Koua".

Mamá me dio un codazo en el brazo. Me levanté de un salto para abrir la puerta. La tía Chia Koua presentó al hombre que la acompañaba como Chia Koua, su marido.

—Hola, Chia Koua. —Papá estrechó la mano del hombre—. ¿Cuándo has vuelto de Tailandia?

—Hace dos días. —Chia Koua me miró—. ¿Eres Der?

—Soy Nou. Mi hermana está en la cama.

—¿Puedes despertarla?

Chia Koua y su mujer se sentaron en los taburetes junto a mis padres. Desperté a Der, y ella saludó a nuestros invitados.

—¿Conoces a un hombre llamado Pheng Yang? —preguntó Chia Koua.

Los ojos de Der se abrieron de par en par. —Sí. ¿Lo conoces?

—Es mi sobrino, el hijo de mi hermana.

Der y yo nos quedamos boquiabiertos.

—Pheng está en Tailandia —afirmó Chia Koua.

Por primera vez, me sentí tan ligera como el aire. Gracias al cielo y a mis antepasados, estaba vivo. La oración de Der había sido atendida. Cogí la mano de Der y ella apretó la mía con fuerza.

—Ha estado buscándote a ti y a su hijo por todas partes —explicó Chia Koua—. La última vez que vine aquí, mi mujer me habló de ti y de tu hijo. Le hablé a Pheng de tu familia. Se emocionó al saber que usted y su hijo están bien.

Las lágrimas corrieron por las mejillas de Der. Chia Koua le extendió un gran sobre blanco. —Es de Pheng.

Der se secó las lágrimas con el dorso de las manos y cogió el sobre. —Gracias. —Sonrió.

Hacía tiempo que no veía esa sonrisa. Después de todo, había esperanza para Der y Pheng. No podía esperar a ver lo que había dentro del sobre.

—Tío Chia Koua, ¿cuándo vas a volver? —Der preguntó tímidamente.

—En dos semanas, pero tengo que ir al bosque antes del amanecer de mañana. Soy un combatiente de la resistencia y he venido en secreto.

—Ahora que lo conoces, tienes que mantener la boca cerrada. —La voz de papá era suave pero clara.

Todos asentimos.

—Pheng quiere que os lleve a ti y a tu hijo a Tailandia. Me llevaré a toda la familia si tu padre está dispuesto a abandonar el país.

Der miró a papá. —Debemos ir a Tailandia. Ese soldado Keng me da miedo. Tenemos que irnos de aquí.

—Iremos contigo—. Papá desplazó su mirada hacia Chia

Koua. —Habíamos pensado en irnos, pero no habíamos encontrado a nadie que nos guiara. Ahora te hemos encontrado a ti.

—Genial —sonrió Chia Koua—. No digáis a nadie que nos vamos.

Por primera vez en mucho tiempo, la esperanza me llenó. Un futuro era posible. Me reí suavemente, con alegría. Era mi oportunidad de huir de los comunistas al país de mis sueños.

—Tío, ¿es cierto que los refugiados en Tailandia pueden ir a Estados Unidos? —pregunté—.

—Sí, si lo desean.

¿Quién no querría ir a Estados Unidos?

Der y yo nos fuimos a la cama con una sonrisa en la cara. Ella abrió el enorme sobre y sacó una carta junto con la ropa ligera. El fuego mortecino nos dificultaba la visión. Der revisó la ropa.

—Una camisa para mí —dijo—. Una camisa y un pantalón para Nhia.

Toqué cada una de ellas. La camisa grande era suave como la piel de un bebé. —Me pregunto qué tipo de tejido tendrá la camisa. No puedo esperar a verla mañana —susurré—.

—No puedo esperar a probármela. Se siente tan bien saber que Pheng está vivo. Hay esperanza para nosotros. —Der volvió a meter todo en el sobre y se lo abrazó mientras se dormía.

Cuando la luz del día se deslizó sobre la aldea, Der y yo llevamos el sobre al arroyo. Ella sacó la blusa blanca. Tenía un volante en la parte delantera y un broche de mariposa dorado.

Pasé las manos por la blusa, maravillada por su suavidad. —¿Qué tipo de tejido es este?

—Debe ser seda, un tejido especial. —Der se puso la blusa. Le quedaba perfecta.

—Estás preciosa. —Sonreí—. Debes sentirte especial llevando esta blusa única.

Los hoyuelos de Der se hicieron más profundos. —Quiero que Pheng me vea con esto.

—Yo también. —Toqué el broche—. ¿Es oro de verdad?

—Probablemente no.

—Veamos la carta.

Der sacó la carta y la miró. Su cara se arrugó como un fruto seco. —No sé leer. ¿Cómo puedo saber lo que dice?

¿Quién nos la iba a leer? No se me ocurría ninguna mujer que supiera leer.

—Papá puede leerla —afirmé—.

—¿Papá leyendo mi carta de amor? —Hizo una mueca. —No.

Nos quedamos en silencio.

Una idea brilló en mi cabeza. —¡Papá puede enseñarte!

—No puedo aprender a leer en un par de días.

—No hagas que papá te enseñe todo. Tal vez copie un par de palabras de la carta y pregunte qué son cada día. Después de unos días, conocerás todas las palabras de la carta. Entonces podrás leérnosla.

Der sonrió. —Eres muy inteligente.

Papá estaba ansioso por ayudar. Fue al campamento militar y volvió con unas cuantas páginas de papel y un bolígrafo azul. En nuestro catre de bambú, Der eligió al azar palabras para copiar. Sosteniendo un bolígrafo por primera vez, imprimió cada letra tan lentamente que perdí la paciencia. Las letras impresas estaban torcidas. Intenté escribir. Podía escribir más rápido que Der, pero mis letras no eran mejores. Cuando tuvimos veinte palabras, presentamos la lista a nuestro padre.

Él nos enseñó cada palabra y nosotras repetimos después de él. Luego, practicamos por nuestra cuenta. Al cabo de cuatro días, habíamos aprendido todas las palabras de la carta.

En el arroyo, Der leyó la carta en voz alta.

. . .

20 DE AGOSTO DE 1977

QUERIDO AMOR MÍO DER,

Espero que tú y mi hijo os encontréis bien de salud. Casi me muero de depresión. Mi salud ha mejorado desde que supe de vosotros. Vuestra vida me ha dado esperanza. Gracias por cuidar tanto de nuestro hijo. Siento no estar ahí para ayudaros.

Mi familia vive en el campo de refugiados de Ban Vinai. Dile a tu padre que venga a Tailandia. Aquí es más seguro. Tengan cuidado. El camino a Tailandia es peligroso.

Sé que te verás hermosa con la blusa blanca de seda. Elegí el blanco porque es el significado de tu nombre. Eres tan hermosa y valiosa como la seda. El broche de la mariposa me representa a mí, que quiero estar contigo para siempre.

Der, estoy rezando para que nos reunamos. Por favor, espérame. Te esperaré. Te amo y te extraño tanto. No puedo esperar a tenerte en mis brazos. Escríbeme en cuanto puedas.

CON AMOR,
Pheng Yang

DER ABRAZÓ EL PAPEL CONTRA SU PECHO. —YO TAMBIÉN TE quiero—. Dobló el papel.

—¿Puedo mirar la carta? —Le pregunté.

Me la entregó. Al leer la carta, las palabras me hablaron, presentando un mensaje. Asombrada, no pude evitar sonreír. Me parecía increíble que un trozo de papel con palabras pudiera hablarme. Si supiera escribir bien, podría hablar con un papel siempre que quisiera. Podría poner en el papel todas las historias que conocía, creando libros como los de antes. Nunca se me ocurrió que podría escribir mis historias para que las leyeran otros. Un nuevo sueño de ser escritora estalló en mi corazón. No podía esperar a llegar a Estados Unidos. Con Chia Koua llevándonos, pronto estaríamos en camino. La esperanza me recorrió, dándome calor y energía.

A la noche siguiente, papá llegó a casa con los ojos rojos e hinchados.

—¿Qué ha sucedido? —preguntó mamá con miedo en la voz.

Él negó con la cabeza mientras se sentaba junto a la chimenea.

—El Pathet Lao ha matado a Chia Koua y ha detenido a su familia —contó papá, con la voz entrecortada por el dolor y la rabia.

Los ojos de Der se abrieron como los de un búho. Me quedé helada, viendo cómo nuestros sueños se rompían en cámara lenta. Me dolía el corazón. ¿Cómo podíamos ir a Tailandia? ¿Cómo podíamos escapar del soldado Keng y del Pathet Lao? Cuando la conmoción se disipó, me invadieron gruesas oleadas de ira y dolor. Lloré con todas mis fuerzas. Los gritos de mi familia sacudieron la cabaña de paja.

Toua se secó los ojos con el dorso de las manos. —Papá, ¿cómo supieron los Pathet Lao que había vuelto?

—Los espías *Hmong*.

—¿Cuál es la recompensa por hacer que maten a sus propios Hmong? —pregunté.

—Dinero. —Papá suavizó su voz a un susurro—. Estoy seguro de que otras personas huirán a Tailandia. Lo averiguaré. —Hizo una pausa—. Los líderes del Pathet Lao ordenaron una reunión con todos los hombres de la casa. Tengo que asistir a la reunión y necesito que Nou cocine para mí, pero quiero que el resto de ustedes regresen al campo de arroz mañana. Nou y yo nos reuniremos con vosotros después.

A la mañana siguiente, Toua, Pa, mamá, Der y Nhia partieron al amanecer. Mi ansiedad aumentaba mientras papá y yo esperábamos la reunión. Para pasar el tiempo, le pedí que me enseñara lao, y lo hizo. Practicamos la conservación en lao.

Las tropas del Pathet Lao, formadas por unos cuarenta soldados, llegaron al mediodía. Cada uno de ellos llevaba un uniforme verde oscuro con un rifle atado a la espalda. Hombres, mujeres y unos cuantos niños permanecían de pie en el campo entre las dos subdivisiones, esperando pacientemente a que los soldados se presentaran. Cinco soldados se situaron en el centro del campo mientras los demás vigilaban a la gente. Intimidada por las tropas, la gran multitud permaneció en silencio.

Un soldado gordo habló en lao durante un rato antes de que un hombre *Hmong* tradujera.

—Gracias a todos por asistir a esta reunión. Creemos que nos ayudarán a realizar este trabajo. Ningún vehículo puede circular por el escarpado camino, así que vuestro trabajo consiste en transportar municiones desde otros campamentos hasta este campamento militar. Las armas son para proteger a nuestras familias en esta aldea del enemigo.

Sus enemigos, como sospechaba, eran los *Chao Fa* y otros combatientes de la resistencia. Las mejillas regordetas y la enorme barriga del soldado me hicieron preguntarme cómo había engordado tanto mientras todos los demás eran escuálidos.

—Queremos que todas las familias participen. Se les citará cada mes. También queremos que sean conscientes de este problema. La semana pasada, seis familias se escaparon. Las atrapamos y les disparamos. Cualquiera que se vuelva contra nosotros será asesinado.

Contuve la respiración. No estaba al tanto de las personas que habían escapado. Un murmullo recorrió la multitud.

—Muchos de nosotros estaremos aquí durante un tiempo. No tengáis miedo —continuó el intérprete—. Estamos aquí para protegeros. Si veis a algún *Chao Fa*, tenéis que informarnos inmediatamente. Es lo que hay que hacer. Si no nos informan, serán enviados a los campos de los seminarios. Esperamos que entendáis nuestra preocupación. —El hombre terminó su discurso abruptamente. No mencionó a Chia Koua ni a su familia.

La multitud se dispersó hacia sus cabañas. Algunos hombres murmuraban sobre lo que esto significaba para su futuro.

Cuando llegamos a casa, pregunté en voz baja: "Papá, ¿conoces a esas familias que fueron asesinadas?"

—Sí. El Pathet Lao detuvo al primo Neng Chue y lo acusó de alimentar al *Chao Fa* y de ser un antiguo soldado de la CIA. Neng Chue era inocente, pero se lo llevaron de todos modos. Las familias huyeron porque estaban descontentas con los comunistas.

Aquella noche di vueltas en la cama sin poder dormir, mientras los pensamientos sobre las personas que habían sido asesinadas llenaban mi cabeza.

Capítulo Diecisiete

Noviembre de 1977

Papá se fue de misión durante cuatro días. El rostro de mamá estaba demacrado mientras entraba y salía constantemente de la cabaña. La espera de su regreso sano y salvo también me inquietaba a mí.

Cuando mi padre entró cojeando en la cabaña, lloré de alivio. La cara de mamá mostraba color. Se sentó junto a la hoguera y nos reunimos a su alrededor.

Mi padre dijo: "Después de que el soldado Keng me mencionara que sus compañeros mataron a muchos combatientes de la resistencia y a sus familias, decidí averiguarlo". Se le quebró la voz. —Me enteré de que la gente de Phou Bia fue asesinada, excepto algunos líderes. Vue escapó de la masacre.

La respiración se me entrecortaba. La esposa de Toua, Pa, jadeó. El cielo, su familia, mis parientes y la gente de la montaña Phou Bia habían desaparecido. Una masacre tras otra. Acaricié el cabello de Pa y sollocé. ¿Qué nos iba a pasar?

—¡Hemos tomado la decisión correcta de venir aquí! —gritó

mamá—. Si no lo hubiéramos hecho, estaríamos muertos como los demás.

—Los combatientes de la resistencia informaron de que muchas familias estaban enfermas, y algunas murieron por el veneno de la lluvia amarilla que caía del cielo. Creían que la lluvia amarilla era un producto químico lanzado por los comunistas para matar a las familias que se escondían en las selvas. —Padre asintió.

Toua se puso en pie de un salto. —¡Son crueles al hacer algo así a nuestro pueblo!

—No hablemos más del *Chao Fa* —señaló papá—. No podemos tener ninguna relación con ellos, o el Pathet Lao nos matará. Debemos actuar como si no nos importara lo que está pasando y que somos buenos ciudadanos. Debemos hacer lo que hacemos normalmente.

¿Cómo íbamos a hacer nuestra vida normal después de escuchar esas noticias?

El sol descendía en el cielo. Cogí dos puñados de leña del montón que había fuera. El soldado Keng se dirigió a nuestra cabaña. Cada vez que volvíamos a casa, Keng aparecía.

Me apresuré a entrar. —Papá, Keng ha vuelto.

Papá dejó de trabajar en los arcos de flechas que había empezado a cortar de bambú. —No te preocupes.

Mamá se mordió el labio. Der levantó a Nhia, que jugaba en la tierra junto a la puerta.

El soldado Keng se unió a la familia junto a la hoguera. A estas alturas, Der y yo estábamos familiarizadas con el idioma laosiano y podíamos seguir la conversación. Keng le pidió a papá que se casara con Der. Padre dijo que tendría que ser después del Año Nuevo, porque Der quería disfrutar de la celebración antes de casarse. Keng parecía satisfecho con el plan.

Cuando se levantó para marcharse, Keng inmovilizó a Der con una dura mirada y le dijo que, si huía, la perseguiría, la mataría y la cortaría en tres trozos. El rostro de Der se tornó pálido.

La ira estalló en mi interior y reprimí la reacción sólo porque él tenía una pistola. ¿Por qué casarse con ella si sabía que no le gustaba? Era una persona cruel que sólo quería destruir la vida de Der. La eligió porque era una mujer amable y gentil. ¡Oh, qué demonio!

En los días siguientes, papá apenas estuvo en casa, reuniéndose con amigos y familiares. Una noche nos susurró que un grupo de personas planeaba huir, pero que había demasiados soldados comunistas rondando. Teníamos que esperar hasta que nos pareciera más seguro.

La esposa de Toua, Pa, estaba embarazada de siete meses y temía el viaje. Caminar por un terreno accidentado y por la selva sería difícil, pero por nuestro futuro y por la seguridad de Der y de papá, huir era nuestra mejor opción.

Todas las noches rezaba, *Señor de los Cielos, mis honorables abuelos y antepasados, por favor cubran a mi familia con su protección. Alejen a los soldados. Llévenos a un lugar seguro.*

Capítulo Dieciocho

Se acercaba el año nuevo. Todos, excepto Nhia, estaban inquietos y tenían dificultades para concentrarse en el trabajo de campo. Todas las noches esperábamos ansiosos a que papá volviera a casa después de sus largas reuniones. Cada vez que llegaba a casa, sus ojos estaban apagados, vacíos y sus hombros caídos. No teníamos escolta para guiarnos a Tailandia. El tiempo se agotaba y Der lloraba cada noche. Deseaba que un poder mágico impidiera que el soldado Keng obligara a Der a casarse con él.

Una noche, papá llegó a casa con un nuevo brillo en los ojos. Nos reunimos y dijo: "Por fin tenemos noticias del primo de los Moua, Ger. Él y sus dos amigos laosianos nos acompañarán. El precio es de diez barras de plata, una barra de cada familia. Tenemos diez familias. Mañana empezaremos a preparar nuestro largo viaje".

Der sonrió. —Esta es nuestra oportunidad de ir con tu

padre —le dijo a Nhia, que tenía casi tres años—. Por fin lo conocerás.

—Padre. —Nhia señaló a su abuelo, que estaba sentado frente a él.

Todos nos reímos, un dulce momento de respiro del miedo constante. Quise mantener la risa para siempre.

Pa se miró la barriga. —Toua, no puedo ir. No podré dar un paseo largo. Dentro de un mes, tendremos a nuestro bebé.

—No hay otra opción —señaló Toua—. Si tú y yo nos quedamos, los comunistas sabrán que nuestra familia se ha ido, y los perseguirán hasta matarlos. Puede que también nos maten a nosotros. ¿Quién sabe?

—Nyab —papá se dirigió a Pa como nuera—, hemos pensado en tu situación. Nos llevará probablemente dos o tres semanas de camino. Si todo va como está previsto, tendrás a tu bebé en Tailandia. Será difícil, pero te ayudaremos.

Pa asintió respetuosamente a papá, pero percibí el miedo en sus ojos.

Al día siguiente, todos nos pusimos a trabajar. Hace un año, Padre había cambiado el opio por una vaca. Ahora vendió la vaca por dos lingotes de plata. Toua descuartizó el ganado, mientras yo le traía agua y cuidaba de Nhia. Matamos sólo la mitad de los animales, para que el Pathet Lao comunista no sospechara que nos íbamos. Toua y yo secamos la carne magra y la envolvimos en hojas de plátano. Guardamos la carne frita en los tubos de bambú.

Mientras tanto, mis padres y mi hermana preparaban el arroz en el campo y lo llevaban a un escondite a un día de camino. El bosque sería el punto de partida de nuestro viaje, y necesitaríamos arroz.

Finalmente, tras tres días de preparación, mi familia estaba lista para huir con los demás. Esa mañana, cada uno de nosotros se vistió con dos conjuntos de ropa. Las ropas sucias y harapientas cubrían las limpias. Encima de nuestras cestas había azadas, palas y cuchillos para que pareciera que íbamos a cuidar los campos como siempre. En el fondo de mi cesta de bambú había una pequeña manta, un juego de ropa, una cantimplora, un tubo de agua de plástico -no inflado- y dos ollas.

Cargué la cesta a mi espalda y salí sin saber qué me esperaba en los próximos días. El frío viento de diciembre me heló mientras recorría la cabaña para echarle un último vistazo. Ya echaba de menos sus sólidas cuatro paredes que nos habían protegido de las criaturas salvajes.

Mamá abrió la puerta del gallinero y la de la pocilga para que las gallinas al igual que los cerdos pudieran salir a buscar comida mientras nosotros no estábamos. Pasamos a toda prisa por delante de varias casas y nos encontramos con una pareja que se dirigía al campo. Papá le dijo al hombre que íbamos al campo. No se podía confiar en nadie para compartir la verdad.

En cuanto salimos del pueblo y nos adentramos en la espesura, giramos hacia el suroeste, hacia los bosques. Llegamos al punto de encuentro hacia el mediodía, donde nos esperaban siete familias. Papá y Toua se unieron rápidamente a los hombres y hablaron del viaje.

Pronto llegaron más familias. Una era la familia del tío Nao Pao. En total, éramos diez familias de ochenta personas con niños pequeños y varios ancianos.

El hombre de Tailandia y sus dos acompañantes, de unos treinta años, nos reunieron para recibir instrucciones. —Soy Ger Moua. Tengo a mis amigos laosianos, Khamkong y Somsack, para que nos ayuden. Hay dos cosas importantes que deben saber antes de que nos vayamos. En primer lugar, todos los niños deben guardar silencio en todo momento. Un grito podría poner en riesgo la vida de todos.

Mi respiración se aceleró. ¿Cómo podían las madres mantener a sus hijos callados todo el tiempo?

—Pedí a cada hombre de la casa que dijera a las madres que

tienen niños pequeños que trajeran opio. ¿Todas las madres han traído opio? —preguntó Ger.

Las madres, incluida Der, asintieron. Papá debió decírselo. El opio tranquilizaría a los niños. La cantidad adecuada haría que un niño se durmiera profundamente. Demasiado sería mortal.

Me asignaron el cuidado de Nhia durante el día, para que Der pudiera llevar arroz, buscar comida y cocinar para nosotros. Nunca le daría a Nhia la droga. ¿Pero cómo iba a mantenerlo callado? Tenía un trabajo duro por delante, y eso me asustaba.

—En segundo lugar, me gustaría que algunos hombres estuvieran conmigo al frente —dijo Ger con su profunda voz. —Les proporcionaré armas. Este es un viaje peligroso, y deben ayudarme a vigilar al enemigo.

Papá dio un codazo a mamá y le susurró: "Me ofreceré voluntario para estar en primera línea con él".

Su ceño se frunció con preocupación. —No. No puedes correr rápido.

—Tengo una discapacidad, pero tengo la experiencia. Este es nuestro viaje. Es mi deber.

El sol brillaba en lo alto mientras formábamos una fila para seguir a Ger. Cargué a Nhia sobre mi espalda y seguí a mamá y a Der. Pa y Toua nos siguieron. La familia de Cher Pao Xiong se situó en la retaguardia, con la familia de Nhia Thong Lee delante de nosotros. La abuela octogenaria de los Xiong, Youa, y Pa caminaron sin rechistar. Nhia y la niña de cinco meses de los Lee durmieron bien.

Caminamos hasta que el sol se ocultó tras las montañas, y luego nos instalamos para pasar la noche. Los hombres se turnaron para vigilar al grupo. Somsack descansaba bajo un árbol. Parecía un hombre agradable con el que practicar el lao.

Me acerqué a él. —Hola.

—Hola —dijo Somsack.

—Hablo un poco de lao —dije en lao—. ¿Puedes enseñarme algunas palabras?

Somsack sonrió, mostrando sus bonitos y blancos dientes. —Sí.

Me enseñó palabras para referirse a la familia, la comida, el bosque y el agua. Practiqué con él las conversaciones. Los búhos ululaban cerca. Algunos niños empezaron a llorar.

—Callad a vuestros hijos —intervino Ger en voz baja, y se apresuró a acercarse a los niños que lloraban.

Der intentó consolar a Nhia, pero siguió llorando.

Me apresuré a acercarme. —No llores —le susurré a Nhia —. Un búho es un pájaro inofensivo. Te voy a contar un cuento. Debes escuchar.

Nhia se calmó mientras le contaba un cuento sobre un búho que engañaba a los demás animales. Conté la historia con expresión, entusiasmo y una voz única para cada animal. A Nhia le encantó y quiso otro. Seguí contándole cuentos populares hasta que se durmió en los brazos de Der.

—Eres una buena cuentacuentos —dijo Der—. Por eso Nhia te quiere. ¿Eres tan buena como la tía Shoua?

—No, pero lo intento.

En la oscuridad, las hojas susurraban y crepitaban con la fría brisa. El bebé de cinco meses, Mee, gemía.

Ger corrió hacia la familia. —Nuestras vidas están en peligro —susurró—. Tenéis que hacerla callar. Si no se detiene, hay que usar opio.

—La droga matará a mi hijo. —La voz de la tía Nhia Thong temblaba.

Envolvió a su bebé con otra capa de mantas y la abrazó con fuerza. Los fuertes llantos de la niña persistían. La tía Nhia Thong mecía a Mee de un lado a otro y tarareaba. Pronto la niña se calmó, pero permaneció despierta durante mucho tiempo antes de quedarse dormida.

Capítulo Diecinueve

AVANZAMOS CON CAUTELA Y EN SILENCIO POR EL EMPINADO Y escarpado sendero de la montaña. Los pájaros cantaban alegremente desde la copa de los árboles como si no existiera ningún peligro y me ayudaban a distraerme del miedo. Aun así, con cada crujido de las hojas y los gruñidos o arrastres de los animales salvajes, mi corazón se agitaba.

Al mediodía, los pasos de papá y la abuela Youa se acortaron y nuestras dos familias se quedaron atrás. El nieto de Youa, de la misma edad que yo, tiró del brazo de la abuela Youa para que fuera más rápido, haciéndola gruñir de dolor. Si mi abuela estuviera viva, yo habría hecho lo mismo. Por mucho que la echara de menos, agradecía que no tuviera que sufrir este largo y duro recorrido.

Una conmoción de voces fuertes estalló delante.

—¡Dispárenle! ¡Dispárenle! —gritó un hombre.

Comenzamos a retroceder con un repentino pánico. Mi corazón se aceleró.

Tong Pao corrió hacia nosotros. —Mantened la calma, todos.

Detuvimos nuestra retirada.

—¿Qué ha pasado? —preguntó Toua, con la voz llena de miedo.

—Lo averiguaré. —Tong Pao se apresuró a ir al frente de la línea.

Pronto la columna comenzó a moverse de nuevo. Los latidos de mi corazón disminuyeron. Nos llegó un mensaje de que Ger se había encontrado con un cazador comunista *Hmong*. Algunos de los hombres querían matarlo, pero el cazador les rogó que le perdonaran la vida. Ger lo liberó, creyendo que no traicionaría a su propia gente. Apreté los dientes. ¿Por qué iba a confiar Ger en un comunista *Hmong*? Los espías *Hmong* habían matado a Chia Koua y a muchos otros.

A media tarde, los llantos del bebé Mee comenzaron de nuevo. Ger detuvo al grupo y regresó con la familia de Nhia Thong.

—¿Qué le pasa? —preguntó Ger—. No podemos permitir que haga más ruidos.

—Estamos intentando tranquilizarla —explicó Nhia Thong.

Nhia Thong buscó en la bolsa de su mujer y puso opio en la boca de la niña. Mee se lo tragó y lloró un poco más. Luego se calló y se durmió.

Cuando se puso el sol, descansamos por segunda noche. Mee gimió y su padre le dio más opio. Otros niños lloraron y sus padres también les dieron la droga. Yo mantenía a Nhia callado e interesado en mis historias. Mi madre solía regañarme por perder el tiempo con los cuentos. Pero ahora, esas mismas historias estaban salvando a mi sobrino de una droga venenosa.

Al amanecer, la pequeña Mee no se despertó. Su madre sollozaba, y mamá hacía lo posible por consolarla. Padre y Nhia Thong enterraron la niña cerca de nuestra zona de acampada. Apenas dos días de viaje, y ya le habían quitado la vida a un niño. Besé a Nhia mientras dormía en la estera de hojas de plátano. Lo protegería.

Ger recordó al grupo que mantuviera a los niños callados en todo momento, y a los hombres que mantuvieran los ojos y los oídos abiertos ante cualquier señal de las tropas comunistas. Apreté a Nhia a mi espalda con el portabebés. Nos pusimos en marcha. Unos cuantos pájaros cantaban en silencio. El único ruido eran nuestras ligeras pisadas sobre el suelo húmedo.

¡Bang! ¡Bang! Los disparos estallaron delante. Jadeé, con el corazón palpitando. Los niños gritaron de terror y los adultos entraron en pánico, confundidos. Mis piernas temblaban mientras me giraba, sin saber qué camino tomar.

—¡Retrocedan y corran! —gritó alguien.

Algunas personas de la primera línea se apresuraron a retroceder, mientras que otras corrieron fuera del camino y bajaron una colina para esconderse. La gente se entrecruzó y, en el caos, algunos niños perdieron de vista a sus padres. Sus gritos resonaron en el bosque.

Los ancianos y débiles que se desplomaban en el suelo también pedían ayuda. La abuela Youa era una de ellas. Yo quería ayudar a la abuela Youa, pero Nhia lloraba a mi espalda y mi familia me gritaba que corriera. Me quedé paralizada.

—¡Nou, date prisa! —ordenó Toua—. ¡Por aquí!

El nieto de la abuela Youa volvió a por ella y yo me liberé de las garras del terror. Corrí colina abajo a toda velocidad, siguiendo a Toua. Mamá y Der no estaban muy lejos.

Corrimos por nuestras vidas, extendiéndonos entre los árboles y los arbustos al tiempo que pisábamos todo lo que había en nuestro camino. El suelo asesino rasgó mis sandalias baratas y me mordió los pies descalzos.

—¡Me has hecho daño! —gritó Nhia mientras le empujaba en mi carrera para seguir el ritmo de mamá y Der.

—Lo siento. —Jadeé—. Por favor, no llores. Los malos nos persiguen y la tía tiene que correr.

Las ramas de los árboles nos azotaron la cara. Nhia volvió a gritar.

—¡Deja de llorar! —Los pulmones me ardían en el pecho.

Cuando por fin cesaron los disparos, me detuve y puse las manos sobre las rodillas para recuperar el aliento. Cuando levanté la vista, me di cuenta de que mamá, Der y yo habíamos perdido a Toua, a Pa y a papá.

—Hemos perdido a los demás —jadeé. —¿Cómo podemos encontrarlos?

—No pueden estar lejos —jadeó mamá—. Nos encontrarán.

Der me quitó a Nhia de encima y nos desplomamos bajo un árbol, agotadas. Revisó el cuerpo de Nhia en busca de heridas. Como todos los demás, tenía arañazos en los brazos y las piernas. Mis pies sangraban por haber pisado piedras, ramitas y espinas. El portabebés había dejado marcas rojas y dolorosas en mis hombros.

—Siento que estés herido, Nhia. —Le alisé el cabello—. Te quiero y no quería hacerte daño.

—No pasa nada —contestó Der.

Un silencio sepulcral se instaló a nuestro alrededor. Parecía que las criaturas estaban tan asustadas como los cazados y se habían escondido. El cuerpo me dolía, pero el miedo me impedía descansar.

Entonces me puse en pie. —Voy a buscar a papá, a Toua y a *Tis nyab*. —Llamé a Pa «*tis nyab*», que significa cuñada.

—Ten cuidado. —El miedo se mostró en el rostro demacrado de mamá—. Si no los encuentras cerca, vuelve.

No tenía ningún cuchillo para marcar los árboles, así que, cuando me aventuré a subir la colina, recogí ramitas secas e hice cruces en el suelo para marcar mi camino. El crujido de las hojas me crispó los nervios y la adrenalina se apoderó de mí.

—Sé fuerte —murmuré—. Puedo hacerlo. Soy el hijo de mi madre. Sé valiente como un hombre.

Hice una pausa y respiré profundamente varias veces.

¿Dónde podría encontrarlos? Ayer, Padre nos dijo: "Si nos separamos, silba y di el nombre de la persona".

Me moví en silencio y silbé suavemente: "¿Tua? ¿Padre? ¿Dónde estás?" —Silbaba de vez en cuando mientras me arrastraba por la selva.

El sol subía más alto.

Finalmente, escuché un silbido. —¿Nou?

—Soy yo. —Respondí con un silbido—. ¿Dónde estás?

—Por aquí.

Me dirigí cautelosamente hacia el sonido y encontré a Toua y a Pa debajo de los arbustos. El alivio me inundó y rompí a llorar.

—No tan fuerte —dijo Toua—. ¿Dónde está la familia?

—Están ahí abajo. —Señalé—. ¿Has visto a papá?

Toua negó con la cabeza. Guié el camino mientras Toua sostenía a Pa mientras nos dirigíamos hacia donde esperaban mamá, Der y Nhia.

Los ojos de mamá y Der brillaban con lágrimas cuando llegamos a ellos.

—Los has encontrado, mi niña valiente —dijo mamá—. Estoy orgullosa de ti. —Se me llenaron los ojos de lágrimas. Mamá estudió a Toua y a Pa—. Gracias a nuestros ancestros estáis bien.

—Estoy preocupado por papá —afirmó Toua—. Iré a buscarlo.

Observé el cielo. Aunque los árboles impedían que el sol se viera con claridad, el ángulo de sombra era cada vez mayor. —Iré contigo —añadí—. Deberíamos comer primero.

A mamá se le había caído el saco de arroz, pero Der tenía el suyo, junto con la comida que habíamos empacado esa mañana. Nos sentamos juntos bajo el árbol. Mamá sacó el arroz y el pollo frito de las hojas de plátano para darnos una ración a cada uno.

—Toua, ¿dónde están el arco y la flecha que te regaló papá? —pregunté—.

—Lo siento, me topé con la rama de un árbol y se rompieron. Los arrojé a la basura.

Dejé de masticar mi comida. Eso significaba que no había caza. Nada de carne. El saco de arroz de Der nos duraría quizás tres días más. Nuestro viaje duraría dos semanas o más.

Toua explicó que, mientras corría, Pa resbaló y se cayó de espaldas. Por suerte, no cayó sobre su estómago. Toua la había mantenido oculta en los densos arbustos cercanos. El enemigo pasó por delante de ellos en busca de supervivientes, y ellos permanecieron ocultos hasta que los encontré.

Después de comer, Toua y yo seguimos el camino de vuelta al rodaje. Nos escondimos detrás de los árboles a medida que avanzábamos, estudiando nuestros alrededores. Cuando nos acercamos al lugar donde todos se habían dispersado, esperamos detrás de los árboles para asegurarnos de que no hubiera soldados cerca. Cuando todo estaba tranquilo, nos apresuramos a recorrer el resto del camino hasta el lugar.

Tuve que reprimir las lágrimas cuando encontramos dos cadáveres, una mujer y un niño. Más arriba, encontramos más cadáveres. Se me puso la piel de gallina y se me aceleró el corazón. Nos abrimos paso por la zona y encontramos el cuerpo de Ger. Le habían disparado en la cabeza y en el cuello. Me estremecí. No muy lejos de Ger, encontramos otro cuerpo, y mi corazón se detuvo.

Papá.

Cielo, ¿por qué? Era mi peor pesadilla. Papá había recibido un disparo en el pecho. La sangre cubría su camisa. Caí de rodillas junto a él, con la vista nublada, el dolor y la ira hirviendo en mi interior.

—¡Papá, siento mucho que hayas tenido que morir así! —grité en voz baja.

—No hay tiempo para llorar. —La voz de Toua era tensa. —Coge el cuchillo de papá.

El machete *barong* estaba en su estuche con la cuerda aún atada a la cintura de mi padre. Intenté desatar la cuerda, pero mis manos temblaban demasiado.

—Saca el cuchillo y corta la cuerda. —Toua recogió la pistola de Padre y fue a buscar la de Ger. Volvió con dos pistolas y un cuchillo.

Tenía el cuchillo de mi padre.

—Deprisa, tenemos que cavar un agujero para enterrar a papá —indicó Toua.

Usó el cuchillo como una pala y sacó la tierra. Yo usé el machete. Me dolían las manos y los brazos con cada pinchazo en la tierra. Recogí la tierra arcillosa con las manos.

Cavamos un hoyo poco profundo y enterramos a papá. Puse el machete en su funda y me até la cuerda a la cintura. Este era mi tesoro, el único recuerdo de mi padre. Me senté en el suelo y apoyé la cabeza en el montón de tierra, la tumba de papá, y sollozaba. Toua me tiró suavemente del brazo derecho y me obligó a levantarme.

Sus ojos brillaban con lágrimas. —Debemos encontrar el camino de vuelta antes de que anochezca —susurró—.

No quería ir. Dejar a mi padre solo en la tierra era como una daga que me apuñalaba el corazón. —Adiós, papá —logré decir—. Descansa en paz. Te quiero.

La pena y el miedo agotaron mis fuerzas. No estaba segura de poder regresar. —Toua, ¿puedes conseguirme un bastón?

Encontró dos bastones, uno para él y otro para mí. Toua guió el camino con valentía. Quería ser más como mi hermano, seguir adelante. Parecía fácil para él.

En el escondite, mamá se levantó de un salto y nos saludó. Echó una mirada a nuestras caras y se hundió en el suelo. Sus ojos se cerraron y parecía que se había desmayado. Der se apresuró a darle a mamá su cantimplora de agua. Mamá negó con la cabeza. Der abrió la cantimplora de todos modos y le echó agua en la boca. Después de que mi madre bebiera un trago de agua, miró al cielo.

—Wa Shoua, no me dejes —gritó—. Te necesito. Eres mi líder, mi todo, mi vida.

Enterró su cara en sus manos. Sollozaba tan fuerte que todo su cuerpo temblaba. Der y yo rodeamos a mamá con nuestros brazos. Toua y Pa hicieron lo mismo. Todos lloramos al unísono. Sin papá, el líder y protector de la familia, la oscuridad amenazaba con invadirnos.

Cayó la noche. Nhia dormía, pero todos mirábamos fijamente la noche sombría. Cada nuez caída, cada rama que se movía o el ruido de un animal me sobresaltaban. Ya había tenido miedo antes, pero sin padre, estaba aterrorizada.

Susurré: "Mamá, ¿tienes alguna idea de adónde iremos a partir de ahora?"

—Creo que deberíamos volver al pueblo.

—Intentaremos encontrar a los supervivientes —dijo Toua —. Si encontramos a algunos de los hombres, puede que conozcan el camino a Tailandia. Quiero buscarlos mañana a primera hora.

Me relajé un poco. Toua tenía un plan.

Capítulo Veinte

Toua nos guió valientemente por el escarpado camino hacia el valle. Pensaba buscar un arroyo o riachuelo. Si encontrábamos uno, existía la posibilidad de encontrar a otros supervivientes. Estaba orgullosa de mi hermano por haber asumido el papel de mi padre. Yo no había nacido tan dura como él, pero le observaba y aprendía. Papá siempre decía que se aprendía observando y haciendo. Intenté no pensar en mi padre, solo y en la selva. Él querría que me mantuviera fuerte para poder cuidar de mi familia.

En el valle, encontramos un arroyo. Descansamos y cocinamos arroz con el agua fresca. Después de comer, viajamos a lo largo del arroyo con la esperanza de encontrar otras familias dispersas.

Mientras caminábamos, Toua silbó suavemente: "¿Hay alguien cerca? Soy Toua Vang".

Tras varios intentos, alguien silbó en respuesta. Nos apresuramos a avanzar y mi corazón se aceleró cuando encontramos a las familias de Tong Pao y del tío Nao Pao ilesas. Todos nos sentimos aliviados al vernos. Los hombres se reunieron y hablaron sobre qué hacer. Las mujeres escuchaban.

Toua y Tong Pao, un hombre alto y musculoso de unos cuarenta años, acordaron ir más allá del arroyo para buscar a más familias. Mientras ellos se iban, los demás recogimos leña y preparamos la cena.

Esa noche, las familias de Wa Meng y Youa Cho Moua se unieron a nuestro grupo. Wa Meng y Youa Cho, de unos cincuenta años, eran hermanos. Contaron que Ger Moua, su primo, fue el primero en morir durante el tiroteo. El enemigo mató a la esposa de Youa Cho y a su hijo menor. Cuando los hermanos dispararon sus carabinas contra el enemigo, los comunistas retrocedieron rápidamente.

Wa Meng creía que los hombres laosianos que habían desaparecido habían huido a la aldea comunista cercana para ponerse a salvo. No creía que colaboraran con el Pathet Lao. Wa Meng sospechaba que fue el cazador *Hmong* quien informó a la tropa del Pathet Lao sobre el grupo.

—¿De verdad crees que fue el cazador *Hmong*? —pregunté—.

—Sí —contestó Wa Meng—. ¿Quién más podría saberlo? Si Ger lo hubiera matado en primer lugar, esto no habría ocurrido.

No había pruebas, pero el cazador era el único que había visto al grupo. Podría haber sido él. Me pregunté por el soldado Keng. Tal vez encontró nuestra cabaña vacía y nos persiguió. ¿Podría haber sido él? Quería a alguien a quien culpar y odiar. Cogí un palo y lo clavé con fuerza en la tierra. Si pudiera, los mataría a ambos.

La mitad de las familias habían desaparecido. Quería hacer más preguntas, pero se suponía que las mujeres no debían meterse en las reuniones de los hombres. También me pregunté qué había pasado con los contrabandistas laosianos. ¿Habrían abandonado realmente el grupo o estarían heridos?

El tercer día después del tiroteo, los hombres se reunieron

para trazar el siguiente plan mientras las mujeres y los niños escuchaban nerviosos. Me senté detrás de Toua. Cada hombre adulto tomó su turno para expresar su opinión.

—Tenemos dos opciones. —Toua tomó la iniciativa—. O volvemos a nuestra aldea o continuamos hacia Tailandia nosotros mismos, aunque ninguno de nosotros conoce el camino. Ambas opciones son peligrosas.

Lue, el hijo mayor de Wa Meng, dijo: "Queremos llegar a Tailandia, pero si nadie conoce el camino, debemos regresar. Si rogamos al Pathet Lao y prometemos ser buenos ciudadanos, puede que nos perdone la vida".

Youa Cho asintió. —Los comunistas están por todas partes, y muchos aldeanos son espías. Si no conocemos una ruta segura para llegar a Tailandia, no tenemos ninguna posibilidad.

—Entiendo tus razones —declaró el tío Nao Pao—. Pero yo soy un antiguo prisionero. Volver con los comunistas significará un severo castigo, si no la muerte. ¿Puedes trabajar desde el amanecer hasta el anochecer y tolerar que te golpeen todos los días? —Él negó con la cabeza—. Yo no. Prefiero morir.

—Una buena razón para volver es que conocemos el camino a casa —dijo Wa Meng.

Tong Pao afirmó: "Todos tenéis buenas razones. Ninguno de los dos caminos es bueno".

Los hombres siguieron debatiendo.

—¿Puedo decirles lo que pienso? —Conseguí preguntar.

—Adelante —dijo Tong Pao.

—Creo que sería mejor ir a Tailandia.

Toua estuvo de acuerdo. Algunos hombres hablaron del *saib taw qaib*, un ritual en el que se mata un pollo y se hierve entero, así como se utilizan las patas y los ojos para determinar el destino. Pero no teníamos pollos, así que el ritual era imposible.

Tong Pao era un chamán venerado y tenía su *kuam*, una

herramienta de adivinación hecha con un cuerno de toro. Los hombres decidieron usarlo, y era la primera vez que alguien utilizaba el *kuam* en una situación como ésta. Esperaban que la herramienta de adivinación les ayudara a llegar a una conclusión y a tranquilizar sus mentes. El *kuam* es una reliquia espiritual utilizada para determinar los acuerdos entre el chamán y los espíritus. También se utiliza durante un ritual de llamada al alma.

Tong Pao sacó el *kuam* de su bolsa negra de chamán. Sostuvo el par de cuernos cortados en su mano mientras murmuraba a los espíritus de la Tierra, a sus antepasados y a sus padres. Tong Pao pidió a los espíritus que pusieran el par boca arriba si ir a Tailandia era seguro y una mejor opción. Lanzó el *kuam* al suelo. Todos lo observaron. Los dos cuernos se orientaron hacia abajo, cruzándose el uno con el otro.

El miedo apareció en los rostros de los adultos. Tong Pao sacudió la cabeza y recogió el *kuam*. Volvió a murmurar. Esta vez preguntó si volver a la aldea era seguro y una mejor opción. Lanzó el *kuam*. El resultado fue el mismo. Los rostros de las mujeres se tornaron pálidos. Algunos hombres negaron con la cabeza. El terror en mi vientre se intensificó. Estábamos atrapados. ¿Qué nos iba a pasar?

—Como veis, ninguna de las dos opciones es buena —dijo Tong Pao con voz tensa.

La ambigua respuesta del *kuam* nos dejó a todos intranquilos. Algunos querían seguir adelante, mientras que otros pensaban que el grupo debía regresar.

Me volví hacia Der y le susurré: "¿Qué opinas?"

—Quiero seguir. —La voz de Der era suave y temblorosa—. No puedo volver para enfrentarme a Keng. Me matará.

—Tienes razón —contesté—. No sé lo que me espera, pero tampoco quiero volver.

Me apoyé en su hombro mientras el debate se recrudecía.

Finalmente, los hombres decidieron seguir adelante. Nos dirigiríamos al oeste, la dirección a la que Ger nos había llevado. La cara de Der se iluminó. Yo compartía su alivio, pero temía el viaje que nos esperaba.

A la mañana siguiente, las cinco familias de treinta personas volvieron a ponerse en marcha. La columna era más pequeña y silenciosa. Nuestro reto era encontrar el camino a Tailandia.

Dos días después, nos encontramos con un pueblo. Lo rodeamos con la esperanza de pasar desapercibidos. Nos detuvimos al mediodía para cocinar las plantas comestibles, los helechos y las vides que habíamos recogido por el camino mientras nuestros hombres patrullaban la zona.

Al poco tiempo, Lue y Toua aparecieron con sus rifles, escoltando a dos hombres laosianos. Reconocí a uno de los hombres. Era Khamkong, el amigo de Ger. Wa Meng habló con dureza a Khamkong en lao.

Tong Pao tradujo para las mujeres. —Khamkong dijo que su compañero, Somsack, fue herido en el tiroteo y que se llevó a Somsack a casa. No quiso abandonarnos. Está aquí con un nuevo tipo para llevarnos a Tailandia. Es difícil confiar en él, pero no tenemos otra opción. Creo que aún estamos más seguros con él guiándonos.

Las mujeres asintieron.

—Mamá, necesito una barra de plata —dijo Toua.

—¡Ya les hemos pagado mucho dinero! ¿Por qué quieren más? —gruñó mamá.

—Exigen más dinero y tenemos que pagar al nuevo.

—Espero que no pretendan robarnos e irse —murmuró—.

Toua dudó. —Creo que nos escoltarán.

Mamá frunció el ceño mientras desataba lentamente su bolsa de la cintura y sacaba el último lingote de plata que conseguimos con la venta de la vaca.

El grupo pagó a los laosianos cuatro lingotes de plata.

Esa noche, los laosianos nos vigilaron, comprobando los alrededores en busca del enemigo. Su presencia alivió el temor de todos de que el *kuam* hubiera presentado una respuesta ambigua. Yo tenía fe en los laosianos. Sentía que nuestros antepasados habían enviado ayuda y que llegaríamos a Tailandia sanos y salvos. Continuaríamos el viaje a la mañana siguiente.

Capítulo Veintiuno

Se acercaba la media tarde cuando por fin llegamos a Phu Hau, una montaña cercana al río Mekong. En la cima de la montaña, descansamos. Cada hombre de la casa despejó un lugar entre los árboles para su familia para pasar la noche. Los hombres laosianos salieron a buscar una ruta segura hacia el río.

En la cima de Phu Hau soplaban vientos fuertes. Las copas de los árboles se agitaban y temíamos que nos cayeran encima. La luz del sol se abría paso a través de las densas copas de los árboles. Habían pasado veinte días desde que dejamos nuestra aldea. Por el camino, tres niños habían muerto de hambre y de envenenamiento por opio. Según los hombres, en un día más llegaríamos al río Mekong, el más largo del sudeste asiático. Dividía Laos y Tailandia. Al otro lado estaba nuestro país de refugio. La libertad estaba al alcance de la mano. La mayoría de los adultos susurraban emocionados entre sí. Incluso los rostros de los padres afligidos que habían perdido a sus hijos empezaron a mostrar color.

Como todos, no había comido desde la mañana. Las dos escasas comidas diarias apenas me daban las fuerzas que necesitaba. Mi cuerpo agotado me pedía que durmiera, pero no podía. Nhia dormía en mi regazo y en mi brazo, y yo tenía que vigilarlo mientras Der y mamá buscaban comida. Le acaricié el cabello y sonreí. Había llegado a la frontera entre Tailandia y Laos. Estaba hambriento y delgado como un palo. Cada grano de arroz que habíamos ahorrado para él había ayudado a mantenerlo con vida. Nhia era guapo como su padre. Pronto, Der y Nhia conocerían a Pheng, y él los alimentaría, así como los cuidaría. Pensar en su nueva vida me daba energía.

Pa yacía en el suelo con el vientre tan redondo como un melón. El hambre y sus piernas y pies hinchados, además de doloridos, deterioraban su fuerza. Sin embargo, la emoción brillaba en sus ojos.

Los laosianos regresaron poco después. Nos dijeron que el pueblo junto al valle del río estaba probablemente ocupado por los comunistas. Cruzar el pueblo y el río Mekong sería peligroso. Los laosianos tenían que encontrar un camino seguro alrededor de la aldea hasta el río. Las noticias nos asustaron, pero teníamos la esperanza de que los laosianos nos llevaran a salvo a Tailandia.

Cuando se acercó la oscuridad, Der comprobó el pulso de Nhia como hacía cada noche. Lo envolvió más fuerte en la manta. Todos se tumbaron en el duro y frío suelo para pasar la noche. Los niños ya no lloraban. Estaban demasiado débiles por la inanición o adormecidos por el opio.

El viento de los pinos silbaba con fuerza, manteniéndome fría y despierta. Contemplé la única estrella brillante que se veía a través de las copas de los árboles e imaginé que la estrella me observaba y me daba las buenas noches.

Hablé entre dientes: "Estrella celestial, ¿sabes que nos estamos muriendo de hambre? Por favor, ayúdanos a llegar a Tailandia sanos y salvos". Miré a la estrella hasta que me pesaron los ojos y me quedé dormida.

En cuanto amaneció, Toua fue a reunirse con los demás hombres.

Cuando regresó, dijo: "Los hombres laosianos se fueron para comprobar una ruta segura para nosotros. Quieren asegurarse de que los agricultores están fuera de los campos cercanos al río antes de que crucemos sus granjas".

—Bien —dijo mamá—. Les hemos pagado mucho dinero. Tienen que asegurarse de que estemos a salvo. ¿Hay alguna manera de ir sin cruzar los campos?

—Lo están investigando.

—¿Cuándo volverán? —preguntó ella.

—Volverán al mediodía o al atardecer para que podamos salir durante la noche.

—Al mediodía o al atardecer —murmuré—.

Estudiaba las sombras de los árboles y la luz del sol que se filtraba a través del dosel para saber la hora.

Para desayunar, Der hirvió los brotes de palma silvestre que ella y mamá habían recogido la noche anterior. Toua reservó una pequeña ración de la comida y rezó a nuestros espíritus ancestrales para que nos protegieran. En la naturaleza y en una situación peligrosa, era importante rezarles en cada comida. Probé un poco de los brotes cocidos y los escupí. El sabor amargo me hizo hacer una mueca. Durante la caminata había comido brotes de bambú, helechos y vides tiernas con sal. Los brotes de palma silvestre no sabían a comida. Bebí agua de mi cantimplora.

—Nou, tienes que comer —señaló mamá—. Tenemos que comer todo lo que esté a nuestro alcance.

—Lo intentaré más tarde. —Deseaba poder comer cualquier cosa como mi hermana.

Cuando el sol se posó sobre las copas de los árboles, la gente que había ido a buscar comida volvió y todos esperaron ansiosos a los hombres laosianos. Se acercaba la media tarde y esperábamos. El sol desapareció, y aún no había rastro de los laosianos.

Aunque no era su turno, Toua ayudó a los demás hombres a patrullar durante la tranquila noche.

Al amanecer, los hombres recorrían el campamento en busca de señales de los laosianos mientras las mujeres y los niños se reunían en el centro. Todos estábamos asustados, imaginando las terribles cosas que podría significar la ausencia de nuestros guías.

Los laosianos aún no habían regresado al atardecer. No habíamos visto a ningún soldado ni habíamos oído disparos. ¿Dónde podrían estar?

Por fin, Toua se unió a la familia. Llevaba una expresión turbia. —Los hombres y yo creemos que los contrabandistas nos han abandonado. —Su voz estaba cargada de decepción y rabia.

—Nunca confié en esa gente —murmuró mamá—. Tenía la sensación de que sólo buscaban el dinero.

Se me apretó el estómago. —Nos han engañado. —Apreté los ojos e intenté no llorar. Qué tontos fuimos al confiar en ellos. ¿No quedaba ninguna persona buena en el mundo?

—¿Qué vamos a hacer? —Der susurró.

—Tong Pao y Youa Cho se ofrecieron a bajar al valle mañana para encontrar una ruta segura —explicó Toua.

—Hombres valientes —murmuró Der—. Estamos tan cerca.

Puse mi mano en el hombro de mi hermana. —Pheng os está esperando a ti y a Nhia. —Ella asintió.

Al amanecer, los hombres se reunieron de nuevo entre los árboles. La mayoría de los niños seguían durmiendo. Demasiado débil para caminar, Song, el hijo de cinco años de Tong Pao, se arrastró hacia la reunión.

—Papá, regresa —decía sin aliento.

Tong Pao lo levantó. —Volveré para llevarte a Tailandia.

—Descansaré allí. —Song señaló a su madre—. Hasta que vengas a despertarme.

Tong Pao abrazó a su hijo. Las lágrimas se agolparon en mis ojos. Esperaba que Tong Pao volviera sano y salvo. Como yo, Song no podía comer brotes de palmera silvestre. Si no tuviera algunas hojas de parra para comer, estaría como Song, que apenas tenía energía para moverse. Song era el hijo menor de la familia Lor, y su padre lo había llevado a cuestas durante todo el viaje. Alimentaba a Song y le frotaba la espalda para que se durmiera. A veces le contaba cuentos, y se reían juntos cuando Tong Pao llegaba a una parte divertida.

Desde que Song se había debilitado tanto, Tong Pao se había mostrado muy preocupado. Había buscado comida y agua para la familia y el grupo, y ahora arriesgaba su vida para encontrar una ruta segura para todos.

Tras la reunión, Tong Pao y Youa Cho se marcharon. Todos rezamos para que volvieran sanos y salvos. Mamá y Der fueron a buscar comida con otras mujeres. El sol se elevó por encima del dosel. Toua y los demás hombres se paseaban. Yo sostenía a Nhia en mi regazo y le tarareaba suavemente.

¡Pow! ¡Kapow! Los disparos estallaron en el valle. Nhia y yo nos dirigimos hacia Pa, quien estaba cerca. Mamá, Der y los demás volvieron corriendo. Algunos niños se aferraron a sus madres y lloraron. Toua corrió de un lado a otro diciendo a las mujeres que hicieran callar a sus hijos. Pronto nos quedamos en silencio, quietos como los árboles.

Llegó la noche sin que hubiera rastro de Tong Pao y Youa Cho.

Los gritos de Song resonaban suavemente, cerca. Toua y yo fuimos a ver cómo estaba. Temblaba en el regazo de su madre.

—Hermano mayor, ¿va a volver mi padre? —Habló apenas por encima de un susurro.

—No estoy seguro. —Toua levantó a Song—. Tendremos que esperar hasta mañana y ver—.

—No vayas a ninguna parte hasta que vuelva —dijo Song en voz baja—. No quiero que nos eche de menos.

Toua asintió.

—Dormiré hasta que mi padre venga a despertarme. —Los ojos de Toua se llenaron de lágrimas. Se dio la vuelta y se limpió rápidamente los ojos con el dorso de la mano. Alcancé las huesudas manos de Song—. Debes comer para poder ir a Tailandia.

—No puedo comer brotes de palmera ni insectos. Comeré arroz cuando lleguemos a Tailandia. —Mi corazón se rompió por Song, Nhia y los otros niños frágiles. Song había sido un niño enérgico y hablador, pero ahora apenas podía caminar o hablar.

Tong Pao y Youa Cho no volvieron. Song descansó en la zona donde le había dicho a su padre que lo esperaría. Nadie podía obligarle a comer o beber.

Capítulo Veintidós

Song yacía tumbado y frío en el suelo donde su padre lo había dejado. Su madre, con el corazón roto, sollozaba en silencio. No hubo funeral, ni ritual para enviarlo al mundo de sus antepasados. Lo enterramos inmediatamente.

Había sido testigo de muchas muertes, y cada una de ellas había marcado mi corazón y agotado mi fuerza, mi esperanza, así como mis sueños del futuro. Mi corazón estaba tan herido que no tuve lágrimas por la muerte de Song.

Seis días en Phu Hau me parecieron una eternidad. Nhia había perdido el interés por las historias y dormía la mayor parte del día. Mamá, una herbolaria, estaba bien preparada con sus medicinas, pero los niños no se estaban muriendo de enfermedad. Se estaban muriendo de hambre y de envenenamiento por opio. Pa había tenido dificultades para respirar. Gemía a menudo porque temía perder a su hijo no nacido, y también temía por ella misma.

Wa Meng y Toua habían bajado sigilosamente la montaña y subido a las copas de los árboles para comprobar si había alguna actividad en el valle. Cada día, informaban de que veían a los agricultores cuidando sus campos. No sería seguro cruzar el valle, ni siquiera bajo el amparo de la oscuridad.

Toua se quedó despierto hasta altas horas de la noche. Se despertaba cuando la gente estornudaba o tosía. Cuando se oían crujidos, sacaba su rifle, asustando a todos. Se volvió escuálido y con la cara demacrada.

Al décimo día parecía que habían pasado diez años.

Era el final de la tarde cuando Toua y Wa Meng volvieron de explorar una ruta segura. Nos reunieron a todos.

—Encontramos un campo de arroz que ha sido completamente cosechado, y no encontramos a nadie allí durante los dos días que vigilamos —dijo Wa Meng—. Hay bosques al otro lado del campo, junto al río. Nuestro plan es bajar cerca del campo de arroz y esperar allí hasta que oscurezca para cruzar el campo.

—Una vez que crucemos a la zona boscosa, tendremos una buena oportunidad —añadió Toua—. Planeamos salir esta noche.

Los ojos de todos se iluminaron de esperanza. Era un plan arriesgado, pero aún así se sentía como si estuviéramos saliendo de un agujero oscuro y la luz del día fuera nuestra recompensa.

—Esperemos que no haya luna —dijo Wa Meng—. El campo no tiene árboles que nos protejan.

—Si tienen algo que cocinar, asegúrense de prepararlo temprano, antes de que nos vayamos —comentó Toua. —Necesitamos toda nuestra energía para esta noche—.

Der cocinó el brote de plátano que Toua había encontrado mientras exploraba. A diferencia de los amargos brotes silvestres, el brote de plátano tenía un sabor dulce que pude tragar. Esa noche tuvimos una comida decente. Nos dio las fuerzas necesarias.

Mientras las vetas rojas y anaranjadas del atardecer se recostaban en el cielo, Toua cantó a los espíritus de papá y de nuestros antepasados. Pidió su protección. Mamá también rezó.

Preparándome para partir, me até la cantimplora llena de agua y el machete a la cintura y llevé la cesta que contenía una manta, un recipiente de agua y una olla. Der llevaba a Nhia con el portabebés.

Toua y Wa Meng encabezaban el grupo. Yo caminaba con Pa para ayudarla, mientras mamá caminaba con Der y Nhia. El aire frío nos enfriaba mientras bajábamos por el escarpado camino de la montaña hacia el valle.

Al acercarnos a los arrozales en terrazas, los perros empezaron a ladrar cerca. Nos detuvimos y nos sentamos en el suelo sin hacer ruido. Afortunadamente los niños permanecieron en silencio, algunos por el opio. Un grito podría significar nuestra muerte.

Cuando por fin cesaron los ladridos, tenía las piernas acalambradas por estar demasiado tiempo sentada en el suelo duro. Toua y Wa Meng nos rodearon, recordándonos en susurros que tuviéramos cuidado al cruzar los campos.

Me sentí incómoda al bajar por los desniveles del campo de arroz en terrazas. Necesitábamos el amparo de la oscuridad, pero era difícil ver. En la silenciosa noche, nos arrastramos con cautela entre los tallos de arroz secos.

Capítulo Veintitrés

EL CAMPO PARECÍA INTERMINABLE. AL CABO DE UN RATO, ME llegó un mensaje de que estábamos en la mitad del campo y que debíamos acelerar. Pasé el mensaje a Pa y a la persona que iba detrás de ella. Pronto las personas que iban detrás de Pa y de mí se apresuraron a pasar por delante de nosotros.

—¿Puedes caminar más rápido? —susurré—.

Pa emitió un gruñido de dolor, pero sólo aceleró un poco el paso. Estaba haciendo todo lo posible y no podía ir más rápido. En la oscuridad, nos quedamos atrás y ya no pude ver a los demás. Mi corazón latía con fuerza.

Murmuré: "Tengo que llevarte para que podamos seguir al grupo".

—¿Cómo?

—Pon tu espalda contra la mía.

Me quité la cesta. Nuestras espaldas se tocaron. Enlazamos nuestros brazos. Me agaché y arrastré a Pa, aspirando aire en mis pulmones ardientes. El dolor en mi espalda surgía con cada respiración y paso. Los gemidos de Pa persistían.

Por fin, alcanzamos al resto de nuestro grupo. Nos llegó otro mensaje de que estábamos cerca del bosque junto al río.

Podía oler la libertad. A medianoche, deberíamos llegar a Tailandia.

De repente, los perros ladraron y se oyeron disparos. Tropecé y caí al suelo con Pa encima. Casi me ahogué y jadeé en busca de aire. Pa gimió y rodó hacia un lado. Mi corazón latía con fuerza. Los gritos de terror rompieron la noche. Algunas personas se desplomaron en el suelo mientras otras corrían.

—Debemos correr —dije, jadeando.

—¡No puedo! —gritó Pa—. Ve tú.

—Padre —recé—, por favor protégenos y ayúdanos a salir de aquí.

Los disparos continuaban a nuestro alrededor en un estruendo ensordecedor.

—Pa-Nou, ¿dónde estás?

Apenas oí a Toua decir nuestros nombres.

—Por aquí —llamé—.

Toua se acercó a nosotros a trompicones, una sombra oscura en la noche. Manteniéndose agachada, sujetó a Pa por debajo de los brazos y empezó a arrastrarla. —¡Seguidme! —ordenó.

Me puse de rodillas. —¿Dónde están mamá y Der? —Mi voz temblaba tanto como mi cuerpo.

—No lo sé. Las encontraremos más tarde. —Hablaba rápido, con miedo.

No me iría hasta saber que mamá, Der y Nhia estaban a salvo. Observé la dirección de los tallos de arroz que se doblaban, para poder seguir a Toua y a Pa más tarde. Luego, me arrastré lentamente bajo los disparos, buscando a Der y a mamá. Encontré figuras negras tendidas en el suelo y las toqué. Algunas estaban muertas, otras gemían de dolor. El miedo y la pena me envolvieron con fuerza y me estremecí.

Un grito de dolor se dirigió hacia mí. ¿Era mi mamá? Tomé

aire y volví a rezar: "Padre, ayúdame. Dame fuerza y valor". Respiré profundamente y me arrastré hacia el sonido.

—¿Mamá?

—Le han disparado a Der —dijo entre sollozos.

Mi corazón se detuvo.

Capítulo Veinticuatro

DER YACÍA EN EL SUELO CON MAMÁ A SU LADO. NHIA LLORABA débilmente en los brazos de mamá. Me arrodillé y abracé a mi querida hermana. Nuestras frentes se tocaron. Der gimió. El dolor se apoderó de mi corazón, sacudiéndome y quitándome la vida.

—Te pondrás bien —sollocé, pero mis ojos no tenían lágrimas. Le alisé el cabello—. Te voy a llevar a un lugar seguro. Súbete a mi espalda.

—No lo hagas —consiguió decir Der—. Lleva... a mi hijo... a su padre. El anillo... también—.

—Vienes con nosotros. —Intenté levantarla, pero no pude. Mis manos se deslizaron en la sangre caliente de su costado.

—Ve... antes de que sea... demasiado tarde —habló Der sin aliento—. Ve....

—¡No! Debes venir con nosotros. ¡Nhia te necesita! Pheng te está esperando.

—Por favor —suplicó—, salva a mi... hijo.

Tenía que salvarlos a ambos. Quería detener el tiempo y revertir todo.

Una bala pasó volando, demasiado cerca. El pánico subió a

mi pecho. Der tenía razón. Tenía que irme y llevarme a Nhia y a mamá conmigo o todos moriríamos.

—Der, te quiero. Quiero volver a ser tu hermana en la próxima vida —yo sollozaba—. Haré todo lo que esté en mi mano para llevar a Nhia con su padre.

—¿Puedes ayudar a criarlo...? —ahogó las palabras.

—Sí. —Asentí con la cabeza—. Lo haré.

Los disparos continuaban a nuestro alrededor, y esperaba que ella pudiera oírme. Busqué sus dedos y le quité el anillo de su dedo demasiado delgado. Deslicé el anillo en la cuerda que sostenía el machete. Rápidamente, me abroché la cuerda a la cintura y la até.

—Adiós, Der. —Apreté su mano y tragué con fuerza. Odiaba la vida. Odiaba el mundo que había destruido a mi familia.

—Te amo, Der —lloró mamá—. Volveremos a ser madre e hija.

Luché para no tumbarme junto a Der y morir con ella. Forcé mi voz para ser fuerte y dije: "Mamá, ¿puedes caminar?"

—Sí.

Cargué a Nhia a la espalda y busqué el rastro de los tallos de arroz doblados hasta Toua y Pa, pero la oscuridad hizo imposible encontrar el rastro, así que nos vimos obligadas a elegir el camino hacia el bosque. Dejar a Der para que muriera y sin tumba me destrozó el corazón. Un océano de dolor absorbió todas mis fuerzas. Mi madre tiró de mi brazo para que fuera más rápido, pero no pude. Tenía tantas ganas de recibir una bala y morir con Der. El gruñido de Nhia me devolvió la cordura. El niño estaba vivo, y debía llevárselo a su padre como había prometido. Aceleré el paso. Los disparos continuaron, pero no tan cerca y, cuando llegamos al bosque, el silencio había vuelto. Mamá y yo nos detuvimos bajo un árbol para recuperar el aliento. Mamá gimió suavemente.

El miedo se apoderó de mí. —Mamá, ¿estás herida?

—pregunté—.

—Una bala me atravesó el brazo izquierdo—.

¡Oh, cielo! El corazón se me subió a la garganta. Me acerqué a su brazo. La sangre caliente había empapado la manga larga.

—Nhia también fue herido —añadió—. No sé dónde.

Era demasiado para mí. ¿Cómo podría salvarlos? Una roca parecía presionarme el pecho. Quería gritar, llorar, maldecir a los que habían hecho esto. Pero ahora no era el momento. Me tragué mis emociones, respiré hondo varias veces y me dije que estaríamos bien. Podía cuidar de ellos. Tenía que hacerlo.

Palpé el cuerpo de Nhia en busca de su herida. Gruñó cuando le toqué el brazo derecho. Estaba sangrando, pero no tanto como mi madre.

—Mamá, ¿te dispararon mientras estabas con Der? —pregunté—.

—Sí. —Levantó su brazo bueno—. Rasga mi manga para cubrir la herida de Nhia.

Rasgué la parte superior de la manga limpia y envolví con la tela la mancha de su brazo mojada de sangre. Luego, me quité una de mis camisas y la envolví alrededor de la herida de mamá. Con suerte, el vendaje improvisado detendría su hemorragia. El aire de diciembre me helaba, pero no era tan frío como cuando estábamos en la montaña Phou Bia. Aun así, mamá temblaba.

—Mamá, ¿tienes frío?

—Siento dolor —respondió entre dientes, castañeteando.

Le acaricié el cabello y recordé el consejo de la abuela. —Respira hondo —le dije—. No pienses en Der ahora mismo. Nos tienes a mí y a Nhia. Estamos agradecidos de seguir teniéndote a ti. Estaremos bien.

Las palabras eran fáciles de decir, pero difíciles de creer. Respiró profundamente varias veces y lentamente dejó de gemir.

Tras el breve descanso, continuamos adentrándonos en el

bosque. Un sonido bajo resonó cerca. Nos detuvimos a escuchar. El sonido nos resultaba familiar. Nos acercamos y volvimos a escuchar: eran los gemidos de Pa.

—Toua, ¿eres tú? —Mamá susurró.

—Sí. Estamos aquí.

Me quité un gran peso de encima. Mi hermano. Ya no estaba a cargo. Encontramos nuestro camino en la oscuridad hacia ellos. Mientras nos sentábamos, Pa tocó mi mano.

—¿Están todos bien? —Pa susurró.

—Mamá recibió un disparo en el brazo, y envolví la herida con mi camisa —dije, mientras ponía a Nhia en mi regazo.

—Lo siento, mamá —dijo Toua—. Lo miraré mañana. ¿Dónde está Der?

—No lo ha logrado —respondió mamá entre sollozos.

Pa comenzó a llorar y Toua la tranquilizó. Mamá jadeaba y temblaba. Le alisé el cabello. Me pregunté si Der estaba libre de dolor o si seguía sufriendo. Un suave grito se me escapó de la boca y traté de ahogar mi dolor.

—Es difícil. —La voz de Toua vaciló—. Pero debemos olvidar a los muertos y concentrarnos en ponernos a salvo. Debemos ser fuertes si queremos vivir.

Toua y papá eran buenos para sobrellevar la situación. Tenía que intentar ser como ellos. Inspiré profundamente y besé a Nhia.

Esperamos con impaciencia la luz del día. Antes del ataque a nuestra aldea, había amado la noche porque podía dormir y estaba libre de trabajo. Ahora odiaba la noche. Mi cuerpo agotado exigía descanso, pero mis ojos se negaban a cerrarse, mi cerebro reproducía imágenes aterradoras y no podía dejar de pensar en Der. Por suerte, Nhia dormía.

Cuando los árboles por fin se hicieron visibles, Toua miró el brazo de mamá. —Parece que la hemorragia se ha detenido. Tienes que ver a un médico cuando lleguemos a Tailandia. —Se puso en pie—. Voy a ver cómo está el río. Espera aquí.

—Ten cuidado —señaló Pa.

—No vagues por ahí —dijo Toua—. El pueblo comunista no está muy lejos, y no podemos dejar que nos vea ningún campesino.

—Tengo que buscar hierbas para mi herida. No iré muy lejos —dijo mamá.

Toua se rascó la cabeza. —Lo siento, no sé cómo son.

—Iré contigo, mamá —dije—.

—No. Tienes que cuidar a Nhia y a Nyab. —La voz y la cara de mamá mostraban dolor.

Debería ser yo quien buscara hierbas para curarla, pero al igual que Toua no sabía nada de hierbas.

—Bebe un poco de agua antes de irte. —Señalé mi cantimplora junto al árbol.

Mamá la cogió con su mano buena, bebió un trago y volvió a dejar la cantimplora junto al árbol. Ella y Toua se marcharon.

Pa cambió de posición y gimió. Acomodé a Nhia, que aún dormía en mis brazos, junto a Pa. Revisé los pantalones raídos de Pa. Se había raspado los muslos. Sus nalgas estaban magulladas con pequeños cortes.

—*Tis nyab*, lo siento mucho —dije—.

—Me alegro de no estar muerta. Toua me salvó a mí y a nuestro hijo. —Pa soltó un grueso suspiro—. Me temo que este niño puede venir pronto—.

El pánico se apoderó de mis nervios. Sacudí la cabeza. —No. Por favor, no. No en este lugar.

—Con suerte, cruzaremos el río esta noche y tendré al bebé mañana en Tailandia —dijo Pa con voz tensa.

—Sí. Dile al bebé que espere hasta que estemos en un lugar seguro.

Deseaba que pudiéramos decirle al niño que esperara. Teníamos que salir pronto de este lugar. No podía soportar más muertes. Demasiadas cicatrices cubrían ya mi corazón.

Capítulo Veinticinco

Mamá volvió con algunas hierbas. Las machaqué suavemente sobre un tronco con un palo hasta que las hojas se convirtieron en una pasta. Desenvolví la tela empapada de sangre de su brazo.

La bala le había atravesado el centro del antebrazo. Se me revolvió el estómago. Quise apartar la mirada, pero me obligué a arrancar la última manga de su camisa, mojarla con agua y limpiar la herida. Puse la pasta en la herida y la envolví con la tela limpia.

La herida de Nhia era leve. Tuvo suerte de que la bala sólo le rozara. Le puse pasta en el brazo y lo envolví mientras dormía, y luego hice lo mismo con las heridas de Pa. Mamá se tumbó en el suelo junto a Nhia y cerró los ojos.

Nhia se despertó y sollozó débilmente. Lo levanté, le di un poco de agua y lo senté en mi regazo. Miró a los árboles y se apoyó en mi pecho para sostenerse. Le besé la frente. Él era la razón por la que no estaba loca, me hacía olvidar a los muertos. Haría cualquier cosa para mantenerlo a salvo y llevarlo a Tailandia.

No había plantas comestibles en las cercanías, y el parloteo de los pájaros de la mañana hizo que mi estómago rugiera más. Si tuviera un arco y una flecha, o un tiro de honda, tendríamos a los pájaros como alimento. Imaginé el olor y el sabor de los que Der había horneado en el fuego de la aldea. Se me hizo la boca agua y eché de menos a mi hermana.

Mamá murmuró en sueños: "Cielo, ayuda".

La sacudí y se estremeció, abriendo mucho los ojos.

—¿Qué ha sucedido?

—Una pesadilla. —Me acerqué a ella y le alisé el cabello mientras luchaba contra mis propias lágrimas.

Toua regresó alrededor del mediodía.

—Lo siento, no hay plantas comestibles —dijo—. Pero he encontrado un lugar que creo que no está vigilado. Descansaremos aquí hasta la noche.

—¿Cómo cruzaremos? —pregunté—. No sé nadar, y he perdido el tubo de plástico que me dio papá. Además, no tenemos el portabebés de Nhia para llevarlo.

Toua cogió su mochila negra, desató la cuerda y la aflojó para abrirla. —Los tubos de Pa y los míos están aquí. Mamá, ¿está el tuyo contigo?

Mamá comprobó la mayor de las dos bolsas en su cintura. —Lo tengo aquí. —La bolsa más pequeña estaba vacía, ya que habíamos pagado a los laosianos con nuestro último lingote de plata.

—Nou puede usar la mía. Yo nadaré —afirmó Toua—. Ataré a Nhia a mi espalda con mi cuerda.

Toua no era un buen nadador, y eso me preocupaba. Había oído hablar de gente que moría al cruzar el río. Sería muy arriesgado.

Cuando cayó la tarde, Toua le dio a Pa un bastón de apoyo. Yo llevaba a Nhia a la espalda. Caminamos lentamente hacia el Mekong. La oscuridad se cernía sobre el bosque cuando llegamos al río. Dejé a Nhia con mi madre y caminé hasta la orilla. El agua balbuceaba bajo mis pies descalzos y un viento frío me rozaba la cara. El Mekong era ancho y la orilla tailandesa parecía lejana. Deseé tener alas.

Toua desempacó su tubo de plástico y comenzó a soplar. Mamá me pasó el suyo. Soplé, pero el tubo no se hizo más grande. Mi hermano me quitó el tubo y sopló con fuerza.

—Tiene una fuga. No sirve para nada. —Lo desechó.

—¿Cómo voy a cruzar? —La voz de mamá se elevó con pánico—. No sé nadar y me duele el brazo.

Toua sopló el tubo de Pa. —Este también está mal. Probablemente se pinchó al chocar con un árbol. No podemos ir con un solo tubo. —Lo tiró al suelo y lo pisoteó con frustración.

El miedo se agolpó en mi estómago. Busqué las manos de mi madre.

—¿Hay otro camino? —Mi voz se tambaleó.

El silencio se extendió entre nosotros mientras mirábamos el ancho río.

—Yo nadaré —dijo Toua—. Uno de vosotros utiliza el tubo de plástico bueno y viene conmigo. Cuando estemos en Tailandia, cogeré una canoa y volveré.

¿Una canoa? Solté un suspiro reprimido. La separación nunca se me había pasado por la cabeza. Mi hermano era más valiente que yo. Mi padre solía decir: "La intrepidez puede traer la libertad". Toua estaba siendo intrépido.

—Eso funcionará —señalé—. *Tis nyab* y tú van. Definitivamente tiene que ir esta noche. Mamá, Nhia y yo esperaremos aquí a la canoa.

—Estoy de acuerdo —dijo mamá.

—Iremos entonces. Siento dejaros a los tres aquí. —Toua me puso una mano en el hombro—. Nou, sé valiente. Padre dijo una vez que tienes el corazón de un hombre, y yo le creo. Dirige y cuida de mamá y Nhia mientras yo no esté.

—Haré lo que pueda —comenté en voz baja.

Fingí ser valiente, pero estaba aterrada.

Pa se puso el tubo de plástico alrededor de la cintura. Toua sacó una cuerda de su mochila y la ató alrededor de su cintura y la de Pa para mantenerlos juntos. Descendieron lentamente hasta el río.

Tomé la mano buena de mi madre mientras veíamos cómo las figuras negras se adentraban en el agua. Los perdimos de vista en la oscuridad, pero oímos el chapoteo. El chapoteo se hizo más frenético, como el de una criatura salvaje que se agitaba en el agua oscura. Mamá y yo nos apresuramos a bajar con Nhia a la orilla del río. Pa luchaba por su vida. Toua la arrastró hasta la orilla.

—¿Qué ha pasado? —preguntó mamá.

Pa resolló. —Me hundí. Soy demasiado pesada y me he volcado.

—No tenemos mucho tiempo. —Toua tomó el tubo de Pa de ella—. Mamá, ven conmigo.

Mamá tomó el tubo, pero no se lo puso. Me lo dio a mí.

—Ve con Toua. Yo vigilaré a Nyab y a Nhia.

—Ve tú, mamá —dije—. Por favor, ve con él. Necesitas un médico para tu brazo lo antes posible.

—Quiero que vayas tú. —Mamá hablaba despacio y con claridad, pero yo me negaba a coger el tubo.

Me crucé de brazos. —No me iré sin la familia.

Mamá le dio el tubo a Toua.

—Úsalo para cruzar. Te esperaremos a ti y a la canoa.

Toua se puso el tubo. —Cuídate. Volveré pronto.

Nos sentamos a la oscura luz de la luna y vimos a Toua desaparecer en el Mekong.

Capítulo Veintiséis

A MEDIDA QUE AVANZABA LA NOCHE, ME PASEABA EN SILENCIO por la orilla del río, observando si había señales de una canoa. El viento frío me azotó el cabello y la cara. ¿Por qué tardaba tanto Toua? Tenía que volver antes del amanecer.

Los gallos cantaban. Mi corazón latía con fuerza. Cielo, estaba amaneciendo y aún no había canoa. ¿Había llegado Toua a Tailandia? El miedo y la decepción me crispaban los nervios, y con el hambre y el frío, mis rodillas cedieron. Respiré con fuerza el aire frío. Volví a inspeccionar la zona en busca de una canoa, pero no había rastro de Toua. Me puse en pie y volví caminando a la luz del amanecer hacia los demás en los árboles.

Mamá y Pa se incorporaron cuando me acerqué. Me uní a ellas bajo el árbol.

—¿No hay canoa? —preguntó Pa con voz quebrada.

—Lo siento, no hay canoa —dije en voz baja.

—¿Crees que ha llegado a la orilla?

—Creo que está en Tailandia, pero no pudo encontrar una canoa —dijo mamá—. Tenemos que retroceder más hacia los árboles antes de que el enemigo nos encuentre.

—Démonos prisa —añadí.

Levanté a Pa y le di el bastón. Cogí a Nhia del regazo de mamá. En la penumbra, nos abrimos paso lentamente y con precaución para evitar tropezar con troncos muertos y lianas.

¡Bang! ¡Bang! ¡Bang!

Nos tiramos al suelo. Los latidos de mi corazón rugieron en mis oídos. Nhia lloró y yo le tapé la boca con una mano. Los disparos cesaron y seguimos inmóviles.

Después de un largo rato, nos sentamos.

Mamá susurró: "Los guardias están despiertos".

—Espero que no haya sido Toua el que ha vuelto —sollozó Pa.

Podría ser él. Me dolían los huesos al pensar que Toua estaba muerto en el río. ¿Cómo podríamos ir a Tailandia sin él? ¿Qué haríamos? ¿Quién tomaría las decisiones? Mi cabeza palpitaba y decidí que Toua estaba a salvo en Tailandia. Mi hermano vendría por nosotros.

La luz del día se extendía por el bosque. El único sonido era el viento en los árboles. Mi estómago gruñía repetidamente. ¿Nhia tenía hambre? Su cuerpo delgado y frágil me preocupaba. Un repentino recuerdo de la muerte de mis hermanos gemelos me hizo recuperar el aliento.

No podía perder a Nhia y no podía fallarle a mi hermana. Cerrando los ojos, dejé escapar un largo y lento aliento. No permitiría que los pensamientos negativos drenaran mi energía. Guiaría a mi familia herida hacia la libertad. Los protegería con lo mejor de mi débil capacidad física.

Desaté la cantimplora que llevaba en la cintura y bebí un trago de agua. Desperté a Nhia y le di un poco. Mamá y Pa se terminaron la cantimplora. Cuando volví a atar la cantimplora a mi cintura, el anillo que colgaba de la cuerda golpeó la cantimplora, haciendo un sonido tintineante.

—Mamá, ¿puedes darme tu bolsa vacía para el anillo? —pregunté—.

Mi madre me dio la bolsa. Le entregué a Nhia y me até la bolsa a la cintura con el anillo dentro. Llevaba tres objetos importantes: el anillo, el machete y la cantimplora.

Los rayos de sol irrumpieron entre la espesa maleza y el bosque se hizo más cálido. Pa gimió suavemente.

—*Tis nyab*, ¿te duele algo? —pregunté—.

—Sí. —Pa se tocó el estómago—. Me temo que voy a tener el bebé.

Le lancé una mirada de preocupación a mamá.

—Vamos a prepararnos. Necesitamos un trozo afilado de bambú fresco y limpio para cortar el cordón umbilical —dijo mamá.

—¿Por qué no podemos usar el cuchillo? —pregunté—.

—El cuchillo no está limpio.

Mi pulso seguía acelerado por los disparos de antes, pero yo era la única lo suficientemente fuerte como para coger un trozo de bambú. No tenía otra opción. Tenía que ser valiente y salvar a mi familia.

—Buscaré un bosquecillo de bambú.

Mamá asintió. —Debes tener cuidado. Si no lo encuentras, vuelve. Nuestro último recurso es el cuchillo.

Me puse de pie y enderecé los hombros. Las copas de los árboles se balanceaban cuando las ráfagas de viento barrían el bosque. Me lancé y me detuve a menudo para marcar una cruz en un árbol con mi machete. Mi adrenalina se disparó mientras buscaba en vano plantas comestibles y un bosquecillo de bambú. Las historias que había escuchado sobre soldados que violaban a las mujeres hicieron que mi estómago se retorciera de miedo. Éramos tan vulnerables.

Encontré un pequeño sendero. Me escondí detrás de un árbol y observé si había señales de gente. Al cabo de un rato, seguí el sendero y llegué a un bosquecillo de bambú. ¡Qué alivio! Los tallos de bambú suelen contener agua y puede haber brotes para comer. Pero tenía que tener cuidado. Había tocones y hojas por todas partes. Alguien había estado aquí recientemente, interrumpiendo los tallos para hacer cabañas de paja o una balsa.

Busqué rápidamente brotes de bambú. No había ninguno. Pateé el suelo con frustración. Corté un tallo de bambú y corté cada nodo para obtener agua. Sólo había unas pocas gotas en cada nodo. Suspiré con fuerza. La estación seca y fría no era un buen momento para viajar. Corté apresuradamente un trozo del tallo y seguí el camino de vuelta.

Mamá aprobaba el filo del bambú. Pa gemía continuamente, y me preocupaba que alguien pudiera escucharle.

—*Tis nyab*, sé que es doloroso, pero estamos en una zona de peligro —susurré—. Intenta no hacer ruido.

A la siguiente contracción, Pa apretó los dientes en silencio contra el dolor mientras se retorcía en el suelo. No podía imaginarme dando a luz. El sudor me corría por el cuello mientras veía a Pa luchar.

—Nou, quiero que busques un tronco —dijo mamá, con urgencia—. Nyab está demasiado débil para empujar.

Busqué un tronco en los alrededores. Al concentrarme en el parto, me olvidé de mi hambre. Encontré un tronco corto, del tamaño de un muslo, y lo arrastré. Con todas mis fuerzas, levanté a Pa sobre el tronco. Me desplomé en el suelo, mareada.

Cuando oí que me llamaban por mi nombre, me incorporé, respirando con dificultad. —¿Qué ha sucedido?

—Te has desmayado. —El ceño de mi mamá se frunció de preocupación.

Me levanté torpemente de rodillas y recé: "Señor de los Cielos, si soy elegida para llevar a cabo esta tarea, por favor haz que el aire sea mi alimento para darme fuerzas".

Respiré hondo unas cuantas veces y recogí dos puñados de hojas marrones podridas, las extendí entre las piernas de Pa por si era incapaz de coger al bebé. Pa se sentó incómodamente en el tronco y trató de sostenerse contra el árbol.

Gemía más fuerte a medida que la contracción se hacía más profunda.

—La espalda me está matando —murmuró—.

Me senté detrás de Pa, apoyándome en la áspera y dura corteza. Envolví mis brazos bajo los de Pa, haciendo de mi cuerpo un sólido cojín para ella. Ella apretó los dientes, retorció su cuerpo y me sujetó de los brazos con fuerza. Intenté mantenerme firme contra el dolor. Me dolía el cuerpo y el sudor empapaba mi camiseta.

—Empuja, empuja más fuerte —dijo mamá.

Con sus últimas energías, Pa empujó todo lo que pudo. Mamá cogió al bebé justo a tiempo con su mano buena. Sujetando al bebé, hizo una mueca de dolor y supe que le dolía el otro brazo.

—Es un niño —dijo orgullosa.

A pesar de mi miedo, no pude evitar las lágrimas. Pa se quitó una de sus camisas y se la dio a mamá mientras el niño lloraba.

—Nou, rápido, ata el cordón umbilical y córtalo —ordenó mamá.

Até el cordón con un trozo de cuerda de mi camisa rota, cogí el trozo de bambú y lo apunté al cordón del vientre. Me temblaban las manos.

—No le haré daño —dije en voz baja. —Puedo hacerlo.

Inspiré y corté el cordón umbilical con el afilado bambú. El bebé lloraba. Mamá me lo dio y yo lo envolví rápidamente en la camisa de Pa.

En el suelo, a mi lado, Nhia parecía sin vida. Había dormido durante el parto.

Mis brazos estaban magullados. No me quedaba energía. Sentía mi cuerpo como si estuviera lleno de arena mojada. Añoraba a mi hermano. ¿Por qué no estaba aquí?

—Tengo tanta... hambre... sed y calambres en el estómago. —Pa se sujetaba el estómago mientras yacía en el frío suelo.

El hambre, la deshidratación y la pérdida de sangre crearon una palidez mortal en el desgastado rostro de Pa. Mamá masajeó el estómago de Pa con su mano buena.

—El calambre en el estómago desaparecerá —afirmó mamá—. Sucede después del parto.

Pa gimió y pidió agua. Me miró con ojos cansados y vacíos. Con un brazo sostenía al bebé y con la otra mano buscaba la cantimplora. Mi corazón se desplomó. Estaba vacía y era la única cantimplora que teníamos. El pánico subió a mi pecho, amenazando con ahogarme. Me apoyé en el árbol para intentar calmarme.

Pa gimió suavemente y volvió a pedir agua. Quise regañarla. Me alejé tres árboles y aún así su miseria me alcanzó. Mi dolor de cabeza se agudizó y cerré los ojos. Huir no resolvería el problema. Un verdadero héroe no ignoraba el sufrimiento de los demás. Los héroes del folclore siempre luchaban por salvar vidas, por muy peligrosa y difícil que fuera la situación. Luchaban hasta su último aliento. Me imaginé a mis héroes, viendo su fuerza y su valor. Para ayudar a mi familia, debía dejar de lado mi miseria. Volví y puse al niño en el suelo junto a Nhia.

—Mamá, voy a buscar agua y comida.

Los ojos cansados de mamá se encontraron con los míos. —No. No tienes fuerzas. Descansa para poder llevarnos al río esta noche.

—*Tis nyab* necesita agua y comida antes de poder caminar hasta el río.

—¿Quién te ayudará si te caes y no puedes levantarte? —preguntó mamá.

Tenía miedo de eso y de todo lo demás, pero intenté sonreír y dije: "Estaré bien. Además, tengo que encontrar un buen lugar junto al río para nosotros esta noche".

Mamá me lanzó una mirada suplicante.

—Estaré bien —volví a decir—. Lo estaré.

—Vuelve antes de que anochezca, así tendremos tiempo de bajar al río.

Asentí con la cabeza y até la cantimplora, el machete y la riñonera a mis pantalones. Tenía que ir a hacerlo lo mejor posible, o me arrepentiría para siempre. Respiré hondo y me dispuse a buscar comida y agua.

Capítulo Veintisiete

ME AVENTURÉ HACIA EL RÍO. EL AIRE FRÍO FUE SECANDO MI sudor. Me sentí aliviada de que el parto hubiera terminado. Mi siguiente reto era mantener a mi familia con vida y llevarla a Tailandia.

El hambre y la sed mermaban mis fuerzas. Me senté a descansar y observé las copas de los árboles. Un pájaro se posó en una rama cercana. Lo miré con nostalgia, imaginando su tierna carne cocinada al fuego. Se me hizo la boca agua.

El pájaro voló hacia el árbol en el que me apoyé. Me recordó el cuento popular *Txiv Laus Luam Mus Tua Cuam*. En la historia, un pájaro salvaba a Yer, el protagonista. Mis ganas de comerme el pájaro cambiaron. Me puse de rodillas y me incliné bajo el árbol.

—Pájaro, por favor, vuela a Tailandia y dile al general Vang Pao que mi familia necesita ayuda. Por favor, ve a decirle que envíe ayuda lo antes posible.

El pájaro se fue volando. Me lo imaginé volando hasta la casa del general y hablando con él. Enviaba ayuda. Me aferré al árbol y me puse lentamente en pie. Me dirigí al río Mekong, esperando encontrar el lugar donde Toua nos había dejado la noche anterior. Con suerte, también encontraría agua y quizá algo para comer.

Al acercarme al río, me arrodillé detrás de unos árboles y observé si había guardias enemigos que pudieran patrullar la zona. No había nadie. Avancé lentamente. De repente, una fuerte pisada hizo crujir una rama. Las hojas crujieron. El miedo me robó el aliento. El sonido se acercó. Miré a través de los árboles. Dos guardias con uniforme verde oscuro caminaban por la orilla del río. Si esa ramita no se hubiera roto, me habrían atrapado. Me hice un ovillo debajo del árbol. Me temblaron las piernas y traté de frenar la respiración. Recé a mi padre, a mis antepasados y al Señor de los Cielos.

Esperé hasta que los pasos se desvanecieron y luego esperé un poco más. Cuando todo se calmó, me desenrollé lentamente. Quería abandonar mi búsqueda, pero mis héroes no abandonaban cuando se enfrentaban al peligro. Para ser una heroína, no podía permitir que el miedo se apoderara de mí. Inspeccioné la zona y me acerqué a la orilla del río, escuchando y observando. No había pozos ni plantas comestibles. Busqué el lugar donde Toua nos había dicho que esperáramos.

No muy lejos, encontré una zona de hojas trituradas. Los árboles se parecían a los que habíamos apoyado la noche anterior. Traería a mi familia aquí para esperar a Toua. Bajé con cautela hasta la orilla del río. Un árbol de mediana altura con ramas bajas, caídas y raíces que sobresalían del suelo se encontraba en la orilla. Me puse de pie junto a él, mirando la lejana línea de árboles al otro lado del río Mekong. Los árboles pertenecían a los tailandeses. Estudié el ancho río.

—¿Por qué no puedo nadar y por qué eres tan grande, Madre Río? —pregunté—.

Las cadenas montañosas del oeste tapaban a medias el sol. Pronto oscurecería. No tenía agua limpia ni comida para llevar a la familia. El Mekong era de color marrón fangoso, lleno de basura y muertos. Los aldeanos también se bañaban y lavaban la ropa en él. No quería beber el agua sucia del Mekong.

ME DIRIGÍ TAMBALEÁNDOME HACIA EL BOSQUE. TENÍA LA garganta seca y el agotamiento me pesaba. Tras unos cuantos pasos más, caí a la tierra marrón de la orilla del río. El mareo se apoderó de mí y mi corazón latía con fuerza. Me quedé inmóvil durante un rato.

Una voz susurró en mi cabeza. —Bebe el agua del Mekong. Te dará fuerzas.

Me quedé mirando el río y murmuré: "Si fueras yo, ¿beberías el agua sucia?"

Pero no tenía elección. Me arrastré hasta el río. Cerré los ojos para no ver el agua turbia y me imaginé tragando agua fresca y limpia. Junté las manos y me metí agua en la boca. Bebí hasta quedar satisfecha y llené la cantimplora. La energía me llenó.

Mi madre se sentó con un profundo suspiro cuando me vio regresar. Sus mejillas hundidas y las ojeras la hacían parecer tan vieja como mi abuela. Un mes había cambiado drásticamente su aspecto.

—Estaba tan preocupada por ti —afirmó—.

—Lo siento.

Le entregué a Pa la cantimplora.

—¿Has encontrado agua fresca? —preguntó Pa y la cogió.

—Es del Mekong.

—Es agua contaminada. —Sus ojos se entrecerraron—. Mi padre fue enfermero durante la guerra, y decía que las cosas sucias tienen gérmenes y bacterias que pueden hacer que una persona enferme. Yo ya estoy débil. No puedo enfermar.

—Tienes razón. —Volví a coger la cantimplora—. Ninguno de ustedes debe beber esta agua sucia. Todos sois vulnerables a la enfermedad.

Deseé no haber bebido tanto. Cielo, no podía enfermarme. Mi familia me necesitaba. Mamá debió leer mi expresión.

—Estarás bien —dijo—. Estás sana.

Si tuviera una olla, herviría el agua. Si volvía al campo, podría encontrar mi cesta perdida, y también las provisiones de los demás. A menos que los comunistas se las llevaran.

El alboroto del nuevo bebé me despertó. Lo levanté del suelo y lo envolví más fuerte para mantenerlo caliente. Un grito podría hacer que nos mataran a todos, pero no le daría opio. Podría morir por la droga.

—*Tis nyab*, ¿ya has elegido un nombre para él? —le pregunté.

—Todavía lo estoy pensando.

—Creo que deberíamos llamarlo *TouZou* (*Tub Zoov*) ya que es un hijo nacido en el bosque. ¿Qué te parece? —pregunté—.

—Es un buen nombre —dijo ella.

—Me gusta —susurró mamá—. Hijo de la selva.

—Tu nombre será TouZou —susurré—. Haremos una llamada del alma para ti cuando lleguemos a Tailandia.

El crepúsculo se acercaba. Era la hora. No podía llevar a dos niños sin un portabebés. No tenía fuerzas. Estaba enfadada con Toua. ¿Por qué no había vuelto? ¿Estaba muerto? ¿Cómo íbamos a cruzar sin él?

—Mamá y *Tis nyab*, tendré que hacer dos viajes. ¿Cuál de ustedes quiere ir primero con un niño?

—Un viaje —dijo mamá—. Llevaré a TouZou con mi brazo bueno.

—Pero no tienes fuerza —dije—. Te vas a caer.

—Puedo hacerlo. Siempre puedo descansar si lo necesito.

—Puedo ayudar a mamá a llevar a TouZou —murmuró Pa.

Encontré un bastón para Pa y cargué a Nhia.

—Esta noche es nuestra oportunidad —dijo mamá, con TouZou en el brazo—. Creo que Toua volverá.

Ella aún creía que estaba vivo. Esperaba que tuviera razón.

—Todo saldrá bien esta noche. —Pa sonaba confiada.

—Puedo sentir el espíritu de papá guiándome —dije—. Si le rezo, no me desanimaré ni tendré miedo.

Caminamos tan lento como las tortugas. Pa y mamá hacían muecas de dolor, pero no se quejaban. Cuando llegamos al río ya casi había caído la noche. Descansamos bajo un árbol junto a la orilla en el mismo lugar en el que habíamos esperado la noche anterior.

—Mamá, aquí hace más calor, así que quédate en este lugar —dije—.

—¿Adónde vas?

—Si puedo subir a ese árbol —señalé con el dedo una forma oscura un poco más al sur en la orilla del río—, tendré una mejor vista de cualquier canoa que venga hacia nosotros.

—No hace falta que te subas a un árbol —susurró mamá.

—Un piragüista no nos verá aquí en la oscuridad. Si estoy en el árbol, mi silbido se escuchará más lejos. El hombre verá el árbol y sabrá de dónde viene el ruido—.

—¿Cómo sabrás si la canoa es de Toua o del enemigo? —La voz de Pa estaba bordeada de miedo—. El enemigo patrulla el río con sus canoas.

Tenía razón. No sabría de quién era la canoa que estaba allí. —Si hay una canoa, podría ser de Toua, de los tailandeses, o del Pathet Lao comunista. Teníamos que correr el riesgo. Creo que estaremos bien.

Mamá me tomó de las manos. —Te esperaremos aquí. Ger nos dijo que hay campesinos tailandeses que acogen a los refugiados por dinero. Hay esperanza para una canoa.

Asentí en la oscuridad y me alejé. El aire era gélido, pero de momento no había ráfagas de viento como la primera noche. Estudié el árbol. Luego di un rápido y corto salto y me aferré a una rama. No pude levantarme y quedé colgada como un mono. Hice acopio de todas mis fuerzas y subí los pies al tronco, pero perdí fuerzas y caí de espaldas. El aire salió disparado de mis pulmones y sentí los huesos destrozados.

—¿Te encuentras bien? —Mamá se apresuró a llegar a mi lado, sin aliento.

Tiró de mí para que me sentara con su brazo bueno. Endurecí los hombros y estiré ambos brazos. No sentí ningún dolor, excepto en la espalda.

—No te hagas daño —gritó—. Por favor, no te subas al árbol.

—Tengo que hacerlo. El piragüista debe oírme. Debería ser capaz de subir a este pequeño árbol. —Tomé aire—. Parece fácil cuando Toua sube un árbol tan corto como éste.

—Eres tan inteligente y capaz como cualquier hombre. Sólo que eres demasiado débil. No te compares con Toua ni con tu padre. —Mi madre me echó el cabello hacia atrás—. Eres una hija muy valiente. Por eso hemos llegado hasta aquí.

No importaba lo difícil que fuera, tenía que luchar por nuestras vidas. Me puse en pie sin ninguna gracia. —No me voy a rendir.

—Te ayudaré. —Mamá se acercó al tronco del árbol—. Súbete a mis hombros.

—No. No te hagas más daño en el brazo.

—Usaré mi espalda. Tú salta y agarra la segunda rama. Pon tus pies en mi espalda y yo te empujaré mientras me pongo de pie.

Podría funcionar. Salté y mis pies colgaron del suelo. Mamá se agachó y yo puse mis pies en su espalda. Ella se levantó lentamente y yo pude subir mis piernas a la rama.

—¿Estás bien ahí arriba? —preguntó mamá sin aliento.

—Estoy bien —dije, pero mi respiración era superficial—. Ten cuidado al volver.

Me senté con mi lado derecho contra el tronco del árbol y mis pies apoyados en la rama de abajo. Me concentré en el ancho río y en las tenues luces de la orilla tailandesa. Cuando las luces se apagaron y el mundo quedó en completa oscuridad, supe que debía ser cerca de la medianoche. El cuerpo me dolía.

Cuando me giré para cambiar de posición, retumbaron los disparos desde el sur. Mi corazón se agitó y mis nervios se agitaron con cada sonido. Me abracé a la rama para no caer. La gente debía estar intentando cruzar. Los disparos podrían asustar a Toua si intentaba cruzar o a cualquier tailandés que pudiera estar buscando refugiados. ¿Por qué todo iba mal?

Una voz en mi cabeza decía: "Sé fuerte. No pierdas la esperanza". —Yo me mordía el labio para que dejase de temblar.

Cuando todo se calmó, mis músculos se relajaron y respiré más profundamente. Las piernas me daban calambres por haber estado tanto tiempo en el árbol. Si papá estuviera con nosotros, ¿estaríamos ahora en Tailandia? Su espíritu me guiaba, me daba valor. ¿Era su voz en mi cabeza? Sonaba como él. Lo necesitaba. No quería creer que estaba loca o que estaba tan desesperada por sobrevivir que me había inventado su presencia.

—Papá, ¿qué debo hacer ahora si no hay canoa esta noche? —murmuré—. Tu sueño de tener nietos que lleven el nombre de la familia se hizo realidad cuando nació TouZou. Ahora ayúdame a salvarlo a él y a Nhia. Guíame.

Haría cualquier cosa para salvar a mi familia, pero no podía controlar nuestro destino. Conté a los miembros de mi familia. Cuando nacieron los gemelos, la familia creció. Pa, TouZou y Nhia eran las nuevas incorporaciones. Incluyendo a la abuela y a las nuevas incorporaciones, habían sido once. Ahora, sólo quedaban cinco. Si no llegábamos pronto a Tailandia, la familia desaparecería como el polvo blanco que se esparcía en el aire. Nadie sabría dónde habíamos existido.

El oscuro río chapoteaba. Ni rastro de una canoa. Contemplando el cielo nocturno, murmuré: "¿Dónde están los americanos que prometieron cuidar de los *Hmong* tanto si ganaban como si perdían la Guerra Secreta?"

Los estadounidenses hicieron que los *Hmong* se involucraran en la guerra, y cuando perdían, nos dejaban sufrir solos. Si no fuera porque los estadounidenses dieron a los *Hmong* la idea de la democracia, los comunistas nos habrían dejado en paz. No habrían buscado a los antiguos soldados de la CIA para masacrarlos, y papá no habría vivido con el miedo de ser atrapado. No habría sido asesinado por los comunistas. No nos habríamos visto obligados a huir y no estaríamos esperando tan desesperadamente el rescate.

Quería gritar tan fuerte como un trueno al mundo, a la guerra y al dolor de mis piernas acalambradas. Si alguna vez llegaba a Tailandia y a Estados Unidos y aprendía a leer y escribir, escribiría la historia de este dolor. Cada día la miseria cauterizaba una enorme herida en lo más profundo de mi corazón. Nadie podía ver la herida, pero el dolor permanecería conmigo para siempre.

Los gallos cantaban. Todavía no hay canoa. ¿Qué pasó con Toua? No nos abandonaba, y me negaba a creer que estuviera muerto. El amanecer podría significar el fin de nuestras vidas. Sin comida ni energía, podríamos no sobrevivir otro día.

—Papá —susurré—. Lo intenté. Vigilé el río toda la noche. No hay nada que pueda hacer ahora.

—*Nunca te rindas* —dijo la voz—. *Puedes hacer más.*

¿Qué más podía hacer?

Capítulo Veintiocho

Se acercó la suave luz del día. La familia se retiró al bosque.

TouZou estaba despierto e inquieto. Pa le dio de comer. Insatisfecho, agitaba los brazos y hacía ruidos infelices. Me negué a usar opio para calmarlo. Lo levanté y lo mecí de un lado a otro. Pa sollozaba en silencio.

—¿Qué sucede? —le pregunté.

—Lo siento mucho —dijo entre lágrimas—. Mi hijo y yo somos una carga para ti.

—En absoluto. —Mantuve la voz baja—. Ojalá tuviera más fuerzas para poder hacer más.

Volví a envolver al bebé y lo acuné un poco más. Se durmió y descansé con él bajo un árbol. No tenía más energía. Me pesaban los ojos y mi cerebro se apagaba. Mis preocupaciones, el dolor y el miedo, y el agotamiento me inmovilizaron en el suelo. Me tumbé con el niño en brazos.

El llanto de Nhia me despertó.

—Agua, agua —clamó Nhia en voz baja.

Mi madre le consoló, pero no se detenía. Mi corazón palpitaba por no haber conseguido agua para mi familia. Cielo, ayúdame. ¿Dónde podría conseguir agua limpia y comida?

Me quedé mirando los árboles. ¿Qué haría mi padre? Arriesgó su vida llevando a la familia desde la montaña Phou Bia hasta el pueblo. ¿Qué haría un héroe? En los cuentos populares, los héroes utilizaban sus habilidades.

El niño huérfano construyó una balsa. Sabía construir y había un bosquecillo de bambú. Podía construir una balsa. La inspiración me invadió y las fuerzas surgieron. La siesta me había ayudado a despejar la cabeza y el cansancio.

Una balsa. Se necesitaría tiempo y fuerza para construirla correctamente. Mi familia necesitaba comida y agua ahora mismo. Se me ocurrió una idea. Podría volver al campo. Si nuestras cosas aún estaban allí, podría usar una olla para hervir el agua sucia del Mekong. Si no estaban, viajaría a la aldea.

Al ser una chica, no sería una amenaza para los aldeanos. Mis conocimientos de la lengua lao me ayudarían a comunicarme. Aunque no lo dominara, me entenderían. En el peor de los casos, rogaría y esperaría que me perdonaran la vida. Sería arriesgado, pero ¿qué otra cosa podía hacer?

Respiré profundamente y decidí probar primero en los campos. La falta de miedo podía traer la libertad. Si moría, al menos sería por mi familia.

El sol se levantó en lo alto.

—Mamá, voy a buscar comida. —Me fui antes de que tuviera la oportunidad de responder, tambaleándome un poco mientras me dirigía a los campos.

Me encontré con un campo de arroz que había sido cosechado. Una niña de unos diez años estaba en el campo con una pequeña cesta de bambú en la mano, persiguiendo insectos. La observé detrás de un gran árbol. Parecía inofensiva y probablemente podría conseguirme comida y agua. Pero podría contárselo a sus padres. ¿Y si su padre venía al bosque, buscaba a mi familia y nos mataba a todos? ¿Y si nos violaba? Mi corazón latía rápidamente.

Cada decisión conllevaba un riesgo. No hacer nada tenía su propio riesgo. Las acciones tenían consecuencias. Los héroes de las historias aceptaban sus decisiones y no se asustaban de los malos resultados. Respiré profundamente y decidí acercarme a ella.

—Hermana —pronuncié en lao.

La muchacha miró en mi dirección. Me acerqué mientras ella miraba fijamente. Me esforcé por hablar en lao.

—Mi hijo se muere de hambre. Necesita comida. ¿Puede ayudarme a salvarlo?

—¿Qué edad tiene? —preguntó—.

Mostré tres dedos.

—No tenemos comida. —Sus ojos marrones observaron los tocones de la planta de arroz integral.

—Por favor. Mi hijo morirá si no tiene agua y comida pronto. Se lo ruego —le imploré.

—Mi familia es pobre.

Saqué el hermoso anillo de plata de Der de la bolsa y se lo mostré. Los ojos de la niña se iluminaron.

—Si me traes arroz y agua, te daré este anillo —le dije.

La chica asintió. —Necesito tu cantimplora para el agua.

—Limpia la cantimplora antes de llenarla. —Quería asegurarme de que no quedaban gérmenes del Mekong, así que hice una demostración y le di la cantimplora—. Rápido. Mi hijo está esperando. No necesitamos la ayuda de tus padres, así que no les menciones esto.

La chica se fue. Volví a esconderme detrás de los árboles.

Un rato después, volvió sola con arroz pegajoso envuelto en una hoja de plátano. La cantimplora estaba llena de agua. Sonreí y le di el anillo.

—Muchas gracias. —Quería llorar de alegría.

—Espero que tu hijo se mejore —dijo—.

—Se alegrará de que hayas ayudado a salvarlo. De nuevo, no se lo menciones a tus padres. Tu ayuda era todo lo que necesitábamos.

La muchacha asintió y se fue por el camino por el que había venido. Yo me alejé por un camino diferente, tratando de ocultar mi dirección. En el denso bosque, me detuve, tragué un bocado de agua y comí un poco de arroz. Por un momento, una ligereza se apoderó de mis miembros, y luego la fuerza comenzó a filtrarse en mi cuerpo. Me apresuré a volver al escondite, con la esperanza de que la niña no se lo contara a sus padres. Les mostré el arroz a mamá y a Pa.

—¿Has robado la comida? —preguntó mamá, con los ojos muy abiertos.

—No. Lo compré con el anillo de Der.

Los labios de mamá se dibujaron en una sonrisa.

Pa se sentó. Sus ojos brillaron. —Dame un poco.

La breve felicidad de mi familia animó mi espíritu. El arroz pegajoso era del tamaño de mis dos puños juntos. Todo el mundo tenía una parte. Me sentí más fuerte ahora y lista para pasar a mi siguiente plan.

—Mamá, no sabemos si Toua vendrá algún día. Quiero hacer una balsa.

Sus ojos brillaron por la humedad. —Tienes razón, mi inteligente hija. ¿Sabes cómo construir una?

—En uno de los cuentos de la tía Shoua, el niño huérfano hacía una balsa juntando los tallos de bambú y atándolos con finas tiras de bambú. Yo construí vallas y ayudé a papá y a Toua con una de nuestras casas. Creo que puedo hacer una.

La esperanza iluminó el rostro de mamá. —Excelente. Puedo ayudar.

La ayuda sería buena, pero mamá apenas podía caminar y tenía que evitar lastimarse el brazo herido.

—Los niños y *Tis nyab* te necesitan. Quédate con ellos. Volveré pronto —le dije.

En la arboleda, utilicé el machete para cortar unos cuantos tallos de bambú. Partí un tallo por la mitad y lo interrumpí en cuatro trozos. A continuación, corté los trozos en tiras muy finas. El trabajo físico agotó todas mis fuerzas. No había forma de hacer una balsa lo suficientemente grande como para que cupieran cinco personas. ¿Qué podía hacer?

Descansé, calmando mis pensamientos. Lo único que se me ocurrió fue que tenía que ir sola a Tailandia a buscar ayuda. Era la mejor manera. Tal vez la única manera. Pero, ¿cómo podía dejar a mi familia? Podía pasarles cualquier cosa a ellos o a mí mientras estuviéramos separados. Si me pasaba algo, ¿qué sería de ellos? Al escuchar a mi cabeza y a mi corazón, todo se redujo a hacer algo o morir. Decidí ir a Tailandia sola.

Alineé tres tallos cortos en el suelo, paralelos entre sí. Puse seis tallos largos encima de los más cortos. Até los tallos con las tiras de bambú, comprobando que cada intersección estuviera bien atada. Luego até cuatro pequeñas cañas de bambú en la balsa, una a cada lado, para tener algo a lo que aferrarme o sujetarme si me resbalaba.

La balsa parecía lo suficientemente resistente. Partí el tallo de bambú de tamaño medio por la mitad, a la altura de un brazo, y le di forma de remo. El orgullo me invadió cuando miré mi trabajo. Llevé la balsa al río y la escondí entre los arbustos.

Había puesto toda mi energía en la balsa. Si no funcionaba o el plan no salía bien, no sabía qué más hacer. En el escondite, le conté a mi familia lo de la balsa y mi plan.

—Aunque has nacido niña, para mí eres un verdadero hijo —afirmó mamá con orgullo. —Cuando era joven, me decían que las niñas eran tímidas y débiles. En toda mi vida, no he visto una chica tan valiente y capaz como tú. Nou, tengo mucha suerte de que seas mía. Eres mi hija imprescindible.

Mi corazón se calentó y creí que podía hacer cualquier cosa.

—Gracias, mamá. Tus amables palabras me dan valor. Soy una chica normal y corriente. Sólo que no tengo opciones—.

—Nou, eres una chica atrevida —dijo Pa—. Te admiro. Yo no habría hecho lo que hiciste. Gracias por hacer todo para salvar nuestras vidas.

—Espero poder conseguir ayuda para llevar a todos a Tailandia —comenté—.

—Cualquier esperanza que tengamos es gracias a ti —aseguró Pa—. No nos abandonarás.

—Mientras viva, no lo haré. —Le di el machete a mamá—. Mantén esto a salvo. No quiero perderlo en el agua. —Quería que ella tuviera el cuchillo porque si yo no regresaba, lo necesitarían para sobrevivir.

Capítulo Veintinueve

Llegué al Mekong justo cuando empezaba a anochecer.
Recité las oraciones de la familia y esperé que nuestros ancestros protegieran mi travesía y a mi familia hasta mi regreso.
Rápidamente, destapé la balsa y, con el remo de bambú en la mano, tiré de ella hacia el río. La tenue luz de la orilla tailandesa me orientó. Al igual que el huérfano del cuento, introduje la balsa en las aguas poco profundas y me adentré en el frío río Mekong. No tenía fuerzas para mantenerme de pie en la balsa como hizo el niño huérfano. Sentarse era la opción más sabia. Me senté y metí una pierna debajo de la balsa y me estabilicé con la otra en el agua.

Mi peso hizo que la balsa se tambaleara. La estabilicé con mi pierna y el remo. Cielo, si me resbalaba de ella, desaparecería bajo el agua turbia. Se me revuelve el estómago. Respiré hondo y me adentré lentamente en aguas más profundas. Subí la pierna a la balsa y comencé a remar.

El agua que fluía me empujaba hacia el sur. Recé: "Padre, abuelos y antepasados, ayudadme, por favor. Ayudadme a mover la balsa en línea recta. Debo ir recto para poder encontrar a mi familia más tarde. Protéjanme y tráiganme una canoa. Por favor, por favor".

Remé hacia la luz, la fe en mis ancestros me daba fuerzas. El viento helado me ponía la piel de gallina y el agua fría que se filtraba en la balsa me entumecía los pies y las piernas. El agua me asustaba y también la idea de encontrarme con los guardias del Pathet Lao. Pero la vida de mi familia dependía de mí, así que ignoré mi miedo y remé más rápido. Cuanto más temblorosa me sentía, más rápido remaba.

Mis pulmones ardían con cada brazada y un dolor profundo y agudo me atravesaba los codos al igual que los brazos. Me dolía muchísimo, pero una heroína nunca se rinde. Tenía que ser el héroe de mi familia.

A mitad del río, divisé una forma oscura más cerca de la orilla tailandesa. Miré con atención. No podía creer lo que estaba viendo. Era una canoa. Una oleada de esperanza me invadió. La pesadez de mi pecho se disipó y remé rápidamente hacia la canoa.

Cuando mi balsa se acercó a la canoa, grité suavemente en lao: "Ayuda, ayuda".

La canoa navegó hacia mí. Pronto me alcanzó y distinguí a dos hombres.

—¿Vienes sola? —preguntó un hombre en lao.

—Hay más gente esperando al otro lado —respondí, jadeando—. Llévame contigo. Te llevaré hasta ellos.

—¿Tienes dinero?

—Sí —mentí—. Lo tiene mi madre.

Uno de los hombres me llevó hasta su canoa. Me senté en el centro, recuperando el aliento, mientras los hombres remaban hacia la orilla laosiana. Mientras los hombres hablaban, olía a alcohol. Esperaba que fueran buenas personas.

—¿Cuánto tiempo llevas ahí? —preguntó un hombre.

—Tres noches —contesté—. Busqué una canoa, pero no encontré ninguna.

—Estuvimos aquí anoche pero no vimos ningún indicio de personas refugiadas —afirmó él.

Si no hubiera remado, podríamos haber muerto allí. Llegamos a la orilla de Laos y los llevé al escondite. Mamá y Pa chillaron de alegría. Era el primer momento de felicidad que habíamos experimentado en más tiempo del que podía recordar. Un momento de felicidad que me llenó de energía.

—¡Gracias a nuestros ancestros, habéis vuelto! —gritó mamá.

Uno de los hombres iluminó a mamá con una linterna.

—Queremos el dinero ahora —exigió.

Pa respiró profundamente, estremeciéndose. Mamá bajó la mirada, incapaz de hablar.

—Te daremos opio ahora —les dije rápidamente—. Y dinero cuando lleguemos a Tailandia.

Aunque tuviera dinero, no les pagaría ahora. Los otros guías nos habían enseñado valiosas lecciones. Mamá me dio el machete y a los hombres la última dosis de opio, del tamaño de mi pulgar. Los hombres quedaron satisfechos y ayudaron a los niños, a mamá y a Pa a subir a la canoa. Todos nos apretujamos en el centro de la canoa. Mientras nos alejábamos de la orilla laosiana, las lágrimas brotaron detrás de mis ojos. La seguridad, por primera vez, estaba al alcance de la mano.

Pero aún teníamos un gran reto por delante. El olor a alcohol en su aliento me preocupaba. ¿Qué harían cuando descubrieran que no teníamos dinero? Tal vez nos violarían. En el peor de los casos, usaría el machete para matarlos. Era un alivio tener el cuchillo, pero no tenía mucha fuerza. Por impulso, saqué el papel del machete y lo coloqué en la bolsa.

Llegamos a la orilla tailandesa al amanecer. Abracé a Nhia y le susurré: "Estamos en Tailandia. Si tu padre no se ha ido a América, está aquí en alguna parte".

Nhia murmuró algo que no pude entender. Salimos de la canoa y nos sentamos en la arena.

—¿Dónde está el dinero? —preguntó un hombre.

—Los guías se llevaron todo nuestro dinero —dije—. Llévanos a nuestros parientes en el campamento. Ellos tienen dinero. Les pagaremos.

—¡Nos has mentido! —gritó el hombre.

Me abofeteó la cara con tanta fuerza que la sangre caliente goteó por un lado de mi boca. Nhia lloró suavemente. Era el ruido más fuerte que había hecho en mucho tiempo. Me tragué el dolor y la rabia. El hombre dio una patada a la arena, que voló por todas partes. Bajé la cabeza para cubrir la cara de Nhia y evitar que le entrara la suciedad en los ojos. Temblaba de miedo.

—¡Registradlos! —gritó—.

Un hombre registró a mamá mientras el otro me registraba a mí. Desató la bolsa, la cantimplora y el machete y los arrojó a la arena. Me negué a derramar lágrimas. Con su linterna, buscó en la bolsa, sacó el papel enrollado, lo miró sin interés y lo arrojó hacia mí. Respiré aliviada.

Me registró bruscamente en un esfuerzo por encontrar alguna joya cosida en mis harapientas y manchadas ropas. Después de no encontrar nada, echó más arena y cogió la cantimplora y el machete.

—Por favor, devuélveme el cuchillo —rogué, tratando de subir el volumen con todo el aliento que tenía—. Pertenece a mi padre y es el único recuerdo que tengo de él. Lo mataron durante el viaje.

—Si quieres el cuchillo, busca dinero.

—Lo haré. Llévanos con nuestros parientes. Te lo ruego.

—Estas mujeres no tienen nada —dijo el otro hombre—. ¿Qué hacemos con ellas?

—¡Llévenlas de vuelta a Laos! —gruñó el otro.

Mi estómago se endureció como una piedra. —Por favor, te lo ruego, no nos lleves de vuelta. Nos matarán. Lo hemos perdido todo. No tenemos nada más que nuestras almas. Encontraremos dinero. Te lo prometo.

Gruñó con rabia, y mi corazón palpitó con fuerza.

—Verá, mi madre recibió un disparo en el brazo. No puede enviarnos de vuelta —le supliqué.

Iluminó con su linterna a mamá, que estaba sentada en la arena llorando. Se acercó a ella y miró su brazo herido.

—Está bien —comentó—. Te daremos tiempo para encontrar a tu gente.

Una respiración contenida escapó de mis labios. —Gracias. ¿Puede llevarnos al campo de refugiados?

El hombre señaló una casa en la distancia. —La pareja de la casa se ocupa de los refugiados después de que los dejan. Saben a dónde llevan a los refugiados. Iré a hablar con ellos cuando se levanten.

El cielo comenzó a aclararse. Mi gratitud hacia nuestros salvadores desapareció. Eran malvados. No podía mirarlos directamente. Los estudié con el rabillo del ojo. Uno era más joven, alto y delgado, de unos treinta años. El otro tenía unos cuarenta años, era bajo y musculoso. Ambos tenían la piel oscura, lo que me recordó a los escoltas laosianos que nos habían abandonado.

De pie junto a su canoa, los hombres nos observaban como si fuéramos prisioneros. El más joven me miraba fijamente. Mantuve la cabeza baja y acerqué a Nhia a mi cara para ocultarlo del hombre. No nos habíamos bañado desde que salimos de nuestra aldea, y estaba segura de que teníamos un aspecto repugnante y un olor desagradable. Aunque los hombres nos dejaron en paz, sin tocarnos, me seguía preocupando que nos devolvieran a Laos a golpe de remo si no encontrábamos dinero. Añoraba a Toua.

El hombre mayor se dirigió hacia la casa con los árboles de tamarindo y mango. El más joven se quedó mirando. La zona tenía una hermosa vista del río Mekong. Lejos, al otro lado, estaban los bosques donde nos habíamos escondido. No me gustaría volver.

Un rato después, se acercaron dos nuevos hombres. Uno era joven como Toua, el otro viejo. Parecían *Hmong*, pero no podía estar segura.

Nos alcanzaron y el anciano dijo: "Lo habéis conseguido".

Hablaba en *Hmong*. La felicidad y la esperanza se encendieron dentro de mí.

El color inundó las mejillas hundidas de mamá. —Eres *Hmong* —sollozó—. Ayúdanos. Los tailandeses nos llevarán de vuelta si no les pagamos. No tenemos dinero.

—No os preocupéis —respondió el hombre—. Me hablaron de vosotros y les pagué una barra de plata. Podéis pagarme cuando tengáis el dinero.

¡Increíble! Mi ánimo cambió. —Gracias—. Hice una sonrisa. —Nos has salvado—.

Los ojos del joven se fijaron en mí. —De nada. —Su voz profunda y ronca me hizo palpitar el corazón—. ¿Cómo te llamas? —preguntó—.

Tímida, bajé la cabeza. —Nou Vang.

—Me llamo Kou Xiong. Este es mi padre, Chong Doua.

Los miré. Kou tenía una cara ovalada y era delgado y guapo. Era más alto que su padre, que tenía una cara redonda con los párpados caídos y arrugas que le surcaban la frente.

—Gracias por salvarnos la vida, Chong Doua —agradeció mamá.

Él sonrió. —Me alegro de poder ayudar. Estamos aquí para llevarlos dentro. Mi familia llegó a medianoche, así que también somos nuevos.

Mamá logró una media sonrisa. —De nuevo, gracias.

—Tío Chong Doua —contesté, tímidamente—. Sé que estamos pidiendo mucho, pero mi madre recibió un disparo en el brazo. La hemorragia se detuvo, pero necesita ver a un médico antes de que se agrave. ¿Puedes ayudar?

Comprobó el brazo de mi madre. —Necesita ir al hospital. Yo la llevaré.

—¿Puedo ir yo también? —pregunté—.

—Ya veremos.

El tailandés mayor que tenía mi cuchillo volvió.

—¿Me puedes devolver mi cuchillo? —agregué.

—No —replicó—. Ahora es mío.

—Dijiste que si te dábamos dinero lo devolverías.

—Te he mentido igual que tú me has mentido a mí.

El hombre sonrió. No tenía poder para recuperarlo. La rabia me hizo olvidar el miedo y grité, asustando a Nhia, que se aferró a mi brazo y lloró.

—Pagaré por el cuchillo —dijo Kou en lao—. ¿Cuánto cuesta?

Miré a Kou con sorpresa. Qué hombre tan amable. Su acto de bondad significaba el mundo para mí.

El tailandés estudió el machete. —Una barra de plata.

Chong Doua negó con la cabeza. —No vale tanto. Podemos usar el dinero para llevar a tu madre al hospital.

—No tengo una barra de plata —dijo Kou—. ¿Puede bajar el precio?

El tailandés negó con la cabeza y se enfrentó a mí. —La preciosa arma de tu padre es ahora mía.

Cerré el puño dispuesto a maldecirle, pero me tragué las palabras. Todavía podría intentar arrastrarnos de vuelta al otro lado del río. No iba a permitir que mi ira y mi frustración le costaran a mi familia su seguridad. Menos mal que había sacado el documento de mi padre del machete. Al menos tenía eso.

—Lo siento, no he podido ayudarte —comentó Kou en voz baja.

—No pasa nada —respondí—. Agradezco tu ayuda. Gracias.

Capítulo Treinta

MI FAMILIA SIGUIÓ A KOU Y AL TÍO HASTA UNA CASA DE MADERA sobre pilotes con techo de aluminio ondulado. Subir la pequeña y corta escalera fue como subir una colina empinada. Nos deteníamos para recuperar el aliento después de cada paso. Kou sostenía a mamá y se tomaba su tiempo para asegurarse de que no nos cayéramos y nos hiciéramos daño.

Los dueños de la casa, un hombre y una mujer de unos sesenta años, nos saludaron y se presentaron. El hombre se llamaba Aran y su mujer Isra. Hablaron con nosotros durante mucho tiempo, pero su idioma era el tailandés, y sus palabras desconocidas volaron sobre mi cabeza como el viento.

Isra trajo un cubo de bambú del tamaño de un melón que estaba medio lleno de arroz pegajoso, algo de sal y agua. Se me hizo la boca agua y mi estómago rugía. Mojé el arroz en la sal y di de comer a Nhia. Comió tan despacio que no pude esperar y comí mientras le daba de comer. Mamá y Pa comían pequeñas porciones. TouZou se agitaba en el pecho de su madre. Pa tenía poca leche para él, pero era optimista de que, con algo de alimento, tendría leche en los próximos días.

En el suelo de madera yacían la mujer de Chong Doua y sus

dos hijos. Ella estaba despierta, pero los niños roncaban como si no tuvieran miedo. Probablemente no tenían nada de qué preocuparse porque tenían a sus padres. No tenían ni idea de lo que había pasado mi familia.

—Llámame tía Chong Doua —dijo la mujer—. ¿Cómo te llamas?

—Nou Vang. ¿Cuándo has llegado aquí? —pregunté—.

—A medianoche. ¿Tuvisteis problemas para cruzar el río?

Mamá asintió y la tristeza apareció en sus ojos. —Ha sido un viaje largo y trágico.

—Lamento escuchar eso. Tuvimos mucha suerte de que no hubiera muertos.

La tía Chong Doua nos contó que su familia venía de la aldea de Phua Houa y que habían viajado solos sin problemas. El tío Chong Doua era un combatiente de la resistencia y había llegado a Tailandia una vez por su cuenta en 1975, cuando los comunistas tomaron el poder en Laos. Conocía la geografía y sabía qué zonas eran seguras para cruzar. Mamá contó nuestra historia. Lloramos con ella mientras describía todo lo que había pasado.

Isra volvió de la tienda con leche para bebés y un biberón para TouZou. Le dio su primer baño y proporcionó a las dos familias arroz pegajoso y un plato de pescado frito para un desayuno tardío. Mi familia comió dos veces, y la vida empezó a filtrarse de nuevo a mí. No podía creer nuestra buena suerte. La generosidad de la pareja tailandesa me dio esperanzas.

Después del desayuno, el tío y el tailandés, Aran, se fueron a hacer un recado. Me preguntaba cuándo podría el tío conseguir que mi madre viera a un médico. Esperaba que lo hiciera pronto antes de que yo le insistiera. La tía rechazó mi ayuda en la limpieza, y agradecí que me dejara descansar mientras atendía a Nhia.

Cuando la tía descansó, dije: "Esta pareja tailandesa es muy amable".

—Son una buena pareja, pero les pagamos una barra de plata para que acogieran a nuestra familia anoche. Si no estuviéramos aquí, tendrían que pagarles.

Mi cabeza se echó hacia atrás. —¿También le pagaste para que comprara la fórmula para el bebé?

—No. Pero una barra de plata vale unos 3.000 *bahts* tailandeses. Por eso compró la fórmula. —Le debíamos mucho a la familia Xiong. De repente, Nhia se sentó en mi regazo sin apoyo. La comida era mágica.

Miró a todos y lloró suavemente: "Mamá, mamá".

Con el corazón roto, le abracé con fuerza. El recuerdo de la muerte de mi hermana me invadió y no pude detener las lágrimas. Mi pecho se agitó y los sollozos se atascaron en mi garganta.

—Quiero a mi madre. —Nhia miró alrededor de la habitación.

Al no ver a su madre, se aferró a mí y lloró. Me sentí aliviada de que estuviera totalmente consciente. Me quería, pero yo no era su madre. Miré a mi madre en busca de ayuda. Ella extendió los brazos para coger a Nhia, pero él la empujó. Lo mecía de un lado a otro mientras lloraba. Kou extendió los brazos hacia Nhia, pero eso sólo le hizo llorar más. Todos miraban impotentes. Los cuentos le habían ayudado antes, y el del búho era su favorito.

—Búho, búho —le dije—. Te contaré el cuento si dejas de llorar.

Dejó de sollozar lentamente, pero las lágrimas seguían resbalando por sus mejillas. Lo dejé en la alfombra a mi lado. Con las manos sobre la cabeza a modo de astas, fui el ciervo, llamando y buscando a mi manada. Luego me convertí en el búho con los ojos muy abiertos.

—¡Ciervo, ven aquí! Hay muchas nueces junto a mí.

El ciervo corrió hacia el búho sólo para ver los ojos grandes, redondos y aterradores del búho. No había nueces. El ciervo, asustado, salió corriendo y tropezó con una calabaza. La calabaza rodó y golpeó con fuerza la planta de sésamo. Representé cada parte lo mejor que pude y utilicé la expresión. Kou y sus hermanos me miraban con ojos brillantes. Cuando terminé la historia, me quedé sin aliento.

—¡Impresionante! —exclamó Kou—. Eres una buena narradora. ¿Quién te ha enseñado los cuentos?

—Mis padres, la abuela y la tía Shoua, una muy buena contadora de historias que vivía en mi pueblo. —Me sonrojé.

—Me encanta tu historia —afirmó Xao, de diez años—. Cuéntanos otra.

—Cuando tenga más fuerza y más aliento.

Mamá sonrió. —Me equivoqué al decir que las historias eran inútiles. En este viaje, he visto cómo las historias entretienen nuestra mente y alivian nuestro estrés.

Lo guardé para tenerlo cerca. Mamá finalmente vio el valor de las historias. Nhia se durmió. Exhausta, me acosté con él en la colchoneta.

Me desperté con un escalofrío, con el corazón latiendo violentamente. Otro fuerte disparo sonó cerca de la casa. Rápidamente, cogí a Nhia y corrí a la habitación de la pareja tailandesa.

—No te preocupes —comentó mi tía—. No es el Pathet Lao. —Sonrió, pero el sonido me aterrorizó.

—¿Qué es? —pregunté—.

—Es el sonido de un motor de automóvil. Ve a comprobarlo. Debe de haberse detenido cerca de la casa.

Xao y Xeng, de trece años, me miraron como si estuviera loca. Cuando no vi a Kou, me alegré. No quería que pensara que era una miedosa. Llevé a Nhia por las escaleras. Mamá se sentó en el escalón inferior.

—Mamá, ¿qué fue ese ruido? —le pregunté.

—Un automóvil se detuvo aquí.

El sol estaba en lo alto. Un coche negro y rústico estaba

aparcado en el camino de tierra. Un hombre charlaba con Aran, el tío y Kou. Nhia se aferró fuertemente a mí mientras Kou caminaba hacia nosotros.

Los labios de Kou se curvaron hacia arriba al llegar a nosotros. —Nou, pareces más animada después de la siesta—.

Me daba vergüenza dormir la siesta, pero era el primer sueño real que tenía en semanas.

—Este coche llevará a tu madre al hospital. —Miró a mamá —. ¿Estás preparada?

Ella asintió. —Sí. Gracias por organizarlo.

—De nada. —Kou se volvió hacia mí—. ¿Estaría bien que Nhia se quedara con tu cuñada?

—No —contesté—. ¿Puedo llevarlo conmigo?

Kou se mordió el labio. —El hospital está lleno de enfermos. No querrás que se ponga enfermo. Deberías quedarte con él. Mi padre y yo iremos con tu madre.

—¿Te llevas a mi madre? —pregunté sorprendida.

—Sí. Pensaba llevaros a ti y a ella, pero debes quedarte aquí, así que mi padre irá con ella.

No quería que mamá fuera una carga para nadie, pero no podía arriesgarme a que Nhia enfermara.

—Es muy amable de tu parte —comenté—. Gracias.

—No te preocupes por mí —dijo mamá—. Cuida bien de ti, de tu cuñada y de tus sobrinos.

Asentí con la cabeza. —No tengas miedo. Tienes a Kou y al tío contigo.

Mamá le sonrió a Kou. —Tienes un gran corazón.

—Gracias, tía. —Kou me miró divertido—. Nou, veo que eres la joven guardiana de tu familia. Intenta no preocuparte por tu madre.

Me reí suavemente, sin creer que un desconocido me viera como la guardiana. Tal vez mi amor y cuidado por mi familia me calificaban. Lo aceptaría. —Eres observador.

—Es obvio —señaló Kou—. Haré lo posible por cuidar bien de tu madre. Me quedaré con ella.

La gratitud estalló en mi interior y no pude evitar las lágrimas.

—No llores —dijo Kou. Y se acercó más.

Era alto. Levanté la cabeza para encontrarme con sus ojos. Mi cuerpo se tensó. Me sentí incómoda, pero también bien. Nunca había experimentado una sensación así. Nhia lloró. Di un paso atrás y callé a Nhia.

—Tu ayuda significa mucho para mí. —Me limpié los ojos con el dorso de la mano.

Su rostro se iluminó. —Me alegro de que aceptes mi ayuda, tienes mucho que hacer. No tienes que ocuparte de ellos sola.

¡Qué caballero! Se me quitó un peso de encima. No pude evitar sonreír.

—Tienes que sonreír más. —Kou se volvió hacia mamá—. Te ayudaré a subir al automóvil.

Vi a mamá, Kou, el tío y Aran subir al coche. Luego el vehículo se los llevó.

Llegó la noche. mamá, el tío, Kou y Aran no habían regresado, e Isra nos explicó que habían tenido que pasar la noche en el hospital debido a la grave lesión del brazo de mamá.

Esa noche me bañé por primera vez en más de un mes, con champú y una pastilla de jabón que olía a hierbas dulces. Me fui a la cama sintiéndome mucho mejor, limpia y fresca. Sin embargo, daba vueltas en la cama pensando en mi madre y mi hermano. Mamá había tenido pesadillas y, aunque Kou dijo que la cuidaría, yo seguía preocupada porque necesitaba que la consolara. Toua siempre estaba en mi mente. ¿Qué le había pasado a mi hermano?

Era cerca del mediodía del día siguiente cuando mamá regresó. Su brazo estaba amputado a la altura del codo y envuelto en una tela blanca. Lloré por su mano perdida.

—No llores —dijo mamá—. Ya no tengo dos manos, pero el

médico me ha quitado el dolor. Ahora estoy mejor. —Me entregó una bolsa de plástico que contenía vendas, gasas, ungüentos, alcohol y otras cosas para su brazo—. Dentro de unos días, limpiaremos mi brazo y pondremos un nuevo vendaje.

—Tu madre es valiente como tú. —La expresión de Kou era muy seria—. Ella toleró bien el dolor. Tuvo una pesadilla cuando estábamos allí, así que el médico le dio algunos medicamentos para ayudarla.

—Gracias por todo. —Me volví hacia mi tío—. Tío Chong Doua, ¿cuánto te debo?

—El coste del médico y del hospital es gratuito ya que somos refugiados. He pagado los viajes de ida y vuelta al hospital, así como la comida, pero no mucho.

—Mi familia te lo devolverá algún día —le prometí.

—Tómate tu tiempo —contestó—.

Mi tío se dirigió a las escaleras y dijo en voz alta: "Prepárense todos. Cuando llegue el taxi *songthaew*, iremos al campo de refugiados".

Xao dijo: "Por fin. Llevamos mucho tiempo esperando".

Sabía que éramos una carga para la familia Xiong. Sin nosotros, habrían ido al campamento ayer por la mañana.

Isra volvió de su recado. Nos dio a Pa, a mamá y a mí faldas y blusas usadas para reemplazar nuestras ropas andrajosas, sucias y manchadas de sangre. La falda floreada hasta la rodilla era grande para mi cuerpo delgado, así que la até con mi faja para que no se me cayera. Me sentía desnuda con las piernas al aire, pero tenía que acostumbrarme. Nhia y yo caminamos lentamente por la casa, esperando el taxi.

Kou se acercó a nosotras con una sonrisa deslumbrante. —Te ves hermosa con tu nueva ropa.

Se detuvo a un brazo de distancia de nosotras y me estudió. Me sonrojé. Nhia lloró y lo levanté. Enterró su cara contra mi hombro. Kou me miraba y no dejaba de sonreír. Sus dientes blancos y parejos lo hacían aún más atractivo. Unas mariposas me revolotearon por el interior del estómago. Sorbiendo un poco, me recordé a mí misma que le había prometido a mamá no casarme, así que no debía permitirme caer en la tentación.

—Siento la tragedia por la que habéis pasado tú y tu familia. —La preocupación en la voz de Kou me conmovió—. Tu madre me habló mucho de ti. Me sorprendió saber que hiciste una balsa y navegaste hasta Tailandia. Fue una osadía para una chica de tu edad. ¿Cómo encontraste el valor?

Las fanfarronadas de mi madre me avergonzaban. —Cuando te enfrentas al peligro, tienes que luchar por tu vida. —Solté un suspiro—. Ahora que lo pienso, no puedo creer que lo haya hecho.

Los ojos de Kou centellearon. —Eres increíble. No todo el mundo tiene tanto valor. Mi hermano Xeng tiene trece años y no podía ir a orinar solo durante nuestro viaje. No sobreviviría solo en el bosque.

Sus palabras me hicieron sentir especial, pero no podía enfrentarme a otra caminata como aquella. Esperaba que fuera la primera y la última.

—Kou, no puedo agradecerte a ti y a tu familia lo suficiente por salvarnos. He rezado mucho. Tal vez mi familia estaba destinada a conocer a la tuya.

—Me alegro de que te sientas así. —Se encogió de hombros—. No he hecho mucho.

—Tu madre dijo que tienes dieciocho años, pero pareces maduro para tu edad.

—¿Maduro? —se rió—. Mis padres me regañan por mi falta de habilidades.

—¿Eres el mayor? —pregunté—.

—No. Tengo dos hermanos mayores y dos hermanas mayores que se han casado y se han ido a Estados Unidos. Soy el mediano, el hijo de en medio—.

—Yo también. —Mi pecho se estrechó—. Excepto que mis

hermanos están muertos. Bueno, creo que uno está desaparecido.

Su expresión se nubló. —Lo siento mucho.

El taxi llegó y el tío llamó a todos para que salieran. El taxi *songthaew* era el doble de grande que un automóvil. Tenía cuatro ruedas, dos asientos en la parte delantera y dos filas de asientos corridos en la plataforma del camión, que tenía techo.

Dimos las gracias a Aran e Isra y nos despedimos de ellos. Todos subieron al taxi. El polvo amarillo voló sobre nosotros mientras el taxi avanzaba por el camino de tierra. Cuando llegamos a la carretera, el aire fresco llenó el taxi desde la parte trasera abierta. Los árboles, los campos y las casas se extendían hasta donde alcanzaba la vista.

El movimiento del vehículo me hizo sentirme extraña. Mi entorno se volvió borroso. La cabeza me daba vueltas y las náuseas me invadían. Con Nhia en un brazo, me aferré al cubo de basura de la esquina justo a tiempo. Todos, excepto mis sobrinos, el tío y Kou, vomitaron. Antes, me moría de ganas de dar mi primer paseo y pensaba que sería increíble, pero no lo fue. ¿Por qué era tan horrible viajar en coche? Ahora el taxi olía a pescado podrido por la salsa de pescado de la ensalada de papaya que comimos para el almuerzo. Estaba demasiado agotada para preocuparme. Por suerte, Nhia dormía en medio de la confusión. Me apoyé en el lateral del taxi y cerré los ojos.

Capítulo Treinta Y Uno

UNA VALLA DE ALUMINIO DOS VECES MÁS ALTA QUE YO RODEABA el campamento. Dos guardias estaban junto a la puerta.

Me quedé mirando con asombro. —¿Esto es una prisión?

—El cartel dice So Khao Toe. —El tío señaló el cartel que estaba en el lado izquierdo de la puerta—. Espero que no seamos prisioneros. Esperaba ir al campo de refugiados de Ban Vinai.

Pheng vivía en Ban Vinai. ¿Cómo íbamos a llegar allí?

Salimos del taxi y pasamos por la puerta. El sol se movía hacia el oeste. A cada lado del camino de tierra se alineaban barracas de madera y techos de metal corrugado y puestos de venta de comida. Pequeñas tiendas de lona azul y gris, atadas a postes, abarrotaban el poco espacio que quedaba.

Grupos de refugiados con los ojos hundidos se agolpaban a nuestro alrededor. Observé a la multitud. Si Toua estaba vivo, deberíamos encontrarlo en este campamento. Esperaba encontrar a alguien del grupo con el que habíamos viajado. Un guardia tailandés gritó a la gente que se apartara. Un hombre de mediana edad se acercó y llamó a mi tío. Los hombres se dieron la mano con lágrimas en los ojos. El hombre era el primo de mi tío, Chue Xiong, que había llegado al campamento dos semanas antes. Dijo que el campo estaba superpoblado. Los oficiales no podían asignar más dormitorios, así que todos tenían que compartir el espacio disponible. Chue estaba dispuesto a compartir el suyo con nuestras dos familias. Pero había muy poco espacio, así que mamá no aceptó su oferta. Buscaríamos un lugar vacío en alguna parte.

—Nos vemos luego —me dijo Kou, y luego se fue con su familia.

Entre los barracones y las tiendas, cada centímetro de espacio parecía estar ocupado. Estudié el pequeño lugar destinado a los refugiados y me fijé en el terreno vacío que había más allá de los límites del campamento. ¿Por qué los tailandeses no ampliaron este campamento?

Una mujer de la edad de mamá se acercó. —Hola, soy la tía Tong Chao. Vivimos en la tienda cerca del árbol. —Señaló una lona azul atada a cuatro postes—. Por el momento pueden compartir nuestro espacio.

—Gracias —contestó mamá, agradecida.

La multitud comenzó a dispersarse. Mamá gritó: "¡¿Alguien ha oído o visto a un hombre llamado Toua Vang?!"

Varias personas negaron con la cabeza. Pa y mamá se miraron. ¿Qué le habrá pasado? Contuve un sollozo. Mi familia siguió a la tía Tong Chao hasta su tienda.

—¡Espera!

Nos volvimos hacia la familiar voz masculina. Me eché a llorar. Toua corrió hacia Pa y la abrazó.

—¡No puedo creer esto! —gritó Toua.

Era raro que las parejas se abrazaran en público, pero las últimas cuatro noches habían sido una eternidad y nuestras emociones sacaron lo mejor de nosotros. Un grupo de personas se reunió alrededor de la familia como si nunca hubieran visto a una pareja abrazarse. Fue un momento especial para todos nosotros.

Cuando Toua finalmente soltó a Pa, vio a mamá con el bebé.

—¡Has dado a luz! —gritó—.

—Sí. —Los ojos de Pa se llenaron de lágrimas.

Con una sonrisa, Toua cogió a su hijo de mamá. Acarició y besó al niño. —Esto es increíble. No estoy soñando, ¿verdad?

—No estás soñando, hijo —contestó mamá con voz alegre —. Nou fue al pueblo y nos consiguió comida y agua limpia. Hizo una balsa, vino a Tailandia y nos consiguió una canoa.

—Sin ella, no estaríamos aquí —dijo Pa.

Toua me miró fijamente. —¡Increíble! Me siento avergonzado. No merezco ser un hijo varón. Te tengo un gran respeto, hermana mía. Ahora creo que las chicas pueden hacer cualquier cosa si se les da la oportunidad.

Me sentí tan ligera como el aire. —No tuve elección —murmuré—.

Ahora que él estaba vivo y bien, quería abofetearlo por no haber regresado por nosotros.

—Gracias. Has hecho un trabajo excepcional. —Toua desvió su atención hacia Nhia y le acarició el cabello—. Lo has conseguido.

—Tío —dijo Nhia con más aliento y vida de lo que había visto en él desde que comenzamos nuestro viaje. Por primera vez, creí que estaría bien.

—El tío te quiere. —Toua miró a nuestro alrededor—. Ahora que estamos juntos de nuevo, todo irá bien. Encontraremos un lugar. Anoche dormí junto a la valla.

—Vamos a mi tienda —dijo la tía Tong Chao.

El hijo de la tía Tong Chao, Khue Lee, y su mujer, Mor, nos recibieron cuando llegamos a la tienda. Tenían dos niños pequeños. El marido de la tía Tong Chao murió en combate.

Mientras descansábamos con la familia Lee, Toua se fue a la

oficina para registrarnos. Estudié mi entorno. La gente se agolpaba en todos los rincones del campamento. Algunos hombres, mujeres y niños estaban sentados en esteras de ratán dentro de los edificios, mientras otros descansaban en sus tiendas. Algunos estaban en los puestos, a lo largo del camino de tierra, comprando comida. Se me revuelve el estómago.

—¿Qué comida venden en los puestos, tía Tong Chao? —pregunté—.

—Los vendedores tailandeses venden carne, verduras, fruta y dulces. Ve a comprobarlo —dijo ella.

—No tengo dinero.

Su ceño se frunció. —Oh, vaya. Acabamos de desayunar a las 10:00. No cenaremos hasta las cinco—.

—¿Cómo sabes la hora? ¿Tienes un reloj? —pregunté—.

—Allí hay un reloj. —Ella señaló una esfera redonda que colgaba de un poste cerca de la oficina—. Mi hijo me enseñó los números.

Había oído hablar de los relojes para dar la hora, pero nunca había visto uno. No podía esperar a que Toua volviera de la oficina. Sabía los números y podía leer y escribir algunas palabras básicas en laosiano.

Finalmente, Toua volvió con una estera de ratán, una sábana de lona azul, palos, dos mantas pequeñas y cinco cuencos.

—¿Para qué son los cuencos? —pregunté—.

—Para conseguir comida más tarde. Nos he registrado y he rellenado unos formularios.

—Bien.

Khue ayudó a Toua a montar nuestra tienda. Luego, finalmente, le pedimos a Toua que nos explicara por qué nos había abandonado. Nos explicó que se había desmayado en la costa tailandesa. Una familia lo encontró y lo llevó al hospital. Un oficial lo había traído al campamento la noche anterior. Todavía tenía dolor de estómago y diarrea. Había estado en la letrina cuando llegamos al campamento. Mi ira se desvaneció. No había querido dejarnos solos. Él también había estado luchando.

Toua y yo fuimos al reloj colgante. Me enseñó a decir la hora. Me sentí afortunada por tener la capacidad de aprender rápidamente. Cuanto más supiera, mejor para todos nosotros.

A las 5:00 llegó el camión de la comida y toda la gente, en su mayoría *Hmong* y algunos laosianos, se puso en dos largas colas para comer. No vi a la familia de Wa Meng ni a ninguna de las personas que vinieron con nosotros durante la caminata. Se me hizo un nudo en la garganta. ¿Qué habrá sido de ellos? Besé a Nhia en la frente, agradecida por tenerlo.

Kou estaba más adelantado en la fila, pero se acercó y se unió a nosotros. Le dio la mano a Toua. Mamá le contó a Toua todo lo que Kou había hecho por nosotros, y Toua se lo agradeció.

Kou se volvió hacia mí. —Mírate. Es la primera vez que veo tu cara brillante y tus ojos bailando de alegría. Cuando te conocí, tu cara y tus ojos estaban llenos de preocupación.

—Mi hermano está ahora a cargo, y mi madre está mejor —señalé.

—Ven con el tío, Nhia. —Kou le tendió los brazos a Nhia.

Nhia lloró y se apartó. Nunca le gustaron los extraños.

En el camión de la comida, le di al camarero dos cuencos. Llevé a Nhia a la espalda para tener las manos libres para los cuencos. Ya no teníamos el portabebés y era difícil equilibrarlo. Con un solo brazo, mamá no podía ayudar, y Toua tenía las manos llenas de cuencos para él y para Pa. Kou se rió y nos llevó el recipiente de Nhia a la tienda.

Mi tazón de sopa era mayormente líquido con un poco de arroz, unos trozos de pollo picado y repollo de Napa desmenuzado. Tenía tanta hambre que la sopa no me llenó. Esperé, pero con tanta gente, la oportunidad de rellenar mi cuenco no llegó. El Alto Comisionado de las Naciones Unidas para los Refugiados (ACNUR), como decía la gente, pagó la comida. Parecía que el ACNUR se preocupaba lo suficiente de salvar a los refugiados, pero no de satisfacer su hambre.

Poco después de la cena, empecé a tener calambres abdominales. Corrí al baño y lo encontré desbordado. Me tapé la nariz, pero el olor me provocó arcadas. El contenido de mi estómago se derramó por mi boca como una cascada. De repente, necesité hacer mis necesidades y miré a mi alrededor. La piscina del campamento donde se almacenaban los residuos líquidos y sólidos estaba cerca. Corrí hacia allí.

Muchas personas se agolpaban en el lugar. Cada persona tenía su propia zona cubierta por cuatro lados con telas para mantener la privacidad mientras hacían sus necesidades. Una mujer de unos cuarenta años me permitió compartir su espacio y hacer mis necesidades. La piscina de desechos humanos del campamento era el lugar más apestoso que había encontrado.

Al desaparecer la luz del día, Nhia volvió a preguntar por su madre.

—Seguirá preguntando si no le decimos la verdad. —Mamá acariciaba el cabello de Nhia—. Tu madre y tu abuelo se han ido a un lugar muy, muy lejano. No los volverás a ver, pero la tía Nou y la abuela están aquí para ti. Te queremos.

—¡Mamá! —gritó Nhia—. ¡Quiero a mi mamá!

Yo también quería a mi hermana. Las lágrimas pincharon mis ojos. Tenía que ser fuerte por Nhia. —Si dejas de llorar, te contaré la historia del búho, y muchas más.

Abracé a Nhia hasta que dejó de llorar. Entonces le conté cuentos populares hasta que se durmió. Por suerte, a Nhia le gustaban los cuentos tanto como a mí. Los cuentos reforzaron el vínculo entre nosotros.

A las 10 de la noche se apagaron las luces eléctricas del campamento, lo que nos obligó a dormir. Muchos durmieron en el camino de tierra. Sin un país propio, éramos como el ganado, encerrados en un corral sin lugar a donde ir. Khao Toe nos alimentaba y era un santuario, pero también era como una prisión.

A la mañana siguiente, a las 9:00, un guardia anunció por el interfono que So Khao Toe estaba abarrotado. En unos días, la gente sería trasladada al campo de refugiados de Ban Vinai, el mayor de la provincia de Loei. La mayoría de los refugiados vivían allí.

Yo no podía esperar. Estaba desesperada por salir del apestoso campamento. Con suerte, encontraríamos a Pheng en Ban Vinai.

Capítulo Treinta Y Dos

Unos días más tarde, varios autobuses aparcaron en la carretera frente al muro que rodeaba el campo de refugiados. Mi familia y la de Kou estaban entre las primeras cincuenta familias que salieron esa mañana, y estábamos en el mismo autobús. Al día siguiente saldrían más. Esta vez no sentí mareos. Disfruté del viaje en autobús y me pregunté por Ban Vinai. ¿Estaría abarrotado como So Khao Toe? ¿Encontraríamos allí a Pheng?

Kou se sentaba delante de mi familia y se giraba a menudo para ver cómo nos encontrábamos.

—Le gustas —me susurró mi madre al oído—. Es un buen hombre. Deberíais hablar. Conoceros el uno al otro.

—No me voy a casar, ¿recuerdas? Prometí cuidar de ti.

—Debes casarte. Quiero tener nietos. Parece el tipo de hombre que me dejaría vivir contigo. Puedes casarte y seguir cuidando de mí.

No había pensado en eso. Me encantaría que un hombre me ayudara. Kou era atento y cariñoso. Quizá podría ser un buen marido y yerno, pero yo era joven y quería ir a la escuela.

—No lo sé, mamá. Lo pensaré —le respondí.

Nadie tenía reloj. Viajamos lo que pareció mucho tiempo. Calculé que era más de mediodía cuando el autobús redujo la velocidad y giró hacia un camino de grava en un valle rodeado de extensas colinas de hierba seca. El conductor anunció que habíamos llegado al campamento. Más adelante, había vallas de alambre de espino en lugar de paredes de aluminio.

La carretera se dirigía hacia un mercado. El tío Chong Doua, que había estado en el campamento una vez, susurró que era un mercado tailandés que cerraba al mediodía. Los consumidores eran en su mayoría refugiados. Mientras el autobús avanzaba lentamente por el mercado, vi una variedad de tiendas cerradas. A través de las puertas rodantes se veían caramelos, ropa, zapatos y otras mercancías. El mercado era más grande que cualquier otro que hubiera visto.

Filas de edificios con tejado de aluminio ondulado y chozas de paja se extendían hasta donde yo podía ver. Los autobuses pasaron por delante de un par de barracas. Junto a una valla de madera había un cartel. Tenía escritos en laosiano y otros idiomas.

Toua leyó en voz alta: "Hospital".

Nuestro autobús redujo la velocidad y aparcó a un lado de la carretera con los demás autobuses. Una multitud de personas esperaba al otro lado de la carretera para ver a los recién llegados. Busqué a Pheng.

Un oficial *Hmong*, con uniforme amarillo y casco, se puso delante de la impaciente multitud. A través de su megáfono, anunció: "Si es un pariente, familiar o amigo de alguien en el autobús, puede llevarlo a casa. Sólo asegúrese de llevarlos a la oficina del ACNUR para registrarlos antes".

Entonces, el oficial subió al autobús. —Bienvenidos a Ban Vinai. Si no tienen amigos o familiares en este campamento y no saben a dónde ir, vengan a verme a mí o a los oficiales para que podamos asignar a su familia a un centro.

Luego el oficial se dirigió al siguiente autobús para entregar la información. Que un oficial *Hmong* nos hablara me dio esperanzas y alivió mi ansiedad.

En la carretera, los gritos de alegría y los llantos resonaban por todas partes. Las familias de mi autobús se unieron rápidamente a la multitud cuando sus familiares se acercaron para llevarlos a casa. El primo de Kou vino, pero no quiso irse hasta saber dónde nos colocarían. Nos quedamos en el camino de tierra sin reclamar. Tenía a Nhia a mi espalda. ¿Dónde estaba Pheng? Miramos en todas direcciones, buscando algún rostro familiar.

—¡Tío Cher Moua! —Finalmente, Toua vio a alguien conocido—. ¡Aquí!

El tío se apresuró hacia nosotros y estrechó la mano de Toua. —Me alegro de que tu familia haya llegado —comentó el tío.

Toua asintió. Sus ojos se llenaron de lágrimas.

—Niam tij —llamó el tío a mamá. —¿Dónde está el hermano Wa Shoua?

—Te lo diré cuando lleguemos a tu casa —respondió mamá en voz baja.

—¿Eres Der? —me preguntó el tío.

—Soy Nou. La hermana menor de Der.

—¿De quién es el hijo que llevas?

—El hijo de Der.

—¿Dónde está ella?

—Ella no está aquí. —Mi voz tembló. Las preguntas eran muy difíciles, ninguno de nosotros quería responderlas.

El ceño del tío se frunció. —Vamos a mi casa.

—Tío —dijo Kou—. ¿Me das tu dirección para poder visitar a la familia de Nou más tarde?

Se dieron la mano y el tío le dio a Kou su dirección. Kou y su familia se fueron. El tío nos llevó a su casa. El tío Cher Moua era un primo de papá que compartía el mismo clan. A sus cincuenta años, todavía parecía joven. Su rostro ancho y luminoso y sus ojos brillantes le hacían parecer sano y en forma.

—¿Cómo sabías que íbamos a venir? —preguntó Toua.

—Se anunció que venía un grupo de So Khao Toe —explicó el tío—. Pasé por allí para comprobar si había algún pariente.

—¡Nou!

Me giré para ver quién había gritado. Pheng corrió hacia nosotros. Estaba muy guapo con una camisa azul claro de manga corta y plantas negras, no la ropa tradicional que había llevado en Laos. Sonriendo ampliamente, saludó primero a Toua con un apretón de manos. Era la forma adecuada de saludar primero a los hombres. Buscó a papá y su sonrisa se desvaneció.

Pheng miró a mamá, luego a mí y a Pa. Volvió a revisar a la gente y luego miró a mamá con incredulidad. —Tía, ¿dónde están Der y el tío Wa Shoua?

A mamá le tembló la barbilla. Pheng se mordió el labio y negó con la cabeza, retrocediendo.

Toua puso una mano en el hombro de Pheng y dijo: "Lo sentimos".

—¿Der está casada? —preguntó Pheng.

Mi hermano negó con la cabeza. —No.

—¿Ha desaparecido? —La voz de Pheng era tensa—. La he estado esperando todos estos años. Por favor, dime qué le ha pasado.

Mamá tocó el cabello de Pheng. —Lo siento. Ella y el tío Wa Shoua nos han dejado.

Pheng cayó de rodillas. Toua lo puso rápidamente en pie, y lloraron juntos con los brazos de Pheng alrededor de los hombros de Toua para apoyarse. Fue demasiado para mí, y mi propia pena se abatió de nuevo sobre mí.

—Siento mucho que Der se haya ido —lamenté—. Tengo a tu hijo.

Pheng se volvió hacia mí con los ojos enrojecidos. Luego

sus ojos se dirigieron a Nhia. —¿Mi hijo? —Pheng extendió sus brazos hacia el niño—. Ven con papá.

Nhia lloró y se aferró a mí.

—Te tiene miedo —le dije—. Llevará tiempo.

—Ven con nosotros a mi casa —le dijo el tío a Pheng—. Tienes que pasar tiempo con la familia para que el niño te conozca.

Pheng asintió. Con los ojos aún húmedos, caminamos rápida y silenciosamente por un camino de tierra lo suficientemente ancho como para que pase un autobús. Filas de barracas construidas con paredes de cemento y techos de aluminio corrugado y chozas de paja se alineaban a cada lado del camino.

El tío vivía en el centro 2, sección 3, y nos condujo al barracón 4. En el barracón 2 nos recibieron la mujer del tío, Hlee, su hija Yer al igual que sus dos hijos, Neng y Kai. Yer era más baja y dos años más joven que yo. Teníamos un aspecto similar, con ojos marrones, piel aceitunada y cabello negro hasta la cintura.

Las familias de las habitaciones contiguas también vinieron a saludarnos. Las emociones se agitaron en mi interior. Sentí alivio y alegría por estar a salvo y ver a los familiares, pero el dolor de la pérdida se hizo más grande que nunca. Por primera vez en muchas semanas, me sentí segura para expresar mis sentimientos. Mi madre se llevó a Nhia, y yo lloré y lloré hasta que mi voz se quedó ronca. Mi prima, Yer, me sacó de la habitación para que tomara el aire.

Mientras recuperaba el aliento, Yer me hizo un recorrido por la sección. Cada barracón estaba dividido en diez pequeñas habitaciones de cuatro paredes. En algunas habitaciones vivían familias numerosas con padres, abuelos y niños. La mayoría de los niños estaban en las aceras. Algunos jugaban a las peonzas y al pilla-pilla, mientras otros se relacionaban con sus amigos.

Los más pequeños se pegaban a sus madres, que estaban sentadas en escabeles cosiendo telas.

—¿Qué están cosiendo? —pregunté—.

—Están haciendo *paj ntaub* —dijo Yer—. No hay trabajo, así que las mujeres están bordando historias en lienzos de la vida de los *Hmong* en los campos y de su historia de huida a Tailandia. También confeccionan tejidos *Hmong* con muchos diseños. Venden los *paj ntaub* a los extranjeros que vienen al campamento.

Los hombres se sentaron en taburetes y charlaron. Hacía mucho tiempo que no veía a los hombres socializar entre sí. Todas las personas que conocí me dieron la bienvenida al nuevo lugar. Esta gente hablaba sin miedo. Parecían bastante felices. Tenían un lugar donde dormir y comida para comer.

Esa noche, Yer y yo cocinamos arroz y bok choy salteado con algunos toques de sal. Me trajo muchos recuerdos de cuando cocinaba con Der en Laos.

Después de la cena, Pheng le rogó a mamá que le contara lo que le había pasado a Der. Todos se sentaron en el suelo de cemento de la habitación y escucharon atentamente.

—Le dispararon —comentó mamá—. Esto es lo que me dijo. «Dile a Pheng que le quiero. Me puse la blusa que me envió porque pensé que lo vería mañana. Quería estar guapa para él. Ahora irá conmigo a la otra vida. Siempre estará en mi corazón. Lo amo».

—Yo también la amo. —Pheng enterró la cara entre las manos, sacudido por profundos y desgarradores sollozos—. ¡Quiero morir!

—No. —Mamá le alisó el cabello—. Te encontraremos una chica hermosa. No vuelvas a mencionar la muerte.

Yo también quería consolarlo, acariciarle el cabello y decirle que tenía un futuro brillante con su hijo, pero me contuve. Si mostraba demasiada simpatía, Pheng podría tener la impresión de que me interesaba por él.

—No puedes morir —le dije—. Tu hijo te necesita.

Se volvió hacia Nhia y hacia mí con los ojos rojos e hinchados. Su mirada se clavó en nosotros y nos dedicó una media sonrisa. Durante toda la noche, Pheng se acercó a Nhia. Cada vez, Nhia lloraba y se apartaba. Pheng se fue antes de la hora de dormir.

Capítulo Treinta Y Tres

El aire de la mañana nos refrescó a Nhia y a mí. Nos unimos a Toua y al tío junto a la pequeña estufa de carbón de la zona de cocina del cobertizo para entrar en calor. El cobertizo, con techo de hierba y paredes de bambú, estaba unido a la habitación del tío Moua. Pheng entró y estrechó la mano de Toua y del tío.

—¿No hay escuela? —preguntó el tío.

—Me voy a tomar el día libre. Me gustaría llevar a la familia de Toua a registrarse hoy —dijo Pheng—. Lo siento, llego temprano. Es que no me gusta esperar en la cola.

—Es perfecto —afirmó Toua—. Gracias.

—De nada.

Pheng estiró los brazos hacia Nhia, que se sentó a mi lado. Los ojos de Nhia se abrieron de par en par y salió corriendo por la puerta. Le perseguí. Pheng nos siguió. Alcanzó a Nhia y éste se apartó llorando. Lo cogí y lo abracé con fuerza.

—No tengas miedo —le dije—. Es tu padre.

Pheng sacó una pequeña bolsa de caramelos de su bolsa. La abrió, cogió un caramelo del tamaño de una judía naranja y se lo tendió a Nhia. Nhia miró el caramelo durante mucho tiempo. Finalmente, miró a Pheng, que estaba a un brazo de distancia, y apretó su cara contra mi hombro. Le quité el caramelo a Pheng y se lo puse en la boca a Nhia. Nhia lo masticó y sonrió. Señaló la bolsa que tenía Pheng en la mano, pero no miró a Pheng.

—Quiero abrazarlo y besarlo. —La voz de Pheng era profunda y agradable.

—Ten paciencia —le dije.

—Nou, gracias por cuidar tan bien de él. Le has salvado la vida. Estaré siempre en deuda contigo.

Le miré fijamente a los ojos. —Si Der no hubiera dicho que te lo trajera, no te dejaría acercarte a él. Me gustaría abofetearte con fuerza por el dolor que le has causado.

Pheng se estremeció. —Lo siento. Entiendo la vergüenza y el bochorno que vivió Der. —Él miró al suelo—. He sufrido tanto como Der, de una manera diferente.

—Has demostrado que la quieres, y eso alivia parte de mi ira. He cuidado de su hijo desde el día en que nació. Pero lo hago por mi hermana, no por ti—.

—Siento el dolor que has pasado —respondió—. Puedes pegarme todo lo que quieras si eso te hace sentir mejor.

Toua salió. —Estamos listos para irnos.

Pheng nos llevó al cuartel del Alto Comisionado de las Naciones Unidas para los Refugiados (ACNUR), al norte del polvoriento campo de fútbol. Mientras cruzábamos el campo, nos explicó que cada centro tenía un equipo de jugadores, y que practicaban en el campo casi todas las tardes. Había cuatro equipos para los cuatro centros, y tuvieron sus primeras competiciones de fútbol durante la celebración del Año Nuevo, que fue a finales de diciembre. El edificio del ACNUR tenía un revestimiento de estuco blanco antiguo con un tejado metálico de tejas rojas. Una multitud de personas esperaba frente a la puerta.

—No hay sitio dentro —explicó Pheng.

Toua y Pheng se acercaron a la trabajadora tailandesa de la ventanilla para firmar nuestro ingreso.

Cuando volvieron, Toua dijo: "Ahora esperamos a que nos hagan una foto para nuestro BV".

—¿Qué es el BV? —pregunté—.

—Documento de identidad. BV significa «Ban Vinai» —dijo Pheng—. Cuando tengas tu BV, serás oficialmente un refugiado, y se te proporcionará comida y alojamiento.

Cuando llegó nuestro turno, entramos en un vestíbulo con un viejo escritorio de madera apilado con papeles. Un tailandés se sentaba detrás del escritorio. Era un trabajador de la Agencia de Voluntariado Conjunto (JVA). Nos sentamos en un banco contra la pared.

El encargado del registro nos dio a cada uno una tarjeta con un número y la prendió en nuestras camisas. El de Toua era el número 1.1, el de Pa el 1.2, el de TouZou, por ser su hijo, el 1.3, el de mamá el 1.4 y el mío el 1.5. Nhia fue excluido porque Pheng quería añadirlo a su familia.

El hombre le dio a Toua un cartel que decía: «BV003560». Toua sostuvo el cartel frente a él. El hombre hizo una foto de toda la familia. Un minuto después, nos vimos en la foto en blanco y negro. Me quedé boquiabierta. Era como magia. ¿Cómo funcionaba la cámara? El que la creó debía ser un genio.

El registrador nos hizo otra foto y luego le seguimos a una sala donde entregó las fotos a un trabajador de la JVA. El trabajador habló con mamá y con Toua para luego rellenar un par de formularios. A continuación, grapó las dos fotos a los dos montones de papeles y le dio uno de ellos a Toua. La otra pila la guardó en la oficina. Éramos oficialmente refugiados.

Esa tarde, Yer y yo fuimos a la estación de agua de la Sección 3, al otro lado de la carretera. La gente que iba delante de nosotros llenaba sus recipientes desde un grifo conectado por tuberías a unos depósitos colocados en una alta plataforma de madera.

—Yer —dije, mientras esperábamos en la cola—. He oído que los refugiados pueden ir a Estados Unidos. ¿Conoces el proceso?

—No. Mi padre no quiere ir a América y no habla de ello.

—¿Por qué no quiere ir tu padre?

—Quiere volver a Laos. El general Vang Pao le dijo que pronto habría paz. Cuando haya paz en Laos, todos los refugiados de aquí volverán.

—¿Regresar? —me burlé—. Nunca volveré a ese país. Mi padre me dijo que Estados Unidos es un país rico. Que Than Pop dijo que la educación es gratuita y que todos los niños van a la escuela. ¿Quién no querría ir allí?

Yer se volvió hacia mí. —¿Quién es Than Pop?

—¿No lo conoces? —pregunté, sorprendida—. Es un americano.

—América puede no ser lo que piensas. He oído que es malo allí.

Respiré con fuerza. —Cuéntame más.

—No sé mucho. Mi tío Thong Ma vive en América y nos envía dinero todo el tiempo, pero mi padre nunca dice nada bueno de él.

—Si el tío Thong Ma os envía dinero desde América, debe de irle bien. ¿Qué tiene de malo?

—Lo siento, no lo sé. Sería mejor que le preguntaras a otro, pero no a mi padre. Él te convencería de no ir. He visto que eso ocurre. —Yer hizo una pausa—. Algunas cosas que debes saber sobre el campamento. Tienes que tener cuidado con el toque de queda de las diez de la noche. Si te pillan después de esa hora, los oficiales te pegan y te meten en la cárcel, y conozco a algunas mujeres que fueron violadas. Aquí no tenemos muchos derechos ni protecciones.

Asentí con la cabeza, frotándome las manos mientras la ansiedad se apoderaba de mí. Pensaba que aquí estábamos a salvo.

Llenamos nuestros contenedores y los llevamos a casa a la espalda. Cuando llegamos, el tío y Toua no estaban. Pheng estaba sentado en un taburete de madera fuera del cobertizo. Mamá persiguió a Nhia y lo atrapó. Se reía a carcajadas y Pheng sonreía al ver a su hijo jugar.

Dejé el recipiente junto a la jarra de agua de tierra y recuperé el aliento. —Pheng.

Se volvió hacia mí, con los ojos brillantes y cálidos. —Has vuelto.

—Quiero ir a Estados Unidos, pero Yer dice que es un mal país. ¿Qué sabes de él?

—Mi tío vive en América y me ha contado muchas cosas. Además, lo aprendí en mi clase de inglés—.

—¿Qué es una «clase de inglés»? —pregunté—.

—Una clase en la que se aprende a leer y escribir en inglés. Es un curso de pago. Lo dejé porque se volvió costoso.

Me quedé boquiabierta. —¿La escuela no es gratuita en este campamento?

—Las clases normales como matemáticas, ciencias, idiomas *Hmong*, tailandés y lao son gratuitas.

Asentí con alivio. —Bien.

—La escuela es sólo medio día —continuó Pheng—. No hay suficientes aulas, así que se eligen clases por la mañana o por la tarde. Las clases de inglés se imparten en las casas de los instructores a distintas horas.

Cogí un taburete que había cerca y lo acerqué a él. Evitando el contacto visual como siempre, mis ojos estaban puestos en la jarra de agua de barro. —Háblame de Estados Unidos.

—He oído rumores de que en Estados Unidos hay crímenes, prostitución y discriminación racial. Pero ningún país es perfecto. Mi tío tiene un buen trabajo y sus hijos tienen una buena educación.

—Deberíamos ir todos a América.

Él asintió. —Sí. Los americanos están aceptando solicitudes. Es nuestra oportunidad.

La emoción brotó en mí. —¿Cómo se presenta la solicitud?

Pheng se rió. —Suenas como de costumbre.

—Lo sé. —Bajé la mirada—. He hecho mucho ruido. Supongo que mis viejos hábitos están volviendo.

—No importa —dijo—. Para responder a tu pregunta, iremos a la oficina de ACNUR a llenar un formulario.

Levanté la vista. —¿Debemos ir mañana?

—Los americanos estarán aquí unos cuantos días, así que aún hay tiempo. Acaban de llegar. Podemos esperar un par de días.

—Quiero ir a la escuela. ¿Dónde me inscribo? —Tenía miedo de preguntar demasiado, pero no parecía irritado.

—Puedo ayudarte, pero una cosa a la vez. Primero, que tu familia se instale con una casa y comida. No te agobies.

—De acuerdo —contesté, aunque me moría de ganas de registrar a mi familia para ir a Estados Unidos. Teníamos que salir del campamento antes de que nos obligaran a volver a Laos. Los hijos del tío de Pheng estaban recibiendo una buena educación. Yo también quería lo mismo.

Capítulo Treinta Y Cuatro

El tío encontró una habitación para mi familia en la sección 3, barracón 15, habitación 1. Tenía cuatro paredes de cemento y un suelo de cemento duro, un cobertizo y un retrete pegado a la parte trasera. Nuestra habitación estaba a una sección de distancia de la del tío.

Como jefe de nuestro barracón, Xao Chia Moua supervisaba la distribución de alimentos y llevaba la comida, excepto el arroz, a casa en su carro de dos ruedas. Nosotros recogíamos nuestras raciones de él.

La carne, el pollo o el pescado eran los lunes. Las verduras, coles de Napa o brócolis chinos, llegaban el jueves. El arroz sólo llegaba una vez al mes, y cada familia recogía su ración directamente en el puesto de distribución. Para este mes, la gente compartía su arroz con mi familia. El mes siguiente, recibiríamos nuestra propia ración.

Además de nuestra nueva habitación, recibimos donaciones de ropa del ACNUR y cubiertos, ollas, sartenes y recipientes de plástico del tío. Tuvo suerte de que su hermano en Estados Unidos le enviara dinero para gastar. Mi familia no recibió ninguna ayuda económica.

Pheng vino a media tarde y, como de costumbre, trajo huevos para Nhia y fideos Wai para la familia para la cena. Yo estaba bordando, así que mamá llevó la comida al interior del cobertizo, dejando a Nhia fuera de la puerta. Pheng le dio a Nhia un caramelo. Nhia lo cogió y corrió hacia mí.

—Sigo sin gustarle —se quejó Pheng.

—Los caramelos no son suficientes —le repliqué—. Tienes que pasar tiempo con él.

—¿Cómo? Es el quinto día y todavía no me mira. —La expresión de Pheng se nubló—. Tengo que añadir a Nhia a nuestra familia antes de solicitar el ingreso en Estados Unidos. Mis padres quieren que me inscriba pronto, ya que el plazo es de dos semanas. Debemos ir en esta ronda o esperar de siete a ocho meses para la siguiente.

Mi pulso se aceleró. —Mi familia también tiene que irse. Siete u ocho meses más es demasiado tiempo.

—¿Puedes llevar a Nhia a la oficina del ACNUR mañana? —preguntó Pheng—. Nos haremos una foto con él.

Asentí.

—Ven alrededor de las nueve de la mañana —indicó.

—¿Te vas a saltar la escuela?

—Puedo ir a la escuela en Estados Unidos. Aquí es sólo temporal.

—Me has dicho que no necesito la escuela ahora, pero quiero leer el periódico de mi padre. ¿Puedo tomar una clase de alfabetización *Hmong*? —le pregunté.

Él Asintió con la cabeza. —Sí. Tienes que aprender *Hmong*. Te ayudaré a inscribirte mañana cuando terminemos.

Después de la cena, Pheng intentó **jugar al cucú** con Nhia. Nhia lloró y Pheng se fue con lágrimas en los ojos.

El sol estaba muy alto en el cielo cuando Nhia y yo llegamos al edificio de ACNUR a la mañana siguiente y encontramos a la familia de Pheng esperándonos. Tenía cinco hermanos menores, dos hermanos y tres hermanas. La familia me saludó, parecía agradable y amistosa. Había visto a su hermana, Maihoua, un par de veces en el pueblo. Ver a Maihoua me trajo recuerdos de Der. Habían sido amigas. Parpadeé para no llorar.

—Nou, has crecido —afirmó Maihoua—. Eres tan hermosa como tu hermana.

Sonreí tímidamente. —Tú también has crecido.

—Gracias por traer a Nhia aquí. —La madre de Pheng, la tía Chong Tou, extendió sus manos hacia Nhia. Se echó hacia atrás y se lamentó. Ella se apartó.

—Lo siento —dije—. Tuvo malas experiencias en el viaje, los tiroteos y el hambre. Los hombres laosianos y tailandeses lo asustaron.

Las lágrimas aparecieron en los ojos de la tía Chong Tou. —No puedo imaginar las cosas horribles que vio y vivió. Pobre niño.

—¿Cómo vamos a meter a este niño en nuestro cuadro? —preguntó el padre de Pheng. Nhia no dejaba de llorar y enterrar su cara en mi hombro.

—Tendremos que hacer que Nou lo sostenga y salga en la foto con nosotros —comentó Pheng.

—No puedo salir en la foto —dije rápidamente—. No soy parte de tu familia.

El tío Chong Tou negó con la cabeza. —Hoy no va a funcionar. Nos iremos a casa y lo pensaremos.

La familia se fue. Pheng nos llevó a Nhia y a mí al cobertizo que hay junto a la oficina de correos, al lado del campo de fútbol. No estaba lejos. La escuela era una cabaña de madera de color marrón oscuro con un techo de metal corrugado.

—Esta es la clase de *Hmong* —explicó Pheng—. No os mováis mientras hablo con el profesor.

Pheng salió del edificio. —Esta clase está llena. El profesor dijo que la sesión de mañana a las ocho de la mañana tiene plazas libres. Puedes presentarte mañana con un cuaderno y un bolígrafo.

¿Podría ir a la escuela? No podía creerlo.

—¿Es el mismo profesor? —pregunté—.

—No. Cada sesión tiene un voluntario diferente.

De camino a casa, nos detuvimos en el Mercado del Centro 2. El aroma de la carne a la parrilla y de las sopas de fideos llenaba el aire y me hacía la boca agua. Los compradores abarrotaban el mercado. En un puesto tailandés, dos personas hacían cola, esperando las ensaladas de papaya. Otros puestos vendían *gai choy*, lemon grass, bok choy, limón amargo, jengibre, cebolla verde, cilantro, sandía, mangos amarillos y plátanos.

Pheng nos llevó a un puesto. —Hoy no he comido nada — dijo—. Comamos antes de irnos.

—Nhia y yo comimos antes de venir. Te esperaremos en el camino.

—Vas a comer conmigo. Quiero que Nhia y tú probéis el *fawm*, unos fideos de arroz. Están muy buenos.

Como hijo mayor, tenía dinero de sus padres. No quería que gastara ese dinero en mí. —No tengo hambre —mentí—.

—Con hambre o sin ella, vas a entrar conmigo. Vamos.

No pude resistir el sabroso olor. Seguí a Pheng hasta la cabina. Una familia ocupaba una de las dos mesas, y nosotros tomamos la vacía. Pheng me miró mientras esperábamos. Jugué con Nhia para evitar el contacto visual. No me daba vergüenza hablar con Pheng, pero me sentía nerviosa a su lado. Era diferente que en el pueblo, cuando me resultaba tan molesto. Los tiempos habían cambiado. Empezaron a gustarme los hombres amables, cariñosos y guapos. Pensé en Kou. ¿Cómo le iba? ¿Por qué no me había visitado?

—Te has puesto tan guapa como tu hermana —dijo Pheng en voz baja.

No era guapa como mi hermana, pero tampoco era fea. Me gustaba por mí misma.

—Somos diferentes, pero sigues siendo el mismo hombre guapo —afirmé—. Encontrarás una chica rápidamente.

—Hay muchas chicas, pero encontrar la adecuada es difícil.

El *fawm* en caldo de carne con chile, salsa de pescado, cebolla verde y cilantro estaba delicioso. Nhia y yo nos lo comimos todo y nos bebimos todo el líquido de nuestros cuencos. Dos cuencos le costaron a Pheng seis *bahts*. Pagó con un billete de veinte *bahts* y recibió el cambio.

En el camino, me tomó de la mano. Su mano grande y cálida sobre la mía generó chispas en mi interior, así que la aparté. Volvió a sujetarme la mano y me puso un billete de diez *bahts* en la palma.

—Tómalo y compra bebidas para ti y mi hijo.

Sacudí la cabeza. —No puedo aceptar dinero de nadie.

Las comisuras de su boca se inclinaron hacia abajo. —Puedes cogerlo de mí. Es para mi hijo.

Estaba tan cerca que su cálido aliento bañó mi cara. Odié la sensación de mariposa en mi estómago. Era la misma sensación que tenía por Kou. Cogí el dinero y me alejé de él. ¿Por qué estaba ocurriendo esto? No debía permitir que la amabilidad o un rostro atractivo interfirieran con mis sueños y mi promesa a mi madre.

En casa, Pheng les dijo a Toua y a mamá que Nhia no se había incorporado a su familia. Se sentó con las manos apretadas frente a él. —Si tan solo su madre estuviera aquí.

Mamá se sentó a su lado y le alisó el cabello. —Lo sentimos.

—Tengan paciencia. Las cosas mejorarán —dijo Toua—, Puedes dormir con nosotros esta noche. Deberías dormir con nosotros todas las noches, para que Nhia sepa que está a salvo contigo. Por favor, haz de este tu hogar.

—Gracias —dijo Pheng.

Nos observó a Nhia y a mí, con los ojos llorosos. No estaba segura de si él deseaba que fuera Der, o si se sentía mal por no saber cómo conectar con su hijo.

Capítulo Treinta Y Cinco

PHENG NO TUVO QUE COMPRARNOS COMIDA LA NOCHE
siguiente. Recibimos cinco atunes de nuestra ración. Sin alguna
responsabilidad bajo su cargo, Pheng limpió el pescado para
freírlo y fue a buscar agua a la estación. Los recuerdos de la
felicidad de Der me llenaron de intensas olas de dolor. La
echaba mucho de menos. Odiaba la guerra por haber roto su
sueño. El pecho me pesaba y las lágrimas me llenaban los ojos.

Pheng frunció el ceño. —¿Estás bien?

—Echo de menos a mi hermana —susurré—.

—Sabes cómo me siento.

Me puso una mano en el hombro y la aparté, no para ser
grosera sino para evitar chispas. Agradecí la ayuda de Pheng
porque mi madre no podía hacer mucho con una sola mano. Se
estaba adaptando y se esforzaba por usar su única mano. Toua
siempre estaba ocupado cuidando de TouZou mientras Pa
cosía *paj ntaub*, para poder ganar dinero para la comida y la
ropa.

Estaba friendo pescado en el cobertizo cuando, fuera,
mamá dijo el nombre de Kou. Me apresuré a ir a la puerta.
Kou estaba estrechando la mano de Toua y Pheng. La mayoría

de la gente se quedó fuera, a la sombra, porque hacía más frío. Los hombres hablaron un rato, y luego Kou entró, sonriendo.

—Hola. —Le devolví la sonrisa—.¿Cómo te ha ido?

—Muy bien —dijo Kou—. Quería venir antes, pero he estado ocupado con la escuela, adaptándome al nuevo lugar y explorando el campamento. Tu tío me dijo tu nueva dirección.

—¿Ya estás inscrito en la escuela? —pregunté—.

—Sí, desde el primer día. No hay nada más que hacer, y me gusta mantenerme ocupado.

—Qué bien. Me alegra verte de nuevo. —Le di la vuelta al pescado en la sartén—. Siéntate. —Señalé el taburete de madera junto a la puerta.

Mamá y Nhia entraron.

—Hola Nhia —saludó Kou.

Nhia se dio la vuelta, se aferró a la pierna de mamá y se sujetó con fuerza.

—Todavía le dan miedo los extraños —dije—.

Mamá charló con Kou mientras yo cocinaba. Cuando el pescado estuvo listo, puse la pequeña mesa redonda de bambú en el comedor. Sobre la mesa, puse un cuenco de arroz, un cuenco de pescado frito, un cuenco de agua y tres cucharas para los tres hombres. Según la tradición, ellos comían primero. Nosotros comíamos lo que quedaba.

Yo miraba con Nhia en mi regazo. Kou comía poco y apenas hablaba. Parecía incómodo. Me pregunté si Pheng le intimidaba. Pheng actuaba como si fuera parte de la familia, y no lo era.

Después de la cena, Kou me guiñó el ojo y tuve la sensación de que quería hablar. Le dije a mamá que iba a bañarme en el pozo. Cogí un conjunto de ropa y un cubo, le guiñé un ojo a Kou y me fui. Me paseé en dirección al pozo. Kou me alcanzó y seguimos hacia un jardín cercano.

—Gracias por dedicarme este tiempo —agradeció Kou—.

Mi familia vive en el Centro 4. Es un largo paseo hasta aquí. ¿Te importa si te hago una pregunta sobre Pheng?

—No. ¿Por qué?

—Entiendo que es el padre de Nhia y que está aquí por la niña. Lo que no entiendo es que parece realmente interesado en ti. Sus ojos estaban en ti casi todo el tiempo. No estoy bromeando.

Interesante. A Kou no se le escapó nada.

—Quería mucho a mi hermana. Tiene el corazón roto. Puede que muestre interés en mí porque soy la hermana de Der y la tía de Nhia. Nada más—. Dejé de caminar—. Tú y yo no somos novios. Espero que no estés celoso.

—No somos oficialmente novios, pero me gustaste en cuanto te vi en la orilla —dijo.

Empecé a caminar de nuevo. —¿Con el cabello desordenado, la cara sucia y la ropa manchada de sangre?

—Sí. —Se rió—. Estabas sucia, pero seguías siendo hermosa. Me encantaba cómo protegías a Nhia. Al principio, pensé que era tu hijo. Cuando le oí murmurar tía, supe que no era tuyo.

—¿Te das cuenta de todo? —pregunté—.

Se puso delante de mí. Sus labios se curvaron hacia arriba en una pequeña sonrisa. —Sí. Inmediatamente me encantó todo lo que había en ti. No lo he dicho porque quiero demostrártelo con hechos.

—¿Por qué me lo dices ahora? —sonreí.

—Porque no quiero perderte ante Pheng. —Él se aclaró la garganta—. Nou, te quiero. A partir de ahora vendré todas las noches.

Tener a Pheng cerca ya era irritante. Añadir a Kou a mi velada empeoraría las cosas. No quería ser grosera, pero tenía que ser clara. —No me importa que vengas todos los días, pero tengo cosas que hacer y puede que no pueda hablar contigo. ¿Qué tal tres o cuatro veces a la semana?

Pasó un momento de silencio.

—Si Pheng puede venir todos los días, ¿por qué yo no? —preguntó—. Puedo ayudarte con las tareas. ¿No necesitas ayuda?

Quería decirle que Pheng tenía una razón, pero él también la tenía. Mi familia le debía dinero a la suya. Su familia fue un factor importante a la hora de salvar nuestras vidas, así que debía elegir mis palabras con cuidado para no disgustarle.

—No voy a decir que no a la ayuda. Tampoco quiero ser una carga. ¿Podemos hablar de esto en otro momento? Voy a darme un baño.

—Está bien —dijo—. Me voy a casa entonces. Nos vemos mañana.

Asentí con la cabeza. —Adiós.

—Adiós.

Pheng estaba delante de la puerta con una expresión sombría cuando volví a casa.

—Nhia te estaba buscando. —Su voz estaba llena de tristeza.

—Ese chico siempre me está buscando. Necesito un descanso de él.

—Lo siento. Es una carga.

—No es una carga —contesté—.

Pasé junto a él y puse el cubo de agua medio lleno junto a la puerta. Nhia corrió hacia mí, lo levanté y lo besé. —Voy a darte un baño —le dije.

Pheng me observó mientras bañaba a Nhia y se unió a nuestra hora de los cuentos. Le conté cuentos a Nhia hasta que se quedó dormido en mis brazos. Lo acosté en la estera de ratán, nuestra zona de descanso, y lo cubrí con un paño.

—¿Haces esto por Nhia todas las noches? —preguntó Pheng.

—Sí, todas las noches.

Sus ojos se abrieron de par en par.

Mamá y yo nos acostamos junto a Nhia para pasar la noche. Pheng dormía en la otra esquina de la habitación, en el suelo, como todos los demás. Nuestra familia no podía permitirse catres de bambú.

Me desperté con el llanto de Nhia. Era medianoche y no quería levantarme, pero tenía que hacerlo callar antes de que despertara a TouZou.

—Estoy aquí —sosegué.

Nhia se arrastró hasta mi regazo. Le froté la espalda. —Vuelve a dormir.

Después de que Nhia se callara, Pheng susurró al otro lado de la habitación: "¿Llora todas las noches?"

—La mayoría de las noches —dijo mamá.

La habitación se quedó en silencio y yo volví a dormir.

Capítulo Treinta Y Seis

A LA MAÑANA SIGUIENTE, CUANDO EL ARROZ ESTABA HECHO, DEJÉ la olla en el suelo para que se enfriara. Pheng entró en el cobertizo.

—¿Estás listo? —Consultó su reloj—. Tienes veinte minutos para llegar a tu clase.

—Estoy lista.

Entré en la habitación para ver cómo estaban mamá y Nhia. Todavía dormían. Cogí mi cuaderno y mi bolígrafo. Al otro lado de la puerta, Pheng esperaba.

—Me voy a casa, así que te acompañaré a tu clase de *Hmong* —comentó—. Es tu primer día. Necesitas compañía.

Probablemente podría encontrar el camino hasta allí, pero no estaría de más que me enseñara de nuevo.

Asentí con la cabeza. —De acuerdo.

Mientras caminábamos, Pheng dijo: "Nou, anoche no pude dormir después de que Nhia nos despertara. Pensé mucho en el futuro de Nhia y en el mío. No puedo criarlo sin ti".

—Sí puedes. Será difícil, pero no imposible. Mi madre y yo ayudaremos todo lo que podamos.

—Puedes ayudar ahora, pero ¿qué ocurrirá en el futuro? Estados Unidos es enorme. Si no vivimos cerca, ¿cómo vas a ayudar?

Me detuve y me volví hacia él. —Tienes razón. Tenemos que vivir cerca el uno del otro. Bueno, o tú y Nhia os mudáis cerca de nosotros, o nosotros nos mudamos cerca de vosotros.

—Tengo un plan. —Los ojos de Pheng brillaron.

—¿Cuál es?

—Siento decir esto ahora, pero este es el único momento que tengo contigo de tú a tú. —Pheng respiró con fuerza—. Si te casas conmigo y eres la madre de Nhia, estaremos todos juntos.

No podía creer lo que oía. No me casaría con el amante de mi hermana. No me parecía bien. Además, el matrimonio no funcionaría, ya que estaba obligada a cumplir mi voto a mamá. Me di la vuelta y aceleré el paso. Pheng aceleró tras de mí.

—Lo amas y quieres lo mejor para él —me dijo—. Juntos seremos los mejores padres para él. Nos necesita.

Nhia necesitaba dos padres cariñosos y atentos. Pheng tenía razón. Der me había pedido que le ayudara a criar a Nhia, y Pheng era cariñoso además de guapo, pero yo no abandonaría a mi madre.

—Nhia tiene suerte de tenerte como padre. Tu cariño significa mucho para mí —le expliqué—. Siento no poder casarme contigo. Tengo que cuidar a mi madre.

—Tu madre vivirá con nosotros y yo te ayudaré a cuidarla.

La sinceridad de su voz me hizo reflexionar. Mamá dijo que quería que me casara y tuviera hijos.

—Es muy amable de tu parte —dije—.

Él mantuvo el ritmo junto a mí. —Lo digo en serio. Nhia y tu madre nos necesitan a los dos.

Le sonreí con los labios apretados. Él me devolvió la sonrisa.

—Si decido casarme en el futuro, quiero que mi matrimonio sea por amor, no porque pueda ser una buena madre.

Se puso delante de mí y me detuve. —Te amo. Te necesito en mi vida —dijo. Me tomó de la mano. Su palma estaba caliente y sudada—. Nhia es el único recuerdo que tengo de Der. Es mi tesoro. Estoy seguro de que también es tu único recuerdo de Der. Juntos, seremos una familia feliz. —Apretó mi mano—. Sólo tú puedes traernos la felicidad a Nhia y a mí.

Me solté de su mano y comencé a caminar de nuevo.

—Nou, ¿es Kou tu novio? —preguntó—.

Fruncí el ceño. —No, ¿por qué?

—Kou parece interesado en ti y se pone celoso cuando estoy cerca de ti.

Mi cabeza empezó a palpitar. No quería hablar de Kou. Lo último que quería era una pelea entre hombres Corrí hacia adelante. Cuando llegué a la escuela, me giré y Pheng ya no estaba. Las lágrimas llenaron mis ojos. Estaba serio y parecía desesperado por mí, pero yo no sentía lo mismo por él. Deseaba a Der. Si estuviera aquí, todos seríamos felices. Tendría más libertad y opciones.

Un muchacho me miró al entrar en el edificio. Me apresuré a entrar. El aula era antes un almacén de la oficina de correos. Veinticuatro alumnos de entre doce y veinticinco años se sentaban en seis viejos bancos de madera dispuestos en filas. Cha Bee Xiong, de unos treinta años, era nuestro profesor. Le llamábamos profesor Cha Bee.

Tenía que ponerme al día, así que intenté concentrarme. El profesor Cha Bee escribió todos los tonos, consonantes y vocales en la pizarra para que yo los copiara. Después de impartir la lección del día, me enseñó lo más básico. El mismo joven de antes, dos asientos a mi derecha, me miraba a menudo.

Hacia el final de la clase, se acercó. —Hola. Me llamo Xue Lor. ¿Cómo te llamas?

—Nou Vang —le dije.

—Puedo ayudarte si necesitas ayuda para estudiar en casa.

Cielo, no necesitaba tres hombres en mi casa. —Es muy amable de tu parte, pero no necesito ayuda.

El profesor nos despidió. Me apresuré a salir por la puerta. Xue me alcanzó.

—¿Eres nueva en el campamento? —preguntó—.

—Sí.

—Eres preciosa. ¿Tienes novio?

—Sí —dije—.

—Tiene suerte. Si no me fuera a Estados Unidos pronto, te arrebataría de él —se rió.

—¿Cuándo te vas? —le pregunté.

—Nuestra entrevista es la semana que viene. Mi padre fue soldado, lo que nos convierte en una prioridad. ¿Va a ir tu familia?

—Sí, pero aún no hemos presentado la solicitud.

—Será mejor que lo hagáis pronto antes de que cierren la inscripción.

—Lo haré. Gracias por decírmelo.

En casa, guardé mi cuaderno. Pa se sentó a la sombra del cobertizo a bordar y Toua y TouZou se sentaron cerca. Menos mal que Toua estaba en casa. Normalmente, él y TouZou se iban con el tío durante el día. Nhia y mamá estaban junto a la puerta. Todos estaban aquí. Un buen momento para una charla familiar.

—Toua, mamá, y *Tis nyab*, ¿podemos tener una charla dentro? —pregunté—.

—Claro —dijo Pa—.¿Tienen noticias importantes?

—Sí.

La familia se reunió en el cobertizo.

—Tenemos que ir a Estados Unidos —señalé—. Toua está en casa, así que hoy es un buen día para solicitar e iniciar el proceso.

—Me gustaría ir a Estados Unidos —dijo Pa—. Pero, ¿quién nos patrocinaría? No tenemos parientes allí.

—Pheng dijo que las iglesias y las organizaciones suelen patrocinar a los refugiados. Una iglesia patrocinó a su tío. Estoy seguro de que patrocinarán a nuestra familia.

—No vamos a ir —contestó Toua con firmeza.

Me quedé mirándolo con la boca abierta, y me costó un momento pronunciar la palabra. —¿Por qué?

—El general Vang Pao va a volver y pronto habrá paz en Laos. Volveremos.

Sacudí la cabeza. —No. No vamos a volver.

—No voy a ir a Estados Unidos —dijo Toua—. Allí es terrible. Los blancos odian a otras razas, y son la mayoría.

—Te crees todo lo que ha dicho el tío —espeté—. Sin un país, no somos bienvenidos en ningún sitio. Deberíamos alegrarnos de que los Estados Unidos de América nos acepten. Allí tendremos una vida mejor.

—Nou tiene razón —aseguró Pa—. Quiero ir a Estados Unidos.

—Eres mi mujer y te quedas conmigo —reprendió Toua—. Sé lo que es mejor para nosotros y para nuestro hijo. —La expresión de Pa se apagó.

—Toua, ya hemos sufrido bastante. Vamos a seguir adelante —habló mamá con autoridad—. Por favor, llévanos a América.

El silencio se apoderó de la familia.

Finalmente, Toua dijo: "Mamá, el tío y yo nos reunimos con los líderes. Pronto habrá paz, y vamos a volver".

—¡Les crees! —La ira bullía en mis entrañas. No dejaré que me aleje de mi sueño—. No habrá paz, y si las autoridades deciden cerrar el campo, nos veremos obligados a volver. Estados Unidos es nuestra esperanza, y ahora es nuestra oportunidad.

Las cejas de Toua se juntaron. —Soy el hombre. Tomo las decisiones por la familia.

Levanté la barbilla. —Puede que sea una chica, pero sé lo que es mejor para nosotros.

Asintió lentamente. —Tú trajiste la familia a Tailandia, pero eso no te convierte en el jefe de familia. No estás a cargo de esta familia.

Tragué con fuerza. Lentamente, aspiré una bocanada de aire para calmarme. —Si no quieres ir, mamá y yo iremos solas.

—No —respondió mamá rápidamente—. Si no tenemos un hombre, nos convertiríamos en objeto de desprecio. Además, me estoy haciendo vieja. Sin un hombre, ¿quién se ocupará de mi funeral cuando muera?

Ella tenía razón. Todo sería más difícil sin Toua. Pero no estaba dispuesta a dejar que él determinara mi destino. —No te preocupes, mamá. Me encargaré de tu funeral.

—Sé que puedes hacer cualquier cosa, pero no es algo que haría una mujer.

—Entonces, seré la primera mujer que lo haga porque no voy a quedarme en este lugar atestado y apestoso con guardias que golpean a los refugiados sin ninguna razón y violan a las mujeres —declaré—.

—Me parece bien si tú y mamá queréis iros ahora —dijo Toua—. Pa y yo iremos más tarde si la situación en Laos no mejora.

—Si papá estuviera aquí, querría que te fueras de aquí —añadí.

Toua frunció el ceño. —¿Cómo lo sabes?

—Porque me dijo que Estados Unidos nos daría una vida mejor.

—Hijo —gritó mamá—. Eres el único hijo de tu padre. Quiere lo mejor para ti.

—Elijo lo mejor para mi familia —insistió él.

Sabía que Toua no escucharía. Como madrastra, mamá sólo podía dar sugerencias y consejos. Ella no podía obligarle a hacer nada. Si yo fuera un varón, mi madre y yo podríamos hacer cualquier cosa e ir a cualquier sitio sin que ella se preocupara de que nos convirtiéramos en objeto de desprecio. Si yo fuera un hijo, ella no tendría que preocuparse por su funeral. Pero yo no era un hijo. Era una hija. Haría las cosas a mi manera.

hacer cualquier cosa e ir a cualquier sitio sin que ella se preocupara de que nos convirtiéramos en objeto de desprecio. Si yo fuera un hijo, ella no tendría que preocuparse por su funeral. Pero yo no era un hijo. Era una hija. Haría las cosas a mi manera.

Capítulo Treinta Y Siete

Como de costumbre, Pheng llegó a media tarde. Enseguida notó el silencio y la tensión.

—¿Está todo bien, Toua? —preguntó—.

—Estoy bien. Es Nou quien está descontenta—.

Seguía enfadada. Cogí el cubo de ropa sucia y me fui al pozo. Pheng me acompañó.

—¿Qué ocurre? —preguntó—.

—A Toua le han lavado el cerebro y no quiere ir a América.

—Pobre hombre. Debería ir. No hay nada aquí ni en Laos para nosotros. —Hizo una pausa—. Nou, cásate conmigo y te llevaré a América.

Miré a las mujeres que cosían a la sombra en un cobertizo cercano. No parecían darse cuenta de nuestra presencia.

—No tengo que casarme contigo para ir a América —contesté en voz baja—. Mi madre y yo iremos solas.

—¿Sin un hombre? —preguntó, con incredulidad.

Sería estupendo tener un hombre que nos protegiera y garantizara nuestra seguridad, pero no a través del matrimonio. No me casaría joven. Criar a Nhia ya era bastante difícil.

No estaba preparada para tener hijos y necesitaba tiempo para mí.

—Estaremos bien —dije—. No creo que sea tan malo como el viaje desde Laos—.

—Cada viaje es diferente. Eres una chica atractiva. Me preocupa que los hombres malos te hagan cosas malas, como violar y secuestrar.

—Tendré cuidado.

Caminamos en silencio.

—¿Está tu madre de acuerdo? —preguntó con voz suave.

—Ella irá a donde yo quiera ir. Yo decido lo que es mejor para nosotras.

—¿Una hija decide por su madre? —Pheng sacudió la cabeza.

—¿Qué hay de malo en eso? —pregunté—. Los hijos deben cuidar de los ancianos cuando no pueden valerse por sí mismos.

—Tienes razón. Sólo que es inusual que una chica de dieciséis años tome decisiones por su madre cuando ésta es capaz de pensar.

—Mi madre confía en mí. Soy su protectora y la he cuidado hasta aquí.

Nos acercamos al pozo. Una mujer estaba lavando la ropa allí.

—Pheng, ¿puedes volver a la casa? No quiero que la gente piense que eres mi novio —le dije.

Dudó, pero luego asintió. —Está bien. Debería pasar tiempo con Nhia.

Cuando se fue, saqué agua del pozo con mi cubo de metal y mi cuerda. Luego me limpié. El agua fría aplacó mi ira. Ahora estaba sola. Extraje más agua y empecé a lavar la ropa, pieza por pieza, en la cuenca poco profunda. Una sombra apareció sobre la palangana. Levanté la vista y vi a Kou de pie a mi derecha. Como siempre, sonrió.

Le devolví la sonrisa. —¿Cómo sabías que estaba aquí? —le pregunté.

—Me lo dijo tu madre. —Miró a su alrededor—. Es un momento perfecto. Sólo tú y yo. Él se puso en cuclillas junto a mí. —Cada vez que te veo, estás más guapa.

Le di un codazo. —Mentiroso.

—Con la comida, estás un poco más rellenita, y tu cara está más radiante.

—Sigues siendo el mismo hombre perfecto cada vez que te veo.

—¿Podemos quedarnos aquí hasta la noche? —preguntó—.

—Me encantaría, pero tengo un niño y tareas. ¿Tu familia planea ir a América?

—Ahora no, pero quizá más tarde. ¿Y tu familia? —preguntó—.

—Mi hermano no quiere ir, pero mi madre y yo queremos ir.

—Si tu hermano no está preparado, deberías esperar.

Perdí la primera oportunidad que me ofreció Than Pop. Si perdía esta segunda oportunidad, ¿tendría suerte una tercera vez?

—No estamos seguros en este campamento, y tengo miedo de volver al país que mató a mi familia. —Mantuve mi atención en la ropa—. Estados Unidos es la mejor opción, y debemos ir ahora.

—Tienes razón. No lo había pensado antes.

Terminé de lavar la ropa y me puse de pie, con la ropa mojada en la palangana.

Kou se levantó conmigo y dijo: "Nou".

Le miré. —¿Sí?

—Soy un poco exigente y cuando encuentro a la persona adecuada, es difícil perderla. ¿Te casarías conmigo?

El shock se deslizó por mi columna vertebral. Para Pheng y Kou, yo era digna de casarme. Mi ánimo se levantó. Kou era el hombre con el que quería casarme, pero me mordí el labio inferior. No podía aceptar su propuesta ahora. Quizá en el futuro. Debía centrarme en mis sueños, en mi madre y en Nhia. Kou y su familia habían hecho mucho por la mía. ¿Qué podía decir que no hiriera sus sentimientos?

Suspiré. —Nos conocemos desde hace menos de un mes. No nos conocemos lo suficiente como para casarnos.

—En mi corazón, sé que eres la mujer adecuada para mí. No puedo perderte.

Me quedé mirando el pozo, incapaz de responder.

—Sé que es una decisión difícil —comentó suavemente—. Tienes a Pheng y a Nhia.

—No es por Pheng. Si no tuviera compromisos, me casaría contigo. Eres un gran hombre con un corazón amable y grande.

—¿Cuáles son los compromisos? —preguntó—.

—Debo cuidar a mi madre. Quiero ir a la escuela para aprender a leer y escribir a fin de poder escribir historias algún día. Es mi sueño.

Su boca se torció de forma divertida y me tomó de las manos. —¡Genial! Eres una chica inteligente. La chica que estoy buscando, porque quiero que mi esposa tenga una educación. Por favor, cásate conmigo. Quiero ayudar a que tus sueños se hagan realidad. Te apoyaré al cien por cien y ayudaré a cuidar de tu madre. Ella vivirá con nosotros. Te lo prometo.

Mi corazón latía con fuerza y el calor irradiaba por mi pecho. No podía pensar con claridad. ¿Qué podía tener yo de especial para que tanto Pheng como Kou estuvieran dispuestos a cuidar también de mi madre? Me trataban como si yo tuviera valor y dignidad. Las palabras de Kou me llegaron al corazón. Fui consciente de que sus cálidos dedos sostenían los míos con suavidad, y consideré la posibilidad de casarme con él.

A mi mamá le gustaba. Ella lo aprobaría. Pero el matrimonio me daba miedo. Una nuera tenía muchas responsabilidades. Ya tenía suficientes responsabilidades sobre mi mesa. Nuestras vidas no eran estables. Si el campo se cerraba, podían enviarnos de vuelta a Laos. Mi hermana sufría por amor y vivía en la vergüenza. Yo no pasaría por las penurias que ella pasó. No me casaría ahora. Debía esperar a tener una vida estable.

—Eres un amigo cariñoso e inestimable. Tengo mucha suerte de haberte conocido —le dije.

Sus ojos brillaron.

—Mi mamá y yo necesitamos un hombre, y tu apoyo sería magnífico, pero siento no estar preparada para casarme.

Pasó un momento de silencio. Luego preguntó con voz suave: "¿Cuánto tiempo tengo que esperar?"

—Hasta que esté preparada.

—Prométeme que te casarás conmigo.

El futuro era desconocido y no podía hacer más promesas. —No puedo prometerte nada porque no sé qué pasará. Espero que lo entiendas.

Un matiz de tristeza cruzó su rostro. El cubo de agua medio lleno estaba cerca de mí, y le eché un poco de agua a Kou. Él sonrió. Metió una mano en el cubo y me devolvió el chorro. Me reí, recogí más agua y se la arrojé. Las gotas de agua le cubrieron la cara. Recogí más agua y le salpiqué. Vacié rápidamente el cubo.

—No es justo —se quejó riendo.

Sonreí y le limpié el agua de la cara con las manos. Miró a su alrededor y luego me acercó. Su cálido aliento me bañaba la cara y su corazón latía al ritmo del mío. El calor me inundó. Quería estar en sus brazos para siempre. Der me había dicho que algún día conocería el amor. Ese momento había llegado y, si no tenía cuidado, sería como ella, joven y embarazada.

Me retorcí para salir de sus brazos. Por suerte no había nadie cerca. No podía avergonzar a mi familia ni a mí misma y no debía permitir que ningún hombre me tocara nunca más.

No hasta que estuviera casada.

Capítulo Treinta Y Ocho

EL LLANTO DE NHIA RESONABA EN EL CALLEJÓN CUANDO KOU Y yo nos acercamos a mi casa. Encontramos a mamá fuera, paseando y meciendo a Nhia en su espalda. Corrí hacia ellos y cogí a Nhia. Se aferró a mí y le acaricié el cabello.

—¿Qué ha sucedido? —pregunté—.

—Pheng intentó cogerlo y lo asustó —explicó mamá.

—No entiendo por qué a Nhia no le gusta nada —dije—. ¿Dónde está Pheng?

—Ha ido al mercado a por caramelos.

Kou buscó en el bolsillo de su pantalón, sacó un coche de juguete y me lo dio. —Lo compré para Nhia. Creo que le gustaría jugar con él.

—Gracias. —Se lo mostré a Nhia—. Es un coche. Puedes hacer que se mueva.

Nhia dejó de llorar y lo llevé al interior. En el suelo liso de cemento, di un empujón al juguete y éste rodó por la habitación. Nhia gritó y corrió tras él.

Le dio un empujón y Kou se arrastró junto al juguete mientras éste se movía hacia la pared opuesta. Nhia le siguió. Se arrastraron el uno junto al otro, y Kou animó y elogió a Nhia mientras perseguían el juguete. Siguieron empujando y persiguiendo juntos el coche de juguete. Sus risas llenaban la habitación y resonaban fuera. Pa nos miraba y sonreía.

Cuando Nhia se cansó, Kou hizo girar el coche para él y Nhia lo observó y gritó de alegría. Kou le enseñó a hacerlo él mismo. Jugaban como padre e hijo. Las lágrimas se me clavaron en las comisuras de los ojos.

—Kou es bueno con los niños —le susurré a mamá, que se sentaba a mi lado—. Pheng tiene mucho que aprender.

—Es cierto. Nhia se siente más cómodo con Kou porque éste lleva más tiempo con nosotros. Soy optimista y creo que Pheng se ganará pronto la confianza de su hijo—.

Pheng llegó con un caramelo en la mano. Se quedó mirando a Kou y a Nhia, con el rostro duro.

—Has vuelto en el momento oportuno —señaló mamá—. Deberías jugar con Kou y Nhia. —Nhia corrió hacia mí y se sentó en mi regazo.

—Ve a enseñarle tu juguete a tu padre —le dije. Nhia apretó su cara contra mi pecho—. Pheng, me gustaría que jugaras con él.

—Me encantaría, pero no quiere jugar conmigo. —Pheng habló en voz baja como si estuviera enfermo y me entregó los caramelos—. Dáselos a Nhia. Me voy a casa. Hasta mañana.

Antes, había vuelto a pedir pasar la noche con nosotros, y yo iba a decirle que se quedara. Pero parecía tan tenso que me alegré de que se fuera, porque habría odiado tener que pedirles que se marcharan si surgía la tensión.

Pheng se fue y mamá le siguió.

—Lo siento —comentó Kou—. No le agrado a Pheng.

—Está enfadado porque no consigue agradarle a su hijo —le dije.

Kou se quedó a cenar, charlando con Toua y jugando con Nhia. Se fue antes del toque de queda, a las diez de la noche.

Nhia no estaba preparado para dormir y seguía jugando con el juguete en el cobertizo. Mamá y yo lo observamos. La llama de la lámpara de aceite se balanceaba ligeramente con el viento.

—Le gustas a Pheng —dijo mamá—. Está celoso de Kou.

—¿Te ha dicho eso? —pregunté—.

—Sí. Kou y Pheng son hombres decentes y los apruebo a ambos. ¿Quién te gusta más?

¿Por qué quería saberlo? Dudaba, pero tenía que decirle la verdad. —Pheng es más guapo, pero Kou me ve como soy y me entiende. Tenemos más cosas en común. Me gusta más él. —Hice una pausa—. Si tengo que casarme, quiero un hombre que nos quiera a las dos y que me ayude a cuidarte. ¿Quién crees que nos conviene más?

Las lágrimas resbalaron de los ojos de mamá. —Ambos hombres nos quieren, pero sólo puedo tener un yerno.

Le acaricié el cabello. Si Der estuviera viva, mamá podría tener a los dos. —¿Quién debería ser tu yerno? —le pregunté.

—Tú y Kou hacéis una pareja perfecta, pero también tenemos que pensar en Nhia.

Nhia sostenía el juguete boca abajo y hacía girar las ruedas. Recordaba todo lo que Kou le había enseñado. ¡Qué niño tan inteligente! Ahora mis prioridades eran criarlo y cuidar de mi madre.

—Mamá, quiero ir a Estados Unidos lo antes posible. Me preocupa que los tailandeses nos obliguen a volver y quiero descansar de Kou y Pheng. No puedo concentrarme con ellos cerca.

—Me encantaría que un hombre nos acompañara en el viaje —afirmó. Nhia empujó el juguete al suelo.

—Tenemos un hombre. Este pequeño es nuestro hombre —señalé.

—Tienes razón —sonrió mamá—. Tenemos a este hombrecito y te tengo a ti como el gran hombre. No tengo miedo de nadie. Voy a mantener la cabeza alta. Estoy lista para ir a América.

Mi corazón palpitaba. —Gracias, mamá.

Capítulo Treinta Y Nueve

MI FAMILIA LLEGÓ AL EDIFICIO DE LA ACNUR A LAS DIEZ DE LA mañana. Toua, Pa y TouZou recibieron un nuevo BV. Mi madre, Nhia y yo recibimos una por separado. Era triste ver a la familia dividida en dos, pero era la mejor manera de afrontar nuestras diferentes esperanzas para el futuro.

Cuando Pheng llegó a media tarde, le hice sentarse conmigo en el cobertizo. Mamá fue al mercado, Nhia dormía la siesta y Toua y Pa estaban fuera. Le hablé a Pheng de nuestra nueva BV.

Él frunció el ceño. —¿Por qué no me has incluido en esta decisión?

—Déjame explicarte. Der... —Hice una pausa, con la mirada baja—. Mi objetivo era entregarte a Nhia, y ayudar a veces, pero eso no ha funcionado. Nhia es un niño muy traumatizado. Necesita buenos cuidados, amor y paciencia. Mi mamá y yo nos marchamos a Estados Unidos. No podemos dejarlo con ustedes cuando no confía en ustedes. Necesita estar con nosotras hasta que se sienta seguro. Debemos llevarlo con nosotras.

Pheng suspiró. —Lo entiendo. Quiero ir con vosotros. No quiero separarme de mi hijo otra vez.

—Vendrás a Estados Unidos. Será una separación corta.

—Has mencionado a Der. ¿Qué ibas a decir?

Dudé. —Antes de que Der muriera, me pidió que ayudara a criar a Nhia. Haré todo lo posible.

La cara de Pheng se iluminó. —Muy inteligente por su parte. Der sabía que tú eras la única que querría a Nhia tanto como ella y que satisfaría sus necesidades. —Su boca se torció hacia arriba—. Gracias a Der. Nhia te necesita en su vida.

Sonaba como si tuviera que casarme con él para satisfacer las necesidades de Nhia. Creía que podía criar a Nhia sin casarse con él. —Mi hermana quería lo mejor para Nhia, por eso me lo llevo conmigo.

—Vayamos todos a la oficina de la ACNUR mañana para empezar nuestras solicitudes —comentó—.

—Sí. He oído que se acerca el plazo.

—Tenemos unos días. Voy a casa a buscar unos documentos y tengo que hacer unos recados. Nos vemos mañana a las ocho de la mañana.

Esa misma noche, Kou me visitó, pero después de la cena le pedí que se fuera a casa para poder estudiar. Cuando se fue, desdoblé el papel de mi padre y traté de leer. Reconocí algunas palabras, pero no me ayudaron a entender el mensaje. Volví a guardar la página en la bolsa de la cintura para llevarla en caso de que el secretario me la pidiera.

Por la mañana, susurré una rápida oración. —Padre, Der y abuelos, hoy es el día en que vamos a solicitar ir a Estados Unidos. Que vuestros espíritus eliminen cualquier obstáculo que podamos encontrar. Padre, voy a inscribir a nuestra pequeña familia como familia de un soldado. Que tu espíritu me guíe y haga que todo vaya bien.

Llegamos al edificio de la ACNUR antes que la familia de Pheng y fuimos los primeros en entrar. El encargado del registro era tailandés, y su intérprete *Hmong* se sentó junto a él detrás de una mesa de madera.

—Hola, me llamo Za. Soy el intérprete —dijo—. Nos

gustaría ver su BV.

Mamá le entregó los papeles. El registrador estudió los documentos y nos miró. Habló con el intérprete.

Za dijo: "Tiene usted sesenta y cuatro años".

—Sí —respondió mamá.

—Su hija tiene dieciséis años y su nieto sólo tres.

—Sí.

—¿Dónde están su marido y los padres de este niño? —preguntó Za.

Mamá le dijo que papá era soldado y que lo mataron durante la caminata por la selva. Der fue asesinado y Nhia nació fuera del matrimonio. Le di el papel de papá a Za. Lo leyó y habló con el secretario.

Tras la conversación, Za preguntó: "¿Tienes un padrino en Estados Unidos?"

—No —dijo mamá.

La interrumpí. —Conozco a un hombre americano llamado Edgar Buell o Than Pop. ¿Puede ser nuestro padrino?

—Lo conozco —contestó Za—. Es americano, pero vive en Bangkok, la capital de Tailandia. No puede ser vuestro padrino.

El miedo me apretó el vientre. —¿Puedes encontrarnos un padrino de Estados Unidos?

—Sí.

Za y el registrador hablaron. Luego, este último salió de la habitación.

—Va a comprobar si el señor Smith está disponible para hablar con vuestra familia —dijo Za.

—¿Quién es el señor Smith? —pregunté—.

—Es uno de los entrevistadores estadounidenses. Él decide quién va primero, en función de su situación. Tu madre es mayor. Según los americanos, tú eres menor de edad, y tu sobrino es muy joven. Es probable que seas una prioridad.

Miré a mi mamá con grandes esperanzas.

Cuando el registrador regresó, habló con Za.

Za dijo: "El Sr. Smith está disponible a las dos de la tarde. Vuelva para su entrevista".

El secretario terminó la solicitud y la guardó. Me puse a Nhia a la espalda y salimos a la calle. Pheng se sentó en el banco junto a la puerta. Muchas familias esperaban en la fila.

Se puso de pie. —Lo siento, llegamos tarde. ¿Qué tal ha ido?

—Super —dije con energía—. Nuestra entrevista es a las dos de la tarde.

—Qué rápido. —Miró de mamá a mí—. Oh, lo entiendo. Porque tu madre es mayor y hay un niño.

—Según los americanos, yo también soy una niña —afirmé—.

—Bien. —Asintió con la cabeza—. Probablemente todos ustedes se irán antes que nosotros.

—¿Dónde está tu familia? —pregunté—.

—Mis padres están dentro. No necesito estar con ellos, así que los esperé.

Pheng vino a casa con nosotros. Apenas eran las nueve. Aunque Za había hojeado el papel de papá y se lo había contado al secretario, el Sr. Smith aún no sabía de la participación de papá en la guerra. Tenía que saber lo que papá había escrito en el papel, para poder decírselo al Sr. Smith.

En lugar de hacer *paj ntaub*, estudié el papel y pronuncié cada una de sus palabras utilizando los tonos, las vocales y las consonantes que había aprendido. Tardé en leer todas las palabras de la primera frase, pero me quedé sin aliento cuando leí:

Me llamo Vang, Wa Shoua.

Recordé haber oído a mi padre decir que a los soldados, estudiantes y personas importantes se les llamaba primero por sus apellidos y luego por sus nombres. La gente normal del pueblo se dirigía a los demás por sus nombres de pila precedidos de tío o tía, según el parentesco.

Pheng me observó todo el tiempo y sonrió. Podría pedirle que leyera el periódico por mí, pero eso no me enseñaría nada.

Leer el periódico era mi forma de aprender. Si no lo conseguía antes de la entrevista, le pediría a Pheng que me leyera el contenido. Me concentré en mi estudio.

A mitad de camino, empecé a comprender el concepto de la combinación de consonantes, vocales y tonos para formar palabras. Pheng me ayudó cuando tuve dificultades con ciertas palabras, pero la lectura se hizo más fácil.

Tardé mucho en leer el trabajo de papá, y me llené de alegría. Me reí a carcajadas y grité: "¡Puedo leer! ¡Puedo leer!"

Pheng se rió conmigo. Mamá, Pa y Toua se asomaron desde fuera del cobertizo y sonrieron.

Escribí en mi cuaderno los datos importantes que necesitaba saber para la entrevista:

Reclutado en 1961. Tenía cuarenta años. Los asesores de la CIA eran Jack Shirley y Tom Ahern y los instructores eran los tailandeses de la PARU (Unidad de Reabastecimiento Aéreo de la Policía). Destinado en San Tiau, **Puesto 2** de Lima. El 19 de abril, el enemigo atacó el Puesto 2. Papá recibió un disparo en la pierna. Algunos soldados murieron. Jack pidió ayuda y recibió municiones. La lucha continuó y murieron más soldados. Jack, Tom y los soldados restantes, incluidos los heridos, huyeron. Los helicópteros de *Air America* encontraron al grupo y los rescataron. Padre regresó a casa en 1962 debido a su herida. Fue a Long Chieng en 1966 y trabajó como oficial de patrulla. Sus dolores en la pierna continuaron, por lo que se retiró de la guerra y regresó a casa en 1967.

Papá era viejo cuando se alistó en la guerra. Su lesión le impidió ascender, pero no le impidió servir a su país. Estaba orgullosa de mi padre. Si no se hubiera herido, habría llegado a ser un oficial de alto rango. Quería saber más sobre su trabajo con los americanos y tenía muchas preguntas que hacerle. ¿Por qué tuvo que morir?

La dedicación de mi padre a su país me hizo pensar en la mía. Si estuviera vivo, ¿volvería a Laos? ¿La negativa de Toua a ir a Estados Unidos coincidía con la visión de mi padre de proteger a Laos?

A las dos, mi familia y yo entramos en la sala de entrevistas. La ansiedad me invadió. Aunque teníamos una buena oportunidad, no todos pasaban la entrevista. No quería ser una de las desafortunadas. El entrevistador se sentó detrás de un escritorio y nos indicó que nos sentáramos en las sillas situadas frente a él. Era viejo, de unos sesenta años, con arrugas en la frente. Era blanco como el azúcar y sus gafas cubrían unos ojos enormes y azules.

El intérprete era un hombre diferente. —Soy Cho Lee. Soy el intérprete del señor Smith.

El Sr. Smith hizo una pregunta.

Cho preguntó: "¿Por qué quiere ir a Estados Unidos?"

—Los comunistas mataron a mi marido y a mi hija. —La voz de mamá se tambaleó—. Quemaron mi pueblo. Tenemos que ir a América por seguridad. Mi marido era un soldado de la CIA.

Le di el papel de papá al Sr. Smith y le dije: "Esto demuestra que trabajaba para la CIA y que fue herido en combate".

Cho tradujo y el Sr. Smith le dio el papel. Entonces, Cho hojeó el papel y lo discutió con el Sr. Smith.

—El señor Smith dijo que tu padre es un hombre importante —afirmó el intérprete.

El orgullo me invadió. —Sí —repliqué.

Cho y el americano continuaron su conversación.

Unos minutos más tarde, Cho dijo: "Su familia cumple los requisitos. La iglesia católica de San Pablo, de la diócesis de Green Bay, es el patrocinador principal, pero la familia Johnson de la iglesia será tu patrocinadora y se encargará de tu familia".

Contuve un grito de alegría. Ya no era una niña.

—Viven en la ciudad de Appleton, en el estado de Wisconsin —explicó el intérprete.

Appleton, Wisconsin. —¿Puede escribirme sus nombres, por favor? —pregunté—.

Cho escribió los nombres en un papel y me lo dio. —Ahora, ustedes dos pónganse de pie y presten el juramento.

Mamá y yo nos pusimos de pie. Nhia permaneció a mi espalda.

—Levanten la mano derecha y repitan después del señor Smith —nos indicó.

Levantamos las manos y repetimos: "Prometo ser un buen ciudadano en América".

—Citaremos a su familia para un examen de salud la próxima semana —dijo Cho—. Si no tenéis ningún problema de salud, estaréis de camino a América.

—¿Puede decirnos cómo nos preparamos para el examen? —pregunté—.

—No hay nada para lo que puedas prepararte. El médico te revisará el cuerpo para asegurarse de que te encuentras sana y no tienes ninguna enfermedad. De lo que todo el mundo se queja es de estar desnudo delante del médico.

Mis mejillas se acaloraron.

—Tu cita es el jueves de la semana que viene a las diez —señaló Cho.

Cho me dio el papel con la cita escrita.

Nos fuimos y encontramos a Pheng esperando fuera. —¿Cómo te ha ido? —preguntó—.

—¡Hemos conseguido la aprobación! —grité—. ¡Hemos hecho el juramento! Nuestro examen de salud es la próxima semana.

—Bien. —La tristeza se reflejó en su rostro—. Me dejarás atrás.

—Pero tú vendrás más tarde —añadí.

Miró a Nhia, y ésta enterró su cara en mi hombro. ¿Cuándo confiaría Nhia en su padre y lo aceptaría? ¿Nuestra separación lo alejaría aún más?

Capítulo Cuarenta

20 DE ABRIL DE 1978

UN SOL CÁLIDO Y RESPLANDECIENTE DERRAMABA UNA LUZ dorada sobre el valle cuando entramos en el polvoriento campo de fútbol un mes después. Cinco autobuses estaban aparcados en paralelo en el centro. Una multitud de personas se arremolinaba a nuestro alrededor. Mi autobús era el segundo de la fila. Se sentía especial ser el primer grupo en salir, con otros huérfanos y familias que habían visto la tragedia. Tenía que dar las gracias a Nhia, al periódico de mi padre y a la familia Johnson.

El sonido de los gritos resonaba por todas partes. Pheng, Kou, Toua, Pa y la familia del tío Moua habían venido a despedirse.

—Por favor, ven a América. —Mamá acarició el cabello de Toua—. No te quedes aquí mucho tiempo. Cuida bien de tu familia. —Se volvió hacia Pa—. Nyab, te echaré de menos. Ten paciencia con Toua y sigue diciéndole que venga a América.

Pa asintió.

—Sé que cuidarás bien de mamá y de Nhia —me comentó Toua.

—Lo haré —respondí—. Si decides venir, seré tu padrino. —Besé a TouZou, que estaba dormido sobre la espalda de Pa—. *Tis nyab*, siento dejarte atrás. Espero apoyar económicamente a tu familia cuando lleguemos.

—Gracias —dijo Pa—. Sé fuerte. Puedes hacer cualquier cosa.

—Gracias —contesté—.

Los ojos de Pheng estaban rojos de tanto llorar. Llevé a Nhia hacia él.

—Dale un abrazo a tu padre. Él está muy triste porque le dejas. —Nhia negó con un gesto—. Dale un abrazo a tu padre o no te contaré historias y te llevaré en brazos. Tendrás que caminar durante mucho, mucho tiempo. Hazlo.

Nhia se inclinó hacia Pheng. Pheng lo abrazó y lo estrechó con fuerza. Nhia empezó a llorar y Pheng le soltó.

—Nos veremos pronto en América —le dije.

—Sí. —Pheng asintió—. En cuanto llegue a Minnesota, vendré a recogerlos a todos a Wisconsin.

Me enfrenté a Kou, que había permanecido callado.

Las lágrimas llenaron sus ojos mientras me entregaba un sobre. —Os deseo lo mejor en Estados Unidos. Concéntrate en tus sueños.

Estudié su rostro para recordar cada detalle. Deseé que estuviéramos solos, para poder secar sus lágrimas con mis manos y abrazarlo. Cuanto más lo miraba, más me dolía dejarlo. Parpadeé para evitar las lágrimas.

—Tus lágrimas me dicen que te importo y que me echarás de menos —declaró Kou en voz baja.

Asentí y me limpié los ojos con la mano. —Por favor, ven a Estados Unidos.

—Lo haremos. Escríbeme.

—Lo haré.

—Adiós, joven guardiana. —Sonrió suavemente—. Cuida de tu madre y de tu sobrino. Eres la chica más valiente que he conocido.

No pude evitar sonreír. —Gracias por el título. Nos vemos en Estados Unidos.

Los oficiales nos ordenaron subir al autobús. Los murmullos se convirtieron en gritos. Los gritos de la gente eran más fuertes que los motores del autobús.

—Yer, adiós —dije—.

—Adiós. Escríbeme también —respondió Yer.

—Lo haré.

Pheng alisó rápidamente el cabello de Nhia. —Pórtate bien. —Él me miró—. Buena suerte en tu nuevo viaje. Ten cuidado y cuídate. —Me susurró al oído—: "Te quiero con todo mi corazón".

Se esforzó por ganarse mi corazón. El futuro era desconocido. Esta separación nos pondría a prueba a Pheng, Kou y a mí. Pondría a prueba nuestros corazones, nuestra paciencia, y quizás revelaría el verdadero amor.

Mamá y yo nos despedimos por última vez y subimos al autobús. Los agentes despejaron a la gente en el suelo. Cuando todo el mundo se sentó, el autobús avanzó lentamente entre la multitud. Me despedí por la ventanilla. Pheng, Kou y Toua me devolvieron el saludo.

Miré a mamá por encima del hombro y le sonreí. Ella me devolvió la sonrisa. A mi lado, besé a Nhia en la frente. Mi pequeña familia comenzó nuestro nuevo viaje. No podía creer que estuviera en camino. Podría haberme ido con Than Pop hace más de tres años. Si me hubiera ido con él, ¿qué habría pasado con mamá, Nhia, Pa y TouZou?

Al salir del campamento, abrí el sobre de Kou y encontré una carta dentro. Apoyé el sobre contra mi pecho. Le quería, pero dejarle me daría tiempo para crecer, ser independiente y centrarme en mis sueños. Si estudiaba mucho y Estados

Unidos era lo que imaginaba, algún día podría convertirme en escritora. La abuela me había bendecido para que tuviera una vida buena y próspera. Confiaba en que, con su bendición y mi determinación, tendría éxito.

Creí que me esperaba un futuro prometedor.

Nota de la autora

¿Por qué aprender historia? La historia nos ayuda a entender quiénes somos, nuestras raíces, nuestra herencia y nuestra identidad. La historia familiar de cada persona es única. Todos hemos pasado por dificultades, ya sea por la lucha por la igualdad de derechos, los derechos de la mujer, las catástrofes naturales, las guerras, la enfermedad, la inmigración o los conflictos, antes de encontrar la paz, la seguridad, la libertad y la prosperidad.

La hija analfabeta es una obra de ficción pero está inspirada en hechos reales y contiene experiencias reales de mi familia y la de mi esposo. Mi suegra, a la que considero mi amiga, me contó historias que me abrieron los ojos a mi historia. ¿Por qué quiero compartir estas historias? Porque estos acontecimientos dieron forma a lo que somos hoy. Espero que nuestras historias les den una idea del viaje de los hmong hacia la libertad en Estados Unidos.

Comenzaré con la historia de mi familia. Empezamos en Laos, mi país. Mis padres eran agricultores y la vida era tranquila antes de la Guerra Secreta. Para acabar con el comunismo en el sudeste asiático, Estados Unidos inició la guerra de

Vietnam en 1954. Poco después, comenzó la Guerra Secreta en Laos, y las dos guerras continuaron hasta 1975.

Laos fue declarado Estado neutral, lo que significaba que los soldados estadounidenses podían pilotar aviones y lanzar bombas, pero tenían prohibido luchar sobre el terreno. Para contrarrestar esta desventaja, Estados Unidos reclutó soldados hmong, entre ellos mi padre, para luchar contra los comunistas en tierra. En los quince años de combate en mi país, Laos, Estados Unidos lanzó más de dos millones de toneladas de bombas. Yo tuve la suerte de no haber nacido todavía, porque mi madre y mis hermanos huyeron para salvar la vida, corriendo de un lugar a otro mientras los disparos y las bombas estallaban a su alrededor.

Cuando Estados Unidos se retiró de la guerra de Vietnam y de la guerra secreta en Laos, los comunistas se apoderaron de los países y tomaron represalias contra los que luchaban con los estadounidenses. El miedo creó un éxodo masivo fuera de Laos. Mis padres amaban su patria y se negaban a ser desplazados. Por su seguridad, se escondieron en la selva y rezaron por la paz.

Como mi padre, Wa Tong Vang, era un antiguo soldado de los estadounidenses, los comunistas lo persiguieron. Esto prolongó el tiempo de mi familia en la clandestinidad. Un año viviendo en la selva de Laos parecía eterno. Al tiempo que escribía La Hija Analfabeta, había poca comida. Por eso, buscaban en la selva cualquier cosa para evitar el hambre. Los niños eran los que más sufrían porque apenas podían comer alimentos silvestres. Además, la herida que mi padre tenía en la pierna por haber luchado durante la guerra le producía un gran dolor.

Sin otra opción, mi padre arriesgó su vida y nos llevó a un pueblo. En esta etapa de su peligroso viaje, nací en la ladera de una montaña. Con un recién nacido que cuidar, pocas fuerzas y ningún descanso, el viaje casi acaba con mi madre. Ella luchó con todas sus fuerzas para salvarse a sí misma y a mí, porque sin ella y sin la poca leche que su cuerpo podía darme, yo moriría. Haber nacido como una bebé sana me ayudó a sobrevivir. Mi familia llegó a un pueblo. Nuestro padre nos dejó allí y luego desapareció en la selva, dejando a su mujer y a sus seis hijos para que sobrevivieran solos. Mi madre trabajó incansablemente en el campo para alimentarnos.

Después de unos meses en la selva, mi padre escapó a Tailandia con otros antiguos soldados. Una vez al año, volvía a escondidas a Laos para vernos. Al cabo de unos años, los espías hmong descubrieron sus visitas y alertaron a los comunistas. Él dejó de visitarnos. Mi hermano menor y yo crecimos sin conocer a nuestro padre. Después de que mi hermano mayor se casara, los comunistas amenazaron con arrestarlo si mi padre no regresaba y se entregaba. El sueño de mi padre de volver y vivir en paz en su tierra natal estaba destrozado. El no tuvo más remedio que llevar a su familia a Tailandia.

Un día mi padre regresó a nuestro pueblo en Laos y nos ordenó que nos fuéramos con él. Mi madre y mis hermanos mayores empacaron ropa y comida en sus mochilas y cestas de ratán, y nuestra familia de diez miembros partió esa noche. La única familia que sabía de nuestra partida era nuestro vecino, la familia de mi tío. Mi tío podría haber partido con nosotros pero, al igual que mi padre, no quería abandonar su tierra y el riesgo era alto.

Viajamos diez días a pie por los escarpados senderos de las montañas. Mi padre conocía la ruta más segura para viajar. A pesar de su experiencia y conocimientos, tomamos muchas precauciones y caminamos de noche en zonas fuertemente patrulladas por el enemigo o cuando pasamos cerca de pueblos comunistas. Mi sobrina tenía dos años y a veces lloraba. Para la seguridad de la familia, mi hermano y mi cuñada la calmaban con pequeñas dosis de opio que, si se administra en una dosis demasiado alta, puede matar fácilmente a un niño.

Mi familia de diez personas llegó al río Mekong y esperamos en la selva hasta que oscureció. No sabíamos nadar, así que mi padre había contratado a dos hombres para que nos ayudaran a cruzar el ancho río. Él ató una cuerda de la cintura de dos de sus hijos a cada uno de los nadadores y ató un tubo de plástico a cada niño. Mi padre ató su cuerda a la cintura de mi madre. Mi madre llevaba a mi hermano pequeño a la espalda mientras mi padre me llevaba a mí a la espalda con su mochila. Llegamos a la orilla tailandesa. La familia de mi esposo se enfrentó a retos aún mayores que nosotros durante la guerra y el camino hacia la libertad. Esta es su historia.

Durante la Guerra Secreta, mientras huía para ponerse a salvo, mi suegra perdió a su hijo gemelo de cinco años y a su hija por enfermedad. Sin un hijo, su vida había sido destrozada. Había dado a luz a otros cuatro hijos y tres hijas que dejó con la familia de su primer esposo después de que éste muriera y ella se volviera a casar. Esos hijos también murieron. El nacimiento de mi esposo, Pao Lee, le dio esperanzas porque los niños no tienen precio en nuestra cultura. Pero el miedo constante y el reto de sobrevivir los ponían a prueba a diario. Fue una época horrible para crecer. Los disparos y la constante huida de su familia en medio de la noche asustaban al joven Pao. Por miedo, él aprendió a no llorar.

Tras la Guerra Secreta, la familia de Pao buscó seguridad en varios pueblos. La vida inestable no dejó a la familia otra opción que rendirse y establecerse en un pueblo comunista. Los guardias de un campamento militar cercano acosaban a los aldeanos durante todo el año. Las continuas detenciones y asesinatos de antiguos soldados y sus familias incitaron aún más el miedo y pronto muchas personas desaparecieron.

Un grupo planeó escapar y la familia de Pao se unió al grupo de unos doscientos fugitivos de diversas edades. Durante el viaje, se administró opio a los niños que lloraban, y los susurros y el lenguaje corporal fueron los principales métodos de comunicación de los adultos. Pero estas precauciones no fueron suficientes, ya que no pudieron ocultar las huellas de un grupo tan numeroso. Los atraparon, y los desafortunados fueron fusilados mientras los fuertes y afortunados se dispersaban. Por suerte, la familia de Pao salió ilesa y se reunió con otras familias.

El nuevo grupo quedó atrapado durante unos días y decidió continuar el viaje en lugar de regresar a la aldea para enfrentarse al Pathet Lao de los comunistas. Desesperados por llegar a un lugar seguro en Tailandia, el grupo pagó a contrabandistas para que los escoltaran. Pero estos escoltas les abandonaron en una montaña que les separaba del río Mekong, que divide Laos y Tailandia. La familia de Pao necesitaba cruzar el pueblo comunista del valle hasta el río sin ser detectada. La noche era su única esperanza. Esperaron hasta que oscureció y se movieron rápidamente como fantasmas alrededor de la aldea y hasta el río.

De repente, los disparos estallaron alrededor de ellos y una vez más el grupo huyó para salvar la vida. La oscuridad dificultó el seguimiento de la familia. Pao, de siete años, temblaba sobre la espalda de su madre y se aferraba a ella con fuerza mientras corría hacia la selva, donde los árboles los protegían.

Cuando llegó la luz del día, la madre de Pao encontró a su nieto y a su nuera, que estaba embarazada de nueve meses. Buscaron a los supervivientes y encontraron a una familia de tres miembros, una madre y dos niñas. Permanecieron juntos y temieron por sus familiares desaparecidos.

Era diciembre, la estación seca, y las dos familias buscaban comida en vano. La gente de Tailandia arriesgaba su vida buscando refugiados en el lado de Laos del río Mekong. La familia esperó cerca del río Mekong a que llegara alguien en una canoa para rescatarlos, pero nadie vino. La cuñada de Pao se puso de parto y dio a luz a un precioso niño. La familia no pudo mantener al bebé caliente en el frío y lloraba a menudo.

Ante el temor por sus vidas, la madre de Pao dio al niño opio para que se calmara. El pequeño cuerpo no pudo tolerar la droga y murió.

El hambre y el miedo persiguieron a las dos familias. La madre de Pao esperó a que llegara una canoa a la orilla. Después de dos días, llegó una. La familia llegó a Tailandia y se reunió con el hermano mayor de Pao y su joven sobrina, que habían cruzado a nado el río Mekong la noche del ataque.

Una semana después, la familia se enteró de que el padre, la hermana y la tía de Pao fueron capturados la noche en que se separaron y fueron llevados a un pueblo como prisioneros. El hambre y la enfermedad mataron a la hermana de Pao antes de que su padre y su tía consiguieran escapar un mes después. Al cabo de un año, el padre y la tía de Pao se unieron a un grupo que escapó a Tailandia. Por fin, la familia se reunió.

La familia de Pao llegó al campo de refugiados de Ban Vinai, en Tailandia, tres años antes que mi familia. Nuestra estancia en el campo coincidió con la suya, pero no estábamos destinados a encontrarnos allí. Ambas familias dudaban en ir a un tercer país y permanecieron en el atestado y apestoso campamento durante seis años. Ambas familias creían que habría paz en Laos y querían volver algún día. El sueño de volver a vivir de forma segura y pacífica disminuyó y la presión de los familiares indujo a nuestras dos familias a emigrar a Estados Unidos.

Mi familia se estableció en Appleton, Wisconsin. La familia de mi esposo llegó a Eau Claire, Wisconsin. Mi esposo y yo éramos adolescentes en ese momento. No nos conocíamos. Un día Pao visitó a su tío en Appleton y éste le habló de mí. En la pequeña comunidad *hmong* de Appleton, los adultos conocían a todo el mundo. Su tío conocía a mi familia. Poco después de conocernos, nos casamos.

Muchas familias *hmong* pasaron por experiencias similares a las de nuestras dos familias, y decidí escribir la serie The Young

Guardian para enseñar a nuestros jóvenes el viaje de los *hmong* hacia la libertad y por qué vinimos a Estados Unidos. Nos vimos obligados a abandonar nuestro país porque luchamos en nombre de los Estados Unidos. Muchos soldados y familias *hmong* murieron por nuestra libertad.

Espero que la serie La Joven Guardiana te inspire a indagar en la historia de tu familia y a compartirla con el mundo, porque la historia es la preservación del pasado para que las generaciones futuras comprendan quiénes son.

El Sueño de la Soñadora

La Joven Guardiana

Libro dos

Tras su angustiosa huida del Laos comunista, Nou Vang, de diecisiete años, emigra a Estados Unidos con su madre discapacitada y su traumatizado sobrino de tres años. Ninguno de ellos habla inglés, por lo que Nou sólo puede asentir y sonreír a los patrocinadores estadounidenses que los reciben en el aeropuerto.

Cuando el hijo de su padrino, Peter, se ofrece a enseñarle inglés a Nou, ésta se sujeta a la oportunidad de superar la última barrera a su sueño de una educación. A medida que aumenta su dominio de la lengua extranjera, también lo hace su amor por Peter y su confianza en poder cuidar de su familia en un país libre de guerras.

Aunque Peter puede ayudarla a aprender inglés y a matricularse en la escuela, sus patrocinadores estadounidenses no pueden hacer nada cuando su madre cae enferma y se niega a ver a un médico estadounidense. Cuando la madre de Nou exige rituales *hmong* para recuperarse, Nou recurre al chamán de la pequeña comunidad *hmong* local. Pero el hijo del chamán, Xa, se encapricha de Nou y empieza a probarla como posible esposa.

Además de enfrentarse a los matones que le lanzan huevos y le gritan "Vete a casa", Nou debe enfrentarse a esta nueva amenaza a su libertad: una propuesta de matrimonio apoyada por su madre y la comunidad *hmong*. Ante el temor de hacer algo que pueda provocar la expulsión de su familia de Estados Unidos, Nou se enfrenta al choque de las culturas americana y *hmong*. Sin embargo, cuando Xa la secuestra con la intención de obligarla a casarse con él, Nou se enfrenta a la posibilidad de perder su sueño justo cuando pensaba que ella se encontraba a salvo.